こうなぎ物語

第一部

野里征彦

本の泉社

題字・熊谷桜仙
カバー写真モデル・山本よしの

こつなぎ物語（第一部）＊目次

こつなぎ物語（第一部）

【主な登場人物】

小川岸太郎　火事の火元になり、警察の取調べをうける。訴訟の中心人物の一人。
小川市太郎　岸太郎の息子。岸太郎と共に訴訟を支える。
山本耕吉　岸太郎の斜向かいに住む。村では一番読み書きができ、信頼されている。
山本リエ　耕吉の娘。又四朗のせがれ米田又二と祝言をあげる。
米田又四朗　訴訟に加わっていたが、途中でおりる。
米田又二　又四郎の息子。リエと結婚し、炭焼きをしている。
山本予惣次　こつなぎ村の百姓。訴訟派。
立端現八　加治原伝次郎と対立。岸太郎と共に訴訟に加わる。
立端長志　訴訟に加わる。
立端スエ　長志の娘。
立端甚作　スエの五歳下の弟。
山火忠太郎　いち早く家の復旧を遂げていた。訴訟に加わる。
立端寅吉　村の長老。
立端鬼頭太　村の地頭で、昔の庄屋でもあった村の旦那。
兼子多衛門　町の金貸し。立端鬼頭太から買った山を加治原亀次郎に売り渡す。
加治原亀次郎　茨城・那珂湊の成金。兼子から山を買って陸軍に売る。
加治原礼太郎　亀次郎の息子。
加治原伝次郎　礼太郎の弟。
片山玄十朗　加治原の手先となって訴訟の切り崩しを謀る。
片山元治　玄十朗の弟。「棒組」。
山岡辯次郎　陰湿な性格。「棒組」。
小堀喜代七　平糠天皇と呼ばれている。訴訟の指導者。
小堀長一郎　小堀喜代七の長男。
上条仙太郎　福岡警察署署長。
布施辰治　人権弁護士としてこつなぎの訴訟を引き受ける。

こつなぎ物語

序章

まんつ、聞いでけなんせや。

こつなぎは、紛れも無い山の中の村でござんす。東北の西側と東側とで向き合いながら、南北に並走する奥羽山脈と北上高地は、ちょうど岩手県の北の外れで手を握り合うようにして繋がりあって居りあんす。こつなぎはその低い山間にある、人家がたった四十二、三戸ばかりの、村というよりは地区と呼んだほうが似つかわしい、小さな集落なのでがんす。

小さな村ですども、その昔は幕府巡見使御一行が宿泊したほどの、れっきとした街道筋に当りますへんで、村の人間は昔っから、旅籠だの茶店、荷駄運びなんかの手間賃稼ぎを暮しの糧《かて》にしてきた、いわば「伝馬の村」なのでござんす。

ただ伝馬の稼ぎといっても、高が知れたものですへで、外に僅《わんつ》かの耕地ど、後は東西に広がるこつなぎ山で、たいがいの凌《しの》ぎは間に合わせで来たものでがんした。

したども明治の二十四、五年ごろに鉄道が開通してからというものは、伝馬の仕事がどんどん寂《さび》れでしまってなっす。村の人間はその分、今までよりよけいに山さ入らなければならない仕儀どなりあんしたった。そやして炭を焼いだり、裾野を掘り起こして切替畑にしたり、栗だの山菜を採ってきては街へ売りに行ったり、果ては桑を植えて養蚕さ手えだしたりしてなんす。山さ縋《すが》り付ぐ割合は、それまでにも増して、いっそう強まっていった訳でござんしたった。

そったな風で、確かな事ぁはぁ言えながんすども、こつなぎ山だばほに、昔から誰の持ち山でも無がったんでござんすんだい。

強いで言えば南部藩の領内だすけゃ、藩山といえば言えない事も無がんすども、それだたって御留山だの運上山だのといった、藩の直轄のものではぁ、無がったという事でがんしたものな。

そんなもんだすけゃこつなぎの農民は、昔っからこの山さ自由に出入りして、暮らしに必要なものを、いっぱい採って暮らして来たのでがんす。

なにせ電気もガスも無い時代だったすけゃ、毎日の炊事用だの暖房用の、焚き木がら炭がらなっす。

やれ屋敷普請だってば、その用材もとってきたべし、暖《ぬ》ぐぐなれば麓《ふもど》さ、牛《べご》だの馬《ま》っこを放牧したり、それその飼い葉も刈ったりしたべしせぇ。

その外にも稲だの豆をかけるはせ杭がら、野良仕事で使う鋤鍬《すきくわ》、杓子がら、鋸だのマサガリだのの柄なんかも、ぜんぶ山がら取ってきた樹木でがんしたべし、屋根材だの背負いモッコ、掛籠《かけご》だの被《かぶ》り傘だばほに、その皮だのツルで拵《こしら》えあんしたんだい。

なにより大切なのは食料でなんす。なにせ何処でもカデ飯を食ってた時代だったすけゃ、季節の折々に採る山菜だの茸だの、栗だのトチの実、コナラだのミズナラの堅果《けんか》だば、ほに副食どころではなぐ、冬だばはぁ、殆ど主食でがんしたんだい。

明治の何時のころだったか、二年も凶作が続いだ年がござんしたった。その時だばはぁ、村中の者が総出で山さ入って、わらびの根っこを掘って食いつないだものでがんしたった。それごそ一斉に粗地《あらち》を開墾《おご》すみだいに、どこもかしこも一面に掘っくり返してなっす。とにかぐそうやって、山のお陰でなんとが凌いだものでがんしたった。

なにせこつなぎは耕地が狭い上に、昔だば水田が、わずが一町歩余りしか無がったへで、なっす。村の人にとっての山は、ほに命を繋ぎ止めでいぐための、かけがいのない秣場《まぐさば》だった訳なのす。そったな事情でがんすから、とにかぐ辿れるかぎりの昔っからこつなぎの人間は、この山さすがって生ぎで来あんしたのっせ。

山が無ければ、村も無ぁがんしたんだ。

へんだすけぁ、明治の新政府が出来て藩が無ぐなってしまった後に、あえてこの山は誰の山だがって問われれば、それははぁ、やっぱり村の山だというのが、一番道理に叶った事でながんすべが。村の山だっつう事は、山さ入って暮らしている村の人間みんなの山だっつうごってやんすべえ。

明治に入ってから間もなぐ、地租改正っつうものがあって、それに伴って山林原野官民所有区別処分どいう施策が行われましたのせ。これは有り体に言えば、新しく租税を課すために山の持ち主を特定させで、書面に書き入れるというのが目的だという事でがんしたった。その時ちらっと、所有権という耳慣れない言葉が出ましたったどもなっす。私らはその時は、所有権というものが、それほど重要なものだとは思わながったものでがんしたった。

そもそもこの広大な山を、たった一人の人間が所有するなんぞどいう意味が、私らにはぁ、ぴんと来ながったたものなっす。

なにしろそれまでの私らの考えでは、山は人が必要に応じて支配するもので、支配っつうのはつまり山を日常不断に利用し、そのためにごそ山が荒廃しないように常日頃からよぐ整備もするべし、植林もする。

そういう実態のある働きかけをしている多くの人間が、つまりは共用して山を支配しているのだど思っていだった訳です。

ところが、所有権というのは、そういった事とは、だいぶ違う事なんだって、それまで山とはまったく関係のなかった人間が、ある日突然余所がら現われで、あれはおれの山だがら、汝《な》だ（お前ら）出はて行げって。しかもたった一人で、これまで山を支配してきた大勢の人間に向かって、そう言える権利なんだって。これはまんつ後になって、ほに、骨身に沁みて分かった事でござんしたどもなっす。

とにかぐ明治初年のこの、山林原野の官民所有区別っつう政策は、民から山を奪い取る、とんでもない政策のようでがんしたった。

したどもこつなぎの山は、昔っからそうやって村の人みんなが、協力して支配してきた山でがんしたし、また山を奪われれば村そのものが存在出来ないような成り立ちでもござんしたがら、さすがの新制岩手県も、その事を認めない訳にはいかない。

それで、こつなぎ山はこつなぎ村の人間が共有する村山だという処分になったのでがんす。ですがやっぱり、書入れ（登記）だけは、やらなければならないっつう事でござんすべえ。

その時に村の者たちの話し合いで、村の人間全員の名義にするのはなにかと不便だし面倒も多い。例えば代が替わったり、分家が出たり、あるいは離村したり、逆に新しい人が入村したりといった場合に、いちいち面倒な手続きが必要になるしその都度金もかかる。

それで誰の知恵であったのか、とにかくここは、ひとつ村の代表のものの名義にして置いたらばようがんすべや、という話になったんでがんす。

なにせ時代が時代で、山の木なんか伐るものは滅多にいない。家のすぐ裏だの脇に、何百年も経ったよんた巨木が何本もあって、「なに誰が何処さ、この山だの樹、持っていぐってよ」といった具合で、「この際、旦那の名義にしておげば、何の心配も無ぁがんすものや」って、まんつみんなそんな風な、気楽な按配でがんしたった。

それでぇ当時、村の地頭（名子主）であり、昔の庄屋でもあった村の旦那、立端《たてはた》鬼頭太《きとうた》の名義にする事に、話し合いで決まりあんしたったものせ。

こつなぎ山の民有地券が、鬼頭太名義で発行されたのは、明治も十年になった五月の事でござんしたった。

村の人間は今まで通り自由に山へ入ってよい。その代わり新設された地租とかその他の費用は、村民が分担して支払う。これまでと何も変わらず、山は依然として村の所有であるつう事は、もう何も言う必要がないぐらい、誰もが認めで居った事でござんしたった。

後で知った事だども、この新制度にはいっぱい欠陥があって、その処置も乱雑で誤りが多く、これまでの既得の権利が奪われたり、いきなり山がら放り出されたりした農民の騒動が、国中にあったそうでがんすものな。

したどもこつなぎの場合は、その後二十年間は何事もなく、従来通りみな、狭い耕地と後はこつなぎ山にすがりついて、とにかく穏やかに生計を立てて参りあんしたったのさ。

∮

最初に騒ぎが持ち上がったのは、明治も三十年になってがらの事でござんした。

誰からともなく、こつなぎ山が売り払われて山の名義が、鬼頭太の旦那がら他人に替わってしまったという話が伝わったんでがんす。

鬼頭太の家は、昔は馬五十頭も持っていたほどの名家でござんしたども、何年も前にその馬で失敗して、当時は家運がかなり傾いておりましたったへんで、どうもありそうな話だと村中大騒ぎになって、それでみんなで問い質してみべえって、主だった者が鬼頭太の家へ押しかけて行ったものでがんす。

そしたら確かにその年の十月に、こつなぎ山の全体が立端鬼頭太から、柵山権八、村山梅太郎、山口正吉の三人の名義で移転登記したという事が分がって、みんな怒って、「そりゃせんたい、どういう事なのせ」って問い質した訳だったのす。

権八は鬼頭太の二番目の息子でがんすが、他の二人は他所の人間な訳でがんす。聞けば権八が他の二人と酒屋を開業するのに、銀行の手前、株だか財産資格だかが必要になり、鬼頭太に無断で印鑑を持ち出して、勝手にやったづう話でがんした。

「お前《めや》はんどの権利は、今までど何も変わる事は無い。山は何処さも行くものでなし、ただ名義が替わっただげせ。それも一時的なもので、すぐに元さ戻すへでまんつ勘弁してけで」

鬼頭太が禿げ頭を畳に擦り付けるばがりにして謝ったもので、村人もそれ以上は騒がず、その件はそれでけりがついだのでがんした。

ところが翌年の事でがんす。山にそういった風な利用価値がある事に味をしめたものかどうか、こんどは当の鬼頭太が、一戸町の金貸し兼子多衛門《かねこたえもん》から、こつなぎ山を担保に二千五百円の借金をしたどいう話が漏れで来やんしたった。

そのころの鬼頭太は七十もとうに過ぎており、内証も相当に苦しいようでがんしたったがら、借金を返せるはずがない、山はいずれ兼子に取られでしまうべさ、あるいはもうすでに兼子への登記が終わったんでないのかと疑って、再び騒ぎになった訳でがんした。

騒ぎになるまで鬼頭太は、その事をひた隠しに隠しておりましたんですが、どうも悪い事はいずれ必ず露見するもののようでがんすもののなっす。

鬼頭太は村の者たちの追及にとうとう仕舞には、その事を白状いだしあんしたんですがその際に、こんな事を言いあんしたったのさ。

陸軍省がどうもまた、こつなぎ山の一画を軍馬の飼育場の候補地にしているようだ。それだばこの際、我われが毎日利用している村の周囲の山には手をつけずに、奥中山に近い方の「ほど窪山」、三百二十町歩だけを売ったらどうだべがど、まんつ、こったな話でござんしたった。

それだげでも万という大金が手に入るへで、兼子の借金なんかなんつう事もねえ。しかも我われの暮らしには、何の支障もながんべして。

なにせ巡査だの小学校教員の初任給が、七、八円つう時代でがんすべじゃ。

自分たちの暮らしにはほとんど差障りのない場所をほんの一区画売れば、手にした事もないような大金が転がり込むっつうもので、たちまちみな有頂天になって、それだば鬼頭太の旦那さ、全てお任せすんべしっつう事になりあんしたったのっす。

そうでなくてもあの当時は、鉄道が全国に敷かれていく最中で、枕木の需要が高く、また炭も大いに普及していった時代だったへでなっす。

今考えれば我われも、なんとなく山の値打ちが上がっていくような仕儀に、どこか浮ついた気分があったもののようでがんしたな。

再び鬼頭太の家に村の主だった者が呼ばれたのは、それからほどなぐの事でござんしたった。

へったらその時は、鬼頭太の家に兼子多衛門が来てあんしたった。村の者はいっときの間、悪い予感がしたったったんですが、とにかく話っこ聞がねえ事には何事も始まらながんべえつうもんで、みな穏やかでない気持ながら、上がったたおす。

その時は、殆ど兼子が一人で喋って、中身はおよそこういう事でがんした。

兼子は鬼頭太から、たっての頼みだという事で、お願いされて金を貸してやった。山はその担保に預かったもので、一応名義の書き換えも終えている。したがこの山が村の山で、こつなぎの人たちの暮らしに欠かせないものである事は、百も承知している。したがって自分の一存で、山をどうこうする気は毛頭ない。

だが一部とはいえその山を、売り買いするとなれば話は別だ。自分にも権利がある。兼子は大方、そんなような話をしましたんです。村の者は、自分たちの権利はどうやら侵されなくて済みそうだどいう事が分がって、ひとまずほっと胸を撫で下ろしたものでがんしたった。それに兼子の言う事は、あるていど筋が通っているようにも思えましたったのす。兼子はさらに続けてこう言いましたった。

軍馬の飼育場の候補地は「ほど窪山」の他にも上がっている。他の候補地と競って「ほど窪山」に指定してもらうためには、関係者へ熱心に働きかける必要がある。そのためには運動資金だって必要だ。ついては売り込みの仕事は、自分に任せてはもらえまいか。

そうしたら費用はいっさい自分が負担し、もし取引が成功したあかつきには、村に一万円差し出し、残った山の名義も全て返してやる。

なにせ自分たちの暮らしは今まで通り変わらずで、なおかつ労せずして一万円もの大金が転がり込むという話でがんす。村の人間たちはもう、自分の懐には少なく見積もってもなん百円入ると、さっそく胸算用を立てる始末で、どうもそったな事になっているのだば此処は万事、顔の広い兼子さんさ任せるしかながんべえと、割合簡単に話は纏《まと》まったのでがんす。「ほど窪山」の陸軍への売り込みについては、実はそれ以前にも経過があってなっす。「ほど窪山」は陸軍の中山軍馬育成場と地続きでがんしたから、馬が逃げ出して「ほど窪山」の方へ入り込むということは、日常茶飯事の事でがんしたった。

そんなもんで陸軍が、喉から手が出るほど「ほど窪山」を欲しがっているという事は前から分かっておりあんしたがら、村では以前にも役場の人間を使者に立てて、売買の交渉をやった経緯がござんすのす。

したどもその時は、ほぼまとまりかけた交渉を村の者が欲をかいて、何回も値を吊り上げだもので、仕舞いには陸軍の担当者を怒らせでしまい、とうとう破談になってしまったのでがんす。

したがって交渉を再開するには、まず陸軍の機嫌を直させなければならない。それには村の人間より、兼子のような世慣れた男の方が良がんべえと、まあそんな風な計算もあった訳でがんした。

ところがその後どうしたものか、兼子からの連絡が、ぱったりと途絶えでしまいあんしたのす。それこそ何年もなっす。それで主だった者が鬼頭太の処へ行って、いろいろ問いただしたりしているうちに、このような事が分がったんでがんす。

兼子多衛門は、どうも八戸で経営している事業に失敗したために、こつなぎ山を抵当に入れて銀行から借金をしたらしい。ところが銀行が返済期限を待たずに貸し金の取り立てを始めたために、にっちもさっちも行がなくなっている。したがって「ほど窪山」の売り込みは、まったく目算が立っていない、という事でがんした。

兼子が銀行から借りた金は七千円だどいう事ですども、この話にはどうも少し裏がありそうな気がしあんしたった。というのも、山の値段はそのころかなり上がっておりましたったし、ましてや二千町歩もの山が抵当さ入っているんだば、なにもあわてる必要はない訳でがんす。

それがまだ期限もこない内から矢の催促だという話でがんすべえ。どうも銀行側は「ほど窪山」が陸軍の候補地になっているのを知っていて、兼子から山を取り上げる魂胆でながんべがと、村の者は少し疑心暗鬼に囚われだものでござんしたった。

銀行は八戸商業銀行だどいう事でしたが、いずれにしろこつなぎの人たちは、今度は山の権利が八戸の銀行さ渡ってしまうのだべがど、またもや新たな心配事を抱え込んでしまった訳でがんす。

村の者が、新しい火種を背負《しょ》わされて、不安に陥って居た時にやって来たのが、加治原《かじはら》亀次郎という男でござんしたった。

この加治原っつう男は、茨城は那珂湊の人間で、北海道でラッコだのオットセイの密漁をやって一山当てたという成金で、海の仕事も山の仕事も手広くやっている人物だどいう触れ込みでござんしたった。

もっともこつなぎにやって来たのは亀次郎本人ではなく、その息子の礼太郎と加治原辰平という加治原家の番頭のような人間でござんした。

明治も四十年のたしか四月ごろの事で、鬼頭太の家に集められた村の人間の前で、礼太郎が語った話はざっとこういう事でがんした。

さる人の口利きで、「ほど窪山」売り込みの仕事を兼子に代わってやることになった。地区の人たちについては、兼子が約束した条件がそのまま引き継がれるので、何の心配もない。ついては山の売り込みにどうか協力して欲しい。

礼太郎は、ざっとそのような話をして、みなに酒をふるまい、手拭いまで配っての挨拶でがんしたった。村の者は、その時は心中あんまり穏やかではながったんですども、そのうち誰言うともなく、鬼頭太だの兼子多衛門のような金に不安のある人間よりも、加治原みたいな金持ちの旦那の方がふらふらしないで、かえって頼りがいがあんべせ。

どうせ行き詰まっている交渉なら、この際売り込みの仕事は、加治原の旦那さんさお願いしたらようがんすべぇって、最後はまあそんな具合に話が落ち着いたものでがんしたった。

村の人間がこれほど「ほど窪山」売り込みの仕事に熱心になったのは、鉄道の敷設以来、宿駅の仕事がなくなり、懐具合がめっきり悪くなったという事情があったからなんでがんす。

加治原礼太郎が弟の伝次郎と番頭の辰平の三人でこつなぎにやってきて、鬼頭太の家に住み着いたのは、それから間もなくの事だったと記憶しております。

∮

礼太郎はその後、驚くべき事をやってのけました。村の者たちを総動員して、こつなぎ山の麓の草を刈り払ったのでござんす。そしてその山のような草を乾燥させ、乾いた草を何台もの荷馬車に積みあげて、盛岡にある騎兵連隊へ運び込んだのでがんす。五十キロの道のりを、荷馬車を何台も何台も連ねで、もうもうど土ぼこりを上げながらなっす。

馬を飼っていて一番に困るのは、冬場の飼料でなっす。そのため夏の間に、大量の干し草を作って保存する訳なんだどもなっす。なにせ東北の山地は雨が多くて、草がながなが乾きにくいのでござんす。へだもんで大量の干し草は、陸軍にとっても喉から手がでるほど欲しいものであったに違いござんせん。

礼太郎は陸軍の泣き所を捕らえて、師団の経理部と交渉し、大量の干し草をごく安値で、売り込んだ訳だったのす。

これにより礼太郎は、それまで硬化していた陸軍との関係を一気に好転させ、また自分の顔の売り込みにも成功したわけでござんしたった。

「ほど窪山」が陸軍省に、三万どが四万だとかで売れたという話が地区に広がったのは、礼太郎がこつなぎに住み着いてから、一年も経たないうちの事でござんしたった。

その時、村の主立ち衆が代表として、加治原と掛け合いをやったのでがんす。その時の顔ぶれは、加治原礼太郎に地区側からは山本耕吉、棚山半治、立端久太郎、立端寅吉の五人だったと記憶しておりあんす。

山が売れたときは村に一万円よこすどという、兼子との約定がある。兼子と同じ条件だと言うのなら、村にも相応のものをよこすべきでないがってなっす。

ただ兼子のときは、「ほど窪山」の面積を帳簿上の三百二十町歩にしか見でいながったたのす。したどもその後実測したら、広さが倍以上の七百八十九町歩もある事が分かって、予想したよりかなり高く売れた風でござんしたった。

それでその時の話し合いで、こつなぎ村へは一万二千円よこすという事になったんでがんす。したども礼太郎はその時、こういう事を言いあんしたったんだ。

一万二千円をみんなで分けて、ただ使ってしまっても何の意味もあるまい。ここはどうだろう、一万二千円を十年間、わたしに預けてくれないか。そうしたら年五分の利子を払う。その利子で、地区の将来を考えて山に植林をしたほうが、先々よっぽど有意義なことではないか。

およそこったな風な申し出をしたんでがんす。村の者は、言われてみればそれも一理ある。

それでは一万二千円は加治原に預け、その利子で植林をやんべしと、こうなって、結局その時は一銭も受け取らずに、後日、加治原といっしょに山さ植林をしたのでがんす。

加治原はその後間もなく、村がらは二キロばがり離れた、こつなぎ駅の前に、住まい続きの事務所を建てて、加治原林業の看板を揚げ、鬼頭太の家を引き払ったのでがんしたった。

こうやって加治原はこつなぎに住み着き、没落した鬼頭太にかわって村の新しい旦那みだいになったんでござんす。もっとも長男の礼太郎は「ほど窪山」の件が片付いた後、さっさと茨城に帰ってしまい、こつなぎに住み着いたのは弟の伝次郎の方でござんしたった。

その頃世の中では、天皇を暗殺すんべど謀った不逞のやからが、おおぜい検挙されるという「大逆事件」だとか、その数年前には戦争もござんしたった。したどもこつなぎの村の暮らしには、まあ特に大した変化も無く、しばらくは今までどおり、穏やがに日が過ぎで行ったのでござんしたった。

大正四年の、あの大火事で、村中が焼げ落ちてしまうまではなっす……。

私っすか。こつなぎ村の予惣次という、百姓でがんす、はい。

第一章　騒擾

一　こつなぎ大火

石塊《いしくれ》を積み上げた畑の畦のところまで、ようやくの思いで辿り着くと、背負いモッコを、ほとんど身体ごと地べたに投げつけるようにして下に下ろした。

細い木の枝と葡萄のつるで編んだ背負いモッコは、それしきで壊れる気遣いはなかったが、はずみで山盛りにしてきた中の厩肥《ごえ》が、少し地面にこぼれ落ちた。

次に岸太郎は、馬の背に積んできた厩肥を、息子の市太郎とともに両側から同時に下に下ろした。下ろし終えると、ロープを継ぎ足して手綱を長くし、草の生い茂った場所をえらんで傍の立木に馬をつないでやった。

すでに朝露の乾いた草原は、一斉に白い葉裏をみせて風にそよいでいた。岸太郎は甲羅干しをしている亀のように首を伸ばすと、ようやく一息つく思いで西の空に目をやった。春荒れの季節はとうに過ぎていたが、やたら西風の強い日で、西岳の北側の腹をなでて吹き降ろす風が、汗で火照りかえった顔や首回りを心地よく洗っていった。

「なして牛《べご》でぁ、わがんねってよ。牛の方が搾乳も出来るはんで、馬《ま》っこよりは、よっぽど、いがんべせゃ」

　市太郎が、今しがた山を登ってくるときの話の続きを蒸し返すように、岸太郎の背中に向かって言った。尋常小学校を出て、まだそれほど年数の経っていない市太郎は、しかし小川家にとっては立派に一人前の労力で、軽んじた扱いをしてはならないと岸太郎は、常日頃から自分に言い聞かせている。

「牛はよ、腹いっぱいになれば横になって、たんだ口ばり動がしてるっけがよ。馬っこは、寝るどぎも立ったまんまで、絶えず足を動がしてんべよ。ほんで糞ど藁《わら》ぁ、ネサネサど踏んづげるもんだすけ、堆肥が早ぐ出来るべよ。へんだすけゃ藁ど草さえ継ぎ足してやれば、牛よりは馬っこのほうが、肥いっぱい作るごったえ。外さ出されない小屋飼いが、十一月がら五月いっぱいまでどして二百日ある訳だべえ。その間、日に七貫の肥が出来るどすれば千四百貫になるべえ。まんつこの切替畑だば、反当り三百五十貫の厩肥がいるへでせ。六反歩さ撒ぐには、それでも少し足りながんべえ。昔だば鬼頭太のどごがら、冬の間だげ馬っこ借りできてまで、足りない分の肥、作ったものせ。馬っこだば脚も速いはんで、仕事もはがどるへんでなっす」

「なるほどな」

　市太郎は親父が思いのほかよく考えていることに感心したらしく、素直に相づちを打った。

「ほんでもまあ、搾乳が出来るっつうのは、家にとってみれば確かに、いい足しになんべよ。野菜ど穀物さ、鶏卵ど牛乳があれば、何も買わなくてもやっていげるごったものな。ま、どっちにも、それぞれいいどご、あんべさ」

最後は市太郎の意見にも、理のあることを認めてやった。

岸太郎は早く結婚した。市太郎は岸太郎が十九歳のときの子供で、親子とはいってもそれほど歳の開きがあるわけでなく、近ごろではときに体力や理屈でも負かされそうになることがある。だが市太郎は岸太郎にとって、農業の共同の営業者でありまた後継者でもあった。したがって息子が、日を追って自分に追いついてくるようなのが、どこかで嬉しくもあるのだった。そのうち大工の仕事も、本格的に仕込んでやろうと思っている。岸太郎は腕のいい大工でもあった。

二人は一息入れる間も惜しむかのように、運んできた厩肥をホークで畝の間に放り込んだ。それを終えたら、桑の葉を摘まなければならない。それが午前中の仕事の予定であった。肥の散布が割合早く終わったので、二人は隣のヒエ畑の草をむしり始めた。

小一時間ほど草むしりをしてから、さて桑の葉を摘み取ろうかと腰を上げたときだった。

突然ジャン、ジャン、という半鐘の音が、静けさをかき乱すように山間の空気を揺るがせた。

「なんだ、火事か！」

市太郎が反射的に上に駆け上ると、草原の上に突き出している大岩の上に上がった。

「火事だ、火事だ。こつなぎ村だ！」

もうその時には、杉木立のてっぺんから黒煙が立ち上っているのが、岸太郎の処からでも見えるほどだった。二人は馬も農具もそのままにして、走り出した。

転がるようにして山道を駆け下っていくと、前方から黒雲のような煙の塊が押し寄せてくる。煙は湧き出すように辺りに広がると、たちまち空を被い、岸太郎の目や喉にいがらっぽく絡み付いてきた。山道はどうやら煙の通り道になっているらしい。

「そっちがら行くべ！」

袖を口にあてがい、喉を庇いながら前方を走っていた岸太郎が、振り返って市太郎に叫んだ。二人は右側の田んぼを跨ぎ、反対側の山道に入った。風の通り道から逸れているらしく、煙はそっちまでは来なかった。

集落が近づくにつれて、黒煙が噴流のように湧き上がり、火の子がバチバチと真昼でも赤く西の空を染めているのが目に映った。

林を抜け出て、ようやく村の北側に出ると、小学校五年生になる立端長志の娘のスエが弟の甚作の手を引いて、泣きながら走ってくる。声をかけるのも忘れて市太郎が地区の方を見ると、火はもう一番東外れにある長志の家の屋根にまで燃え広がっていた。

僅か四十戸余りの地区だが瓦屋根の家などは一軒もなく、茅葺《かやぶ》きと、藁葺《わらぶき》屋根の家ばかりが隙を置かずに軒を並べている。そこに降り注ぐ火の粉が、たちまち屋根の上に紅蓮のような炎を咲かせながら、隣の家を次々と火炎のなかに呑み込んでいく。

地区はもう一面が燃え盛る火の海で、熱くて傍に近づくことすら出来ない。野良仕事を放り出してきた者たちが何人か、「馬っこ出せっ！」とか「危ない！　寄るな寄るな！」などと叫んでいるが、ただ右往左往するばかりでなす術もない。

消化ポンプが入れてある小屋はちょうど地区の真ん中あたりで、すでに火の海にあり、近づくことさえ出来なかった。

その時、煙の中から突然女が現れた。女はいななく馬の手綱を握り締め、「どう、どう」と怒鳴りつけるように馬をいなしながら引っ張ってくる。耕吉の娘のリエだった。

リエは煙から抜け出ると手綱を放し、馬の尻を叩いて火の手の届かない野辺に馬を突っ放してやった。

それから道路脇の水路まで下りて行くとほお被りをとり、水で浸してからすすで黒く染まった顔を拭った。

普段、病弱だの身体が悪いのと言っている割には、いざという時には男そこのけの肝魂《きもだま》をみせるものだと、いっとき市太郎は感嘆の思いでリエの様子を眺めた。

その頃には地区のおおかたの者が仕事を放り出して帰ってきていたが、家財道具を待ちだす間もなく、誰もが遠巻きにおろおろとしながら自分の家が燃え落ちるのを眺めている事しか出来なかった。女や子供たちは脅えて、ただおいおいと泣きくずれている。

ふと横に顔を向けた市太郎の目に、父の岸太郎のところに駆け寄って行く富岡の小母さんの姿が映った。小母さんは市太郎の家の奥座敷に間借りしている縁戚の人で、野良仕事に出るときはいつも留守番を頼んでいる人だった。

富岡の小母さんは、気が触れたように泣きじゃくりながら、「申し訳ながんす。申し訳ながんす」とさかんに岸太郎に詫びている。

よく見ると小母さんの髪はちりぢりに焼け縮れており、顔や腕も赤く焼け爛《ただ》れているようであった。傍に寄って聞いていると、

「だ、団子、煮でだば、天井のマブシさ、火あ飛んで、気がついだ時はぁ、一生けんめい消すべど思ってやったどもはぁ、もうどうにもしょうがなくてぇ……」

仕舞いの方は泣き声になって、ほとんど聞き取れない。

マブシというのは、萱《かや》とか藁で網目状に編んだすだれのようなもので、カイコに繭玉《まゆだま》を作らせるための養蚕の道具だ。小母さんはどうやら、養蚕室の温度を保つための囲炉裏に、粗《そ》朶《だ》をくべ過ぎたらしい。

富岡の小母さんの言葉を聞くなり岸太郎は、「へば、おら家が火元だってがぁ」と悲痛な声を出した。そしていきなり糸を切られた操り人形でもあるかのように、その場にへなへなとしゃがみ込むと、両の手で顔を覆った。

市太郎も前身の体毛がざわざわと波立つような気分に襲われて、立っているのがようやくという思いだった。

一時間もしないうちに、村中のほとんどの家が燃え尽きた。四十数軒のうち類焼を免れたのは、集落の外れにあった米田又四郎と滝川金蔵、それに南端の立端鉄郎の三軒だけであった。

炎が鎮まるとようやく人びとは、そこいら中からかき集めたバケツや桶などで水を掻い出し、梁が落ちてまだ燻っている焼け跡に撒いた。

∮

午後になってから、片山玄十朗が小鳥谷駐在所の佐藤巡査と外に二人、見慣れない刑事のような人間を伴って、焼け跡の調査だと言ってやってきた。玄十朗は、地区で一番の山持ちである片山玄吾の息子で、年老いた親父に代わって、地区の区長のような仕事をやっていた。世話好きなように見えてその実、陰険で、何事につけずるく立ちまわる男だとの評判があり、市太郎は嫌な予感がした。

「ここが火元だづう話だどもな」

玄十朗は市太郎とも岸太郎とも視線を合わせようとはせず、眇《すが》めたような目をちらりと刑事の方へ投げやってから辺りを見回した。

その時、市太郎の目に五歳になる弟の千五郎が目に入った。千五郎は平糠の知り合いが持ってきてくれた米の入ったふくろや、鍋や衣類などを置いた粗莚《あらむしろ》の上に座っている。

その千五郎の手に、たまたまマッチの小箱が握られていたのが、目ざとい玄十朗の目に留まった。

「じゃじゃじゃ、この童子《わらし》ぁ、マッチこ持ってだじゃい。こいづが、火ぃ点けだんじゃながえが」

驚愕したような声を張り上げて、千五郎の傍に近寄って行く。千五郎は、脅えたような目で玄十朗を見ている。誰の目から見ても、千五郎がたった今その場でマッチを手にしたことが明らかな状況で、刑事たちも本気にしているようには見えなかった。だが、玄十朗の芝居がかった言い方が面白いのか、興味深そうに眺めている。

岸太郎が千五郎を庇うように前に出ると、

「確かに火元はぁ、おらほでがんす。お申し訳ながんす、ほに、お申し訳ながんす」

と、刑事と玄十朗に向かって、何べんも頭を下げた。

日ごろ泰然としている父親が、まるで地を嘗めるようにして腰を折っている様子を見ると市太郎は、胸が掻き毟《むし》られるように痛むのだった。

岸太郎は、今さら言っても仕方のないことだと思っているのか、富岡の小母さんのことはひと言も口にはしなかった。

刑事たちは、これ以上面倒な調査はしたくないとでも思ったのか、「後で事情を聞くから」と言って、その場は立ち去った。

夕方になると、報を聞きつけた隣の平糠や小鳥谷、一戸などから親戚や知人が次々と火事見舞いに訪れ、握り飯や金一封などを置いて行った。

昼飯を食べるのも忘れて焼け跡の事後処理に当っていた村人は、炊き出しの握り飯を口にしてようやく人心地を取り戻した思いになった。

一息入れた後で岸太郎は、女房のりくと市太郎を伴って焼け跡を歩き、村中の者に火事の火元になったことを詫びて歩いた。中には怒って返事をしない者もいたが、大方のものは家と家財を一瞬にして失ってしまった衝撃が覚めやらず、自分の感情の整理に未だとまどっている様子をみせて、曖昧に頷くのみであった。市太郎は後ろに従って、もはや感情も萎え果ててしまったかのような父親の力ない後ろ姿を、ただ悲痛な思いで眺めていることしか出来なかった。

その晩は村の者たちは、焼け残った小屋や類焼を免れた三軒の家などに、それぞれ身を寄せ合って夜を明かした。市太郎の家では、村の者たちと顔を合わせるのが辛く、納屋の焼け跡を片付け、そこに粗莚を敷き青天井を仰いで寝た。寒い冬でなかったことが、それでも不幸中の幸いだと思った。その晩岸太郎は、嗄れ声を絞り出すようにして市太郎に言った。

「なんたっておらほは火元だへんでな。誰に何を言われでも、我慢するしかねえぞ。当分は吾れの事は構わねえで、他人の家建てるのさ、精一杯協力すんべしせ。そうやして許してもらうほが、方法は無がんべせゃ」

父親の言葉を市太郎は、いたたまれない思いで聞いた。

二　山林地主

翌日から村をあげて山に入った。とにもかくにも一晩寝たことで、人々は幾らか気力を取り戻してきていた。生きていくためには、いつまでも悲しみに打ち拉《ひし》がれている訳にはいかなかった。どんなに絶望の淵に立たされている時でも、働いてさえいればそのうち気力は立ち戻ってくる。労働こそが自分たちの希望の源泉であることを村の者はよく知っていた。

本格的な屋敷普請にかかる前に、とりあえず雨露を凌ぐための仮小屋を作らなければならなかった。

仮小屋を作るにしても四十軒近い家の分の材料となると、大量の木を伐り出さなければならない。男たちは地区を挟んで広がっている西側と東側の山に分かれて入り込んだ。男たちが山に入っている間に、女たちは焼け跡をひっくり返してまだ使えるものを漁った。だが残ったものは鉄鍋と釜、柄の無くなった鋤鍬など幾つかの農機具だけであった。

この日も近在の親戚や隣町の知人などが、何がしかの見舞い品を持って現れ、村役場からも僅かだが見舞金が届けられた。

女たちは歪んだり、赤く焼け錆の浮いた鍋などを川砂で洗ってから、急場凌ぎにと持ち寄られたヒエや雑穀を炊いて、それぞれ自分の家族の食事を作った。

男たちは一様に煤けて黒ずんだ顔に、生気の乏しい表情を貼り付けたまま、ともかくとりあえずの仮小屋を作った。焼け落ちた納屋の土台石を利用して柱を立て、板を打ち付けて作ったのはまだ増しな方で、ほとんどが藁囲《わらがこ》いの雨風を凌ぐとさえ言えないような粗末な仮小屋であった。岸太郎は自分の家は後回しにして、市太郎とともに懸命に木を伐り出し、地区の各戸に運んで小屋掛けに協力をした。そのため自分たちの仮小屋がどうにか出来上がったのは、さらに翌々日の夕方になった。

∮

騒ぎが持ち上がったのは火事から数日経った昼下がりのことであった。

茨城に居るはずの加治原礼太郎が、弟の伝次郎と加治原林業の作業員数人、それに小鳥谷出張所の巡査を伴って突然村に現れた。そして小屋掛けをしていた村の者たちの前で、いきなりこんなことを言った。

「ここの山は、加治原家の持ち山になっている。したがって勝手に木を伐採することは許さん。たとえ粗朶《そだ》一本といえども他人のものを持ち出すのは泥棒だ。泥棒を働く者は今後警察につき出すからそう思え」

怒りのためか礼太郎は、中年の肉の浮いてきた青白い頬をぴくぴくと痙攣させながら、甲高い声でそう告げた。

あまりにも思いがけないことに、その場に居合わせた者はもちろん、数間離れたところに居たものまでが自分の耳を疑い、訝しげな表情を見せてそろそろと近くに寄ってきた。そして加治原の言葉の真意を確かめようと、もう一度聞き耳をたてた。

「いいか。こつなぎ山は加治原林業が所有する山だ。今後、無断で木を伐採するものは森林盗伐で罰せられることになる。繰り返し言うが、こつなぎ山は君たちの山ではない」

みなの後ろの方で聞いていた市太郎も、自分の耳を疑った。何がどうなっているのかさっぱり分からなかった。もしかして加治原は何か勘違いをしているのではないか。それとも頭でもおかしくなったのか。

だが、加治原は学識もあり村では没落した立端鬼頭太に代わって、一番地位のある人間である。おまけに駐在まで一緒に附いてきているのだから、言っていることがただの冗談だとも思われない。

もし言っていることが本当なら、こつなぎの人間にとって、それはとてつもなく重大なことではないか。

だがあまりにも突然で、しかも思いもかけない事であったため、誰もが礼太郎の言葉の真意が、咄嗟には理解出来なかった。しかも無学な山間農民である村人たちには、学識のある人間や身分のある者の前では、無意識に萎縮してしまう習性があった。

互いに顔を見合わせ、ひそひそとしめやかなざわつきを見せながらも、誰ひとりとして声を発しようとはしない。

そうでなくても礼太郎は、しばらく見ぬ間に鼻の下に立派な髭を生やし、白いズボンに灰色のチョッキというりゅうとした身なりで、みすぼらしい姿の農民たちは、それだけで威圧されてしまっているのであった。

とその時、人垣の後ろの方から漸《ようよ》うという感じで、涸《か》れた声を出した者があった。小川岸太郎であった。

「に、俄な話で、私らにはさっぱり訳が分がりませんども、山の木を伐っては駄目だっつうのは、いったいどういう訳でござんすべが。こつなぎ山は村の山で、わだしらだば、昔っから此処の木は、必要な時に伐って、好きなように使ってきあんしたったのだどもなっす」

「それは昔の話だろう。この山は明治四十年にわたしの父、加治原亀次郎が、一戸《いちのへ》の兼子多衛門から買い受けて、とうに我が加治原林業部の所有になっている。嘘だと思うなら役所に出向いて誰の名前で登記されているかをよおく見てくるがいい」

礼太郎はいささかも怯む様子を見せず、むしろ挑むような調子で言った。村の人間が礼太郎を目の当たりにするのは、あらかた十年ぶりのことである。十年前に礼太郎は弟の伝次郎とともに突然こつなぎ村に現れて、兼子多衛門に替わって陸軍への「ほど窪山」の売り込みを引き継ぐと言った。そして「ほど窪山」の売り込みが終わった後は直ちに茨城の実家に帰り、家業を引き継いでいるという話であった。

弟の伝次郎だけが加治原林業部を引継ぎ、こつなぎに定住していたのである。兄の方はその後、所用でたまに盛岡や八戸などに来る際に、こつなぎにも立ち寄ることはあったらしいが、村人の前に顔を出すのは十年ぶりのことであった。

十年ぶりに見る礼太郎はすでに四十代で、下腹も出ており髪には白いものも交じる立派な押し出しであった。

「い、いぎなり、そったな事を言《へ》われでもなっす、わだしらにはぁ、何の事だが。第一、村の山を村の人間が知らないうぢに、買い取ったがら俺の山だって言われでも、訳が分がらながんす。それにこったな火事にあって、誰もが今すぐ家の普請をする木材が要るっつう時に、そったな無理、言われでもなんす」

岸太郎は、自分が火元であることに責任を感じてか必死であった。するとそれに刺激されたかのように、山本耕吉が口を開いた。

「村の者は何百年も昔がら、この山がら木を伐って暮らして参ったんでがんす。現につい昨日まで、そうでがんしたべ。仮に十年前に加治原さんの名義になってだにしても、村の者が山を使う事はこの十年、ずっと認めで来ていだどいう事でがんすべ。それが何んでこったに困っている時に、いぎなりそったな無理を言うんだが、わだし等にはぁ、さっぱり解《げ》せながんすどもなっす」

耕吉の胸の内には、山の名義が村人が知らないうちに、兼子多衛門から加治原に移るというのは、いかにもありそうな話だという、不安な首肯《しゅこう》があった。

山本耕吉は岸太郎の斜向《はすむ》かいの家の男で、地区では一番読み書きの出来る人間であった。岸太郎よりは確かふた回りも年長で、還暦を過ぎたぐらいの年のはずだ。

「ほだほだ。昨日《きのな》まで自由に伐ってでらったのに、何して今になってわがんねってせ」

「此処は、昔っから村山だんだ」

村の主立ち衆の一人で信望もある耕吉が、筋の通った事を言ったことに励まされて、村の人間たちはようやく声を上げ始めた。

「うるさいっ！　おれは十年前から、木を伐る事を認めた事なんか一度もない。お前たちが許可も得ずに、勝手に伐ってきただけだろうが。それは盗伐だぞ。この間ずうっと泥棒をしてきたんだよお前たちは」

それまで傍でただ黙っていた礼太郎の弟の伝次郎が、茶色の目をこれまで見たことも無いほど険しく尖らせて、いきなり声を張り上げた。

伝次郎はこの十年間、村に住み着き、村人と一緒に山の管理をし、植林をしたり村に青年団を組織したりしてきた人間であった。立端鬼頭太が没落した後、村の新しい旦那として、半ば村人の信頼さえ集めてきた男であった。

その男がふいに人が変わったように居丈高になって、権力を振り回している。

豹変というものに見本があるとすれば、まさにこれであった。村の者たちは、腹が立つより前に、いったい何事が起きたのであろうかと、現実を訝しむ気持の方を持て余していた。

「お前たちは所有権ということを知らんようだ。こつなぎ山は加治原の所有する山である。他人が所有するものを勝手に持ち出せばそれは泥棒だ。とにかく加治原林業部は泥棒をそのまま放置するつもりは無いからそのつもりでおれ」

村人の呼び方がいつの間にか、君らからお前らに変わっていた。加治原礼太郎は、都会の臭いをプンプンさせた冷酷な金貸しか何かのように冷たく言い放つと、盗まれた木を確かめるかのように周りを見回した。焼け跡を整理した村のあちこちには、すでに新しい家を建てるために切り出した丸太が積み上げてある。それらを確認するかのように、ぞろりとひと睨みした後で加治原兄弟は、みなを従えて帰って行った。

村の人間たちが事態の深刻さを思い知らされたのは翌日のことであった。まともな家を建てるためにはまだまだ材木が足りない。木を伐るなと言われても、伐らない訳にはいかなかった。第一、こつなぎ山は村の山で、昔からこつなぎの人間はこの山にすがって生計を立ててきている。木を伐ったからといって、どうして茨城くんだりからやってきた人間に、泥棒呼ばわりされなければならないのか。

「構うごどあない。伐るべ、伐るべ」

「村の山は村の人間のものだんだ」

村人たちが口々に励ましあうようにしながら、連れ立って山へ入りこもうとしていた矢先のことであった。

駅の方角にある村の入り口の処から、十数人の男たちが連れ立って村の方へやって来るのが見えた。真ん中に白いパナマ帽を被った加治原礼太郎の姿が見える。その後ろにつき従っているのは伝次郎と加治原林業部に常駐して居る辰平という番頭だ。そのほかの灰白色の開襟シャツや制服を着ている者たちは、中に小鳥谷の佐藤巡査が交じっているところを見ると、福岡警察署から来た刑事と巡査たちかも知れない。

警察がいったい何の用なのだ。ものものしい一団に村の人間たちは怖気づいた。

「お前ら、山へ行こうとしているな。ちょっと待て」

最初に声を出したのは加治原伝次郎だった。続いて兄の礼太郎が口を開いた。

「こちらに居るのは福岡警察署署長の上条仙太郎氏と二戸裁判所、執達吏《しったつり》の三浦さんだ。お前らはすでに他人の持ち山の木を伐って、盗伐という罪を犯している。よって今日は法に基づいた判断を下してもらう」

話し合いの余地を寸分も感じさせない、断乎としたものの言い方だった。すると礼太郎の言葉がまるで号令でもあるかのように刑事や執達吏が、それぞれの屋敷跡の前や焼けた場所に積み上げてある材木と、新しく建てられた仮小屋のひとつひとつを、腰を屈めたり伸び上がったりして見ながら検分をして歩いた。

そして積み上げてある材木や、一見して新しく伐り出してきた木で建てたことが明らかな小屋に、「仮差押え」という札を貼って歩いた。その札を、用意してきた糊で貼りつけて歩くのは、制服姿の巡査たちの仕事であった。

小鳥谷駐在の佐藤巡査は甲斐甲斐しく走り回って、

「此処は、はせ杭を利用したようで、木は伐っていないみだいです」などと告げている。

顔なじみの村の人間を気の毒だと思っているのか、それとも本署の人間にここを先途と売り込みを図っているのか、その真意は定かではなかった。

村の人間たちは、警察署長だとか裁判所の執達吏などという偉そうな人間がいきなり現れて、自分たちを犯罪人扱いするような状況に、ただただ脅えて縮く溜《すだ》まっているしかなかった。

三浦と署長の上条仙太郎は、焼け残った納屋に応急処置をほどこしたものや、藁囲いの未だ仮小屋ともいえないものを除き、ほぼ半数の仮小屋と材木に、一時間もしないうちに「仮差押え」の札を貼り終わった。

その際、執達吏の三浦が、「この札は裁判所が貼ったものだから、はがすと罰せられるよ。それからこれが貼ってある間は材木はもちろん、この小屋も使ってはならない」といちいち断りを入れて歩いた。

村人たちは、ようやく建てた仮小屋に、いきなり住むことが出来ないと言われて、ただおろおろとうろたえるしかなかった。

「差押えを解いてもらいたければ、本日中に印鑑を持って福岡署に出頭して、取調べを受けるように」

上条仙太郎が宣言するように言う傍から、礼太郎がそれを遮るようにまた口を開いた。

「今後、無断で山に立ち入ってはいかん。ましてや、立木一本伐ってはいかん。禁を破るものは、いつでもこのように法の裁きを受けるということを肝に銘じておけ」

まるで裁判官か、自分が警察署長でもあるかのような口ぶりであった。上条の顔には何の変化も現れなかった。

帰りしなに、上条の傍にぴったりとつき従っていた一人の刑事が、岸太郎の傍に来て言った。

「小川岸太郎はお前か」岸太郎が頷くと、「お前も今日中に福岡署に出頭するように。おれは及川広吉と言うものだ。おれを訪ねて来るように」と言った。

岸太郎の家の小屋は、粗筵《あらむしろ》を青竹で押さえただけのほんの急場凌ぎのものであったから、差押えの対象にはならなかった。したがって、おそらく火事の火元になったことの取調べであろうと岸太郎は思った。

∮

昼過ぎ、差押えの札を貼られた村の者たちは、ぞろぞろと連れ立ってこつなぎ駅に向かった。総勢で二十人を超えていた。

「トウキだのショユウケンだのって、いったい何のごったい」

ふいに一人が、鬱憤を吐き出すように言った。すると他の者も次々に声をあげる。

「火事で、こったな目に遭ってる時だっつうのによ。山が十年も前がら加治原のものになってるって、いぎなり言《へ》われでもよう」

「山はがんらい村のものだべえ。村の者が誰も売った覚えがないのに、加治原の山だって誰が決めだのよ。だいたいなして俺だぢが、こったな目に会わねゃばねえってよ」

「何が何だが、さっぱり訳ぁ、分がんないもな」

差押えだの法の裁きだのと、普段聞きなれない言葉に言い知れぬ不安を覚えつつも、誰もが胸の内で、納得のいかない不合理な気分を持て余していた。

「それにしても加治原の、あの伝次郎にはたまげだなや。まるでいぎなり人ぁ変わったよんた事、語《へ》るもんでよ」

「俄に人が変わったっつう事は、無がんべよ。あの野郎は、やっぱし今まで猫を被って、ずうっと隙を窺っていだに違いながんべせ」

村の者たちの会話を、岸太郎はいたたまれない気持で聞いていた。何にしても、自分の家から火が出たことが発端なのだ。

福岡警察署に行くには、こつなぎ駅から三つ目の北福岡駅で降り、そこからさらに数十分歩かなければならなかった。焼け出されたばかりで外出着も何も持たない農民たちは、垢ずれた単衣の作業着に股引、わらじ履きという野良姿そのままの格好を恥じ入るかのように、福岡の街中を力なく歩いて行った。

∮

福岡署では、一行がくるのを待ち構えていたように、係の者が全員の名前と住所を書かせた。書かせたとは言っても山本耕吉以外には読み書きの出来る者など居なかったから、署の人間がいちいち聞きながら書き取るのだった。それだけでも「予惣次のそうは、惣か、総か、それとも宗か」などと言われても分からない始末で、全員が終わるまでにたっぷり三時間を費やした。

岸太郎は署の玄関をくぐると、顔を合わせた最初の人間に及川巡査の名前を告げた。

及川は待っていたように岸太郎を二階の小部屋に上げると、最初に簡単に火事になったいきさつを訊いた。岸太郎は隠し事をしてもしょうがないと思い、留守を間借り人の女に任せていたことが火事の原因になったことをありのままに話した。

署に来るまでに岸太郎は、火元になったことの相応の責任は追及されるものと、腹を括ってきていた。それにもかかわらず四方から圧迫されるような冷たく狭い取調室で、目つきの鋭い及川と対峙していると、手がおぼつかぬほど震えてくるのを、いかんともしがたかった。が、奇妙なことに及川は、火事の火元のことは通り一遍に確認しただけで、すぐ別のことを聞いてきた。

「お前《めや》はんは、だいぶ山がら木を伐ったよんたな」

「はい伐りあんした」

「一番いっぱい、伐ったべや。なんしてそったに伐ったけや」

「どう火元でがんすんだもの、みんなの小屋作るのに精一杯尽ぐすしかないど思ったへんで、それで伐りあんしたったのす」

及川の世間話でもするような言い方に少しばかり口がほごれて岸太郎は言った。

「何処の山がら伐ったのせ?」

ゴールデンバットを口に銜えて火を点けていたと思った及川がふいに、だが何気なく訊いてきた。

「はい。こつなぎの山でがんす」

「ほんで無がんべえ。お前さんが木を伐った山は、加治原の山だべやぁ」

「いやいや、あそごは昔からこつなぎの村山でがんす」

「おだづなってよう（ふざけるな）。俺だぢもな、わざわざ登記所まで行って、ちゃんと調べで来てんでゃあ。したばこつなぎの山林原野千二十町歩は、れっきどした加治原亀次郎氏所有の山になってるんだ」

「………」

「どんだいや。他人の山がら木を伐れば、これは立派な泥棒だんえさ」

「わだしら、ほど窪山の八百町歩を陸軍さ売ったのは知ってますども、それ以外の山は、誰さも売った覚えはながんすもの。あそごはぁ、昔っからこつなぎの山ですども」

「いんや。お前どは、加治原さんの山だっつう事は、とっくに知っていだのせ」

及川は自信あり気にそう言うと、手に持っていた書類綴りをめくり二枚の紙片を取り出して、岸太郎の目の前にかざすように持ち上げて見せた。

「この契約書に、見覚えがあんべさ」

岸太郎は、目をしょぼつかせながら顔を前に突き出したが、もとより字の読めない身で、何の書類かは分からない。

「何の書類だんだが、分がらながんす」

「これはせ、飼葉草刈取場借入用之証だべせ。つまりお前さんどぁ加治原がら、馬のエサにするへんで、こつなぎ山の麓の草ぁ、刈らせてけろづう願いを出した訳なのせえ。ちゃんと拝借仲間の総代どして、高屋敷の喜惣治の名前ど判子が押されてあるえせ。それがらこっちは耕地小作証で、今ある畑も、加治原がら借りで使ってるづう証拠だえせ」

岸太郎は面食らった。そしてすぐに、これは何かの策略がめぐらされているのに違いないと、強く警戒する気持になった。

「おら自作農で、小作じゃ無がんす。そったな書類さ判子押した覚えも無がんすが。第一おら、読み書ぎが出来ながんすもの、書ぐはずがながんす」

「そったな事言《へ》ったって分がんながべじゃ。お前はんでなくたたて、村の人間が出した書類が、現にこうやしてあるものせ」

及川の言葉に険が浮いてきた。

「へでもおら、ほに何の書類も取り交わした覚えが無がんすもの」

「とにかく、他人の山の木、伐った事はぁ、間違いないんだすけゃな、これはれっきどした盗伐なのせゃ」

「へば、どやしたらようがんすべが」

「んだな。泥棒したんだすけゃ罰金納めで、詫び状でも書いでってもらうがな。そうへば不起訴で済ませでやらぁ」

岸太郎はますます警戒感を強めた。どうも警察は無理矢理自分を泥棒にしたがっているようだ。かといって牢に繋ぎたいというのでも無さそうだ。書いたことも聞いたこともないような書類まで出してくるところをみると、なんでもかんでもこつなぎ山が加治原の山であることを認めさせようとの狙いではないのか。

ひょっとして自分は、火元であることの弱みから、いちはやく狙い撃ちされているのかもしれない。だが自分がこれらのことを認めたら、他の者までもが山が加治原のものだということを認めたことになるのではないか。だとしたらここは、何としても拒み通さなければいけない。村の者たちにこれ以上の迷惑をかける訳にはいかない。

「あの、詫び状だの、罰金だのっつうのは、その書いた覚えもない書類ど同じ事じゃながんすべが。つまり、こつなぎ山が加治原の山だっつう事を認めるっつう事になるんじゃながんすべが」

岸太郎は恐る恐る言った。

「お前《みや》はんが認めようど認めまいど、こつなぎ山が加治原さん所有の山である事には、いささがも変わりはないのす。ちゃんと公文書さ記載されである訳だがらなっす」

及川は噛んで含めるように言うと、今度はあらかじめ用意していたように、何も書いていない白い紙をテーブルの上に置いた。

「字が書けないんだば、この紙さ判子か拇印でもいいがら押して行げ。へば、おれが後がら書いておいてやってもいいよ」

「刑事さん。たった今、書いだ覚えもない書類出されで、加治原の山だっつう事を認めだ証拠だって言われあんしたべ。そのすぐ後で、白紙さ判子付げって言われでもなっす、これはちょっと考えねゃば、ならない事でがんすべゃ」

自分はこれ以上、いささかなりとも村の人間の足を引っ張ってはならない。そのためには、よく分からないことにはいっさい同意しない事だ。岸太郎は自分でも驚くほどの勇気を奮い起こしてそう言っていた。

「そうがい。へばしばらぐ、臭い飯食って行ぐべしせ」

及川の声が、急に氷室に入れられたもののようにひんやりとした響きになった。

三　耕　吉

小川岸太郎が保釈されたのは二日後のことであった。その後の及川の追及は、初日に示した書類に拇印を押したことを認めろというものであった。それはつまりは山が加治原の所有であることを認めることに外ならないと思ったから、岸太郎はかたくなに拒みとおした。

及川は業を煮やして、仕舞にはののしったり怒鳴り声をあげたりしたが、岸太郎は最後まで頑張り通した。

「う汝《な》も、呆れだ、じょっぱりだおな」

及川は、仕舞には匙を投げたように言った。

釈放されて家に帰ると、後を追うように小鳥谷出張所の佐藤巡査が来て、今度は岸太郎の女房のりくに呼び出しがかかっているので直ちに福岡署へ出頭せよと言う。

疲れてはいたが及川の理不尽な取調べにふつふつとした怒りを感じていた岸太郎は、女房は火事のことにも、山の木を伐ったことにもいっさいかかわりがないのにいったい何の用事だと、佐藤巡査に嚙み付くように言った。

普段は滅多に怒ることのない岸太郎の剣幕に、女房のりくや息子の市太郎は驚いたが、誰より驚いたのは佐藤巡査だった。

「いんやおれも、おがしいどは思うどもせ。へんだったて本署が連れで来いづのだものや、どうにもしょうがながべせ。とにかぐ行ってみでけで」

佐藤は済まなそうに言った。

「りく。おれは、判子押したごどもない書類出されで、お前《めや》が押したんだへで、認めろ認めろってさんざいじめられだどもせ。これ以上村さ迷惑かけではならねえど思って、絶対に認めながったんだ。う汝もきっといじめられるごったども、訳の分からないものさ拇印押したり認めだりしては、絶対に駄目なんでゃ」

そういう岸太郎の顔を、りくは脅えたように見上げた。それから意を決したように髪を整えると、穿きくたびれたもんぺの上に紺のもじり半纏という着のみ着のままの姿で駅へ向かった。

りくの後ろ姿を三人の息子たちが、胸が潰れそうなほど不安な面持ちで見送っている。そうした光景を眺めながら岸太郎は、理不尽なものにたいする怒りが身体の中から噴出するように湧き起こってくるのを、どうにも抑制出来ずにいた。だが岸太郎の怒りは、いったいどの方角に向けたらいいのか、まだよく焦点が定まってはいなかった。

りくが帰ってきたのは、岸太郎よりも一日長い三日目のことであった。岸太郎は毎日でも福岡署へ詰めて妻の釈放を乞いたかったが、なにしろ火事で文無しになり、三つ先の駅までの汽車賃もままならないほど貧窮した暮らしであった。仕方なく、身のうちから藻屑の出るほどに気を揉みながらも、ひたすらじっと女房の帰るのを待つほかなかった。

それでもさすがに三日目には、居ても立ってもおれなくなり、小鳥谷の駐在まで足を運んだのであったが、佐藤ではさっぱり要領を得なかった。やはり福岡まで行こうと腹を決めて帰ってきたら、先にりくが戻っていたのだった。

りくは床をのべて横になっていた。枕元に座って様子を聞くと、頭が痛いし気分がすぐれない。とにかく身体全体に具合が悪いという。

ヒエとアワで粥を作って食べさせてやってから、枕元に胡坐をかいてじっと見守っていると、りくはやがて堰を切ったように、話し始めた。

「いんやいや、警察づ処は、まんつ恐《おっそ》ろしないもんだなや。そうでないものを、そうだど言え、そうだど言えってせゃ。そうでないものをそうだって、まさが嘘を語る訳にはいがながんべしせって、何ぼっ言《へ》ても聞いで呉《け》ないのせ。書類っこ出して、この拇印は、汝《うぬ》のだべって、違います、ついだ覚えは無がんすってなんぼ喋っても聞く気あ、無いものす。警察づのは本当の事を調べる処だど思ってらば、そうではない。嘘をつかせる処なんだって、おら初めで分がったもや」

りくの話を岸太郎は、腸《はらわた》が煮えくり返るような思いで聞いた。これまで悪い者を取り締まる正義を行うところだと思っていた警察が、実はそうではなかった。何の罪も犯していない百姓をしょっ引いて、まるでゴロツキのように無理を強要していたぶるのである。警察は自分が何事も認めず頑張り通したために、今度はか弱い女の方を狙ったのだ。

「いんやいや、折檻されるごど、されるごど、夜も寝へられないよんてせ。三日三晩折檻されで、ほに頭ぁおがしぐなるよんたったすけな」

りくは、すっかり体調を崩してしまい、その日からひと月も寝込んだ。

その後村の者たちは山に入ることが出来なくなり、しばらく手隙になって、三三五五、寄り集まってはいろいろな噂をした。聞くところによると警察に招集された日、ほとんどの村の者たちはその日のうちに帰されており、一晩留め置かれたというものは居たが、岸太郎夫婦のように二日も三日も留め置かれて折檻されたという者は外には居なかった。

「なして岸太郎ばり、そったに折檻されだってよ。火元だへんでが？」

「おれも最初はそう思ったたどもせ。したばそったな風でもなぐ、詫び状書けば帰すだの、罰金払えば帰すのって言《へ》るべせ。あげぐの果ては、書いた事も判子押した事もない書類っこ出されでせ。これ認めれば帰してやるって言われだどもせ。詫び状だったたて罰金だったたて認めれば、山は加治原のものだって認めた事になるえせ。へんだすけぁ認めないで頑張ったば、二日も置かれだべせ。おらほの嬶《かか》だばもっとひどく折檻されだよんてせ。あれがら具合悪ぐして、まんだ寝でらえせ」

「あれゃれゃれゃ。へばおら、詫び状さ拇印押してしまったじゃやい」

「おら、罰金まで払ってしまったや。へば確かに山は、加治原のものだって認めた事になる訳だものなっす」

土川千冶が悔しそうに、顔を歪ませて言った。

「へったって差押えの札っこ貼られでるものやい。それ取ってもらわねゃごどには、ねぐらにも困るへで、どうにもならながんべしせゃ」

「おら思ったたどもせ。警察が今やってる仕事は、火事の調査でも何でもない。たんだ此処の山が加治原のものだっつう事を、認めさせる事じゃながえがってせ。へんだへで、おら何も認めながったものせ」

「へったて、登記がどうの名義がどうのづうのは、いったい何のごったべ。おら山は昔から村のものだど思ってきたどもなっす。へんだすけぁおらどは、今まで普通に山を利用して来たのだえせ。そのおらどが何も知らないうちに名義がどうだらこうだらで、いぎなり、う汝どぁ出はって行げって、ぜんたい何のごったべ」

長い間村の共有で自由に山を使ってきた村人には、登記とか所有権とかいうなじみのない言葉は、未だによく理解出来ないことであった。加治原より以前に、山の名義が柵山や兼子に移った時でも、自分たちの山での暮らしには、いささかの影響もあるとは思わなかったのだ。


木を伐り出せば、盗伐だということで警察や裁判所がのり出して来るということを知り、村人たちはしばらくは山へは入れなかった。その間、僅かばかりの耕地を耕し、耕地の無いものは、至近の街へ日手間稼ぎに出かけるしかなかった。夜になると暗くて狭い、筵囲《むしろがこ》いの家で、家族の誰もがすっかり重くなってしまった口を引き結び、ただ目だけをぎらぎらと光らせていた。

だが父祖伝来から山に寄り添って営んできた暮らしは、山に足を踏み入れずして成り立つ訳がなかった。まず日を追うごとに牛や馬の飼葉が足りなくなってくる。火事以降、農道の土手や畑の畦草などを食わせていたが、それだけではたちまち食み尽くしてしまう。

馬一頭に日に二、三十貫（一貫は三・七五キロ）の量の草が必要なのだ。第一、山すその草を刈って乾燥させておかなければ冬の飼葉に困る。なにより大事なのは冬用の焚き木で、これは一軒の家で冬を越すためには十五棚から二十棚必要であった。ひと棚というのは三尺の長さの薪を一間四方に積み上げたもののことで、暖かいうちにそれだけの木を伐って乾燥させて置かなければ、冬場に間に合わなくなる。

またこれから採れる栗やキノコなどは、乾燥させて冬場の大切な保存食料にしなければならないのだ。

他に堆肥用の柴草や急ごしらえの家の屋根の補修材も必要になっている。

村の者たちは先行きを考えると、日に日に追い詰められていくような気分に陥り、じりじりと背中を焙られているような焦燥に駆られていった。

山への出入りを禁じられた事が、日々の暮らしを何か根っこの深いところから破壊されていっているような恐怖の感覚に変わっていくのに、そう時間は要しなかった。

∮

真っ先に騒ぎ立てたのは女たちであった。日々の炊事用の焚き木が、なくなってしまったのだ。これまでは家の周りのはせ杭だの、火事場を整理した焼け材などを燃やしてどうにか凌いできたのだった。だがそれすらも底をついてしまった。

「明日がらどうやして飯炊《まんま》ぐってせ。第一、昔っからこの山で暮らしてきたおらどが、なして他所がら来た人間に、追《ぼ》ん出されねゃ、ないってす。こつなぎの男衆も、いだって意気地ぁないもんだなや」

女たちは、けたたましく亭主を攻め立てた。ここに至って、男たちも腰を上げない訳にはいかなくなった。すでに西岳の頂から、白い雲が流れてくるようになっている。ぐずぐずしているとすぐに冬が来る。こつなぎの冬は厳しかった。十一月から三月まで、村はすっぽりと重苦しい雪の中に埋もれてしまう。その間、焚き木なしでは三日と生きていることは出来ない。馬の飼葉や、栗などの保存食も用意しておかなければ、厳しいこつなぎの冬を乗り切ることは出来ないのだ。

「警察あ来ようが、裁判所あ来ようが、山さ入らないで生ぎで行げるってが」

「加治原もまさが村の者全員さ、死ねづう訳ではぁ、あんめえしよ」

男たちはとうとう意を決して山に入り、木を伐りだした。大方の者たちは春に伐って、山の斜面に積み上げて置いた薪を、ただ運び出すだけでよかった。女たちは野良仕事の合間をぬって栗拾いを始めた。蒸した栗を乾燥させたものは冬場の大切な保存食になるため、欠かすことは出来なかった。

噂を聞きつけて警察と加治原の者たちがやってきたのはその二日後のことだった。村の者たちの家ともいえぬ小屋の傍には、それぞれ二日かけて運んだ二棚から三棚ほどの薪が積んであった。

「お前ら、あれだけ痛い目にあっておきながら、まだ分からんのか。この山は加治原の山だ。木一本、草一本採ってはならん」

傍らの家の薪棚に目ざとく駆け寄った加治原伝次郎が、怒気をあらわにして言った。

火事の前の伝次郎に較べると、いったいどうなってしまったのかというう変わりようであった。誰かが言ったように、これまで虎視眈々と隙を窺い、本当にその本性を隠してきたのであろうか。

「そったな無理な事、言《へ》われでも、わだしら、山さ入らねゃば、一日どして生ぎでは、いがれながんすものや。第一、飯《まんま》が炊げながんすものせ、どうやしたって焚き木伐らない事にはぁ、やっていげながんすんだもの」

岸太郎の向かいの山本耕吉が、穏やかながらも義憤を滲ませて言った。耕吉はこの時六十三歳で、村人の中ではただ一人、読み書きの出来る、村の主立ち衆の中心的な人物であった。

「それはやっていけなければ泥棒をしてもいいと言う理屈か。とにかく盗ったものは今日のところは仮差押えでかんべんしてやる。今後はちゃんと、伐るなら金を払って、加治原の許可を得てからやれ」

　加治原の言葉がまるで号令でもあるかのように、先日の三浦という執達吏と二、三人の警察官が家の周囲に積んである薪棚に、片っ端から「仮差押え」の札を貼って歩いた。

「いいか。この札は裁判所の仮執行の札だ。これを無視して木を燃やした者は、罪人として手が後ろに回るぞ。今回は二度目だからな。そう軽くは済まんぞ」

　伝次郎は睥睨するように辺りを見回すと、まるで裁判官かなにかのように言った。それからガーッと喉を鳴らすと、路上に勢いよく痰を吐いた。


　翌日から加治原伝次郎は、どこから連れてきたのか四人の屈強そうな男たちを山の見張りに立てた。二人一組にして、ひと組は東側の火行地区に通じる山の入り口付近を見張らせ、もう一組は小学校の後ろの、こつなぎ村が一望出来る、山壁から突き出た小高い丘の上に陣取らせた。

　村人はそれでも火を焚かない訳にはいかなかった。彼らは目立たないように差押えの貼られてある棚の木を抜き取って燃やしたり、夜陰に乗じて山に入り込んで、粗朶を拾い集めたり、場合によっては生の立木を切り倒したりしなければならなかった。

　だが煙が立つと加治原の見張りのものが飛んできて、「その木は何処から持ってきた」と恫喝した。時には駐在を呼んできて、貼り紙がしてある棚の薪を使った、いや使っていないの押し問答になる。

加治原の四六時中の監視と連日の嫌がらせに、村の人間たちは抑えがたいほどに気持を滅入らせていった。

∮

「寅吉あん。確か、ほど窪山ぁ陸軍さ売った年に、村の金一万二千円、加治原さ預げだので無がったがい。おらあの時は、腹ぁ立ったへんで中座したったどもせ。お前《めや》はんは、最後まで居だったすけゃ、覚えでらべえ。その後、その利子でみんなして植林したのでながったたがい」

村の長老である立端寅吉にそう言ったのは、山本耕吉であった。

「へだへだ。十年の満期で加治原が金預かるっつう預かり証が、あるはずだ。あれは確か、柵山半治郎が持っていだったはずだどもや」

「来年がその十年だえせ」

耕吉が言うと、その場に居合わせた者たちの顔に、思わず喜色が浮かんだ。加治原に村は、一万二千円の貸し金がある。一万二千円というのは現在だと一億五、六千万という大金である。その金や、それの利息で植林してきたことは、山が村のものであることのなによりの証拠ではないか。

「その書き付けさえあれば、こったなひどい仕打ちは、今すぐにでも止めさせる事が出来るべえ」

「へったら柵山の処さ、行ってみべしせえ」

みんなが色めき立った。山本耕吉と小川岸太郎、立端長志、山本予惣次などが連れ立って柵山半治郎の家に行った。

「それがせ。何もかにも焼げでしまったをや。どう、家がそっくり焼げでしまったんだもの、紙っ切れだげ残るはずぁ無がんべせ。みな灰になってしまったえせ」

柵山は悪びれた様子も無く、自分の責任じゃないと言うように言った。

「いんやいや、やっぱりな」

みな意気消沈して、がっくりと肩を落とした。だが一番力を落としたのは岸太郎だった。火事がみんなを不幸のどん底に陥れてしまった。自分の家から出た火が、村の有様を一変させてしまった。腹の中ではみんな、自分の手抜かりを煮えくり返るような思いで責め立てて居るに違いない。あの火事さえ無かったなら、岸太郎が留守にする際、もう少し注意を払っていてくれたならと……。

岸太郎はそうでなくても身のうちで膨れ上がっている自責の念に、今にも押し潰されそうな気がしていた。

耕吉は家に戻る途中で寅吉の家に寄り、このことを報告した。さぞ寅吉もがっかりするだろうと思ったら、意外にも寅吉はさほど気落ちした様子も見せずに逆にこういう事を言った。

「多分そったな事だべど思ってらおや。へんだどもなっす、加治原はこの事を知らながんべえ。したらせ、書き付けはちゃんとあるような振りをして、加治原さこの事を喋ってみるんだ。へば少しは大人しくなんべえ」

そうだ。寅吉の言うとおりだと耕吉は思った。さすがは寅吉、年の功だ。書き付けが無くても満期になったら金を支払ってもらい、領収書だけ書けば済むことだ。なにしろ一万二千円は大金だ。それだけあれば村の者みんなが家を新築してもなお余りがある。

∮

「加治原さん。お前《めや》はん、村が一万二千円の金、預げでいる事、もはや忘れだ訳じゃながんべなっす。来年がその満期なんだい。こういう時だ、みんな新しい家を建でないばならないんだへで、全額返してもらうへでなっす」

耕吉が加治原林業に出向いてそう言ったのは、その日の午後の事だった。すると少しは動じるかと思った伝次郎が、むしろ喜色さえ浮かべかねない表情で言った。

「お前は、何の話をしているんだ。一万二千円の金を預けているだって? そんな途方もない金が、この村の何処にあったと言うんだ。馬鹿な事を言うものではない」

耕吉の胸を、まさかという衝撃が走った。

「しらばっくれないで呉《け》ないすか。十年前に、ほど窪山を陸軍さ売った時にせ。地区さ来るはずの一万二千円を、お前さんさ預けだえせ。その利子で植林もしてきたはんだ。まさがそれまで踏み倒す気では、ながんべなっす」

不安を気取られないように、落ちついた風を装って言った。

「はっは、はぁー。耕吉さん。あんた寝言言ってんじゃあるまいな。十年前に陸軍にほど窪山を売ったのは確かなことだ。だがそれは加治原が兼子からこつなぎ山を買った後の話だ。調べてみれば分かることだ。自分の山を自分が売って何が悪い。それと一万二千円などと言う話が何の関係があるんだ。第一、そんな金は預かった覚えがない。お前、何かおかしな夢でも見たんじゃないのか。そうでないと言うなら、ちゃんとした証拠を見せて欲しい。一万二千円もの大金を、まさか預かり証も何もなしで、やったりとったりするはずがないからな」

伝次郎は自信満々の態度で、そう言った。それは明らかに、預かり証が家と一緒に燃えてしまったことを知っている態度であった。

四　岸太郎

「いざとなれば、おれが火事の責任取れれば済む事せゃ」

岸太郎が思いつめたような顔をして言った。

「責任取るど言《へ》っても、どうやしてせ」

「実はこの一ヶ月、せがれど交替で加治原林業を見張ってるのせ」

「なにしてせ」

上体を深く折り曲げながら岸太郎は、追い詰められた獣のように目をぎらぎらと光らせて、下から見上げるようにして、みんなに視線をめぐらせた。

「加治原の家《え》さ、火い点けでやんべど思ってるのせ」

重い秘密を、ようやく明かそうとするかのように言った。その場に居た者たちは一瞬呆気にとられて、ぽかんと口を開けたまま、岸太郎の顔に目を集めた。

「そったな事したら、今度ごそ本格的に牢屋さ入るよんたえせ。第一、何の解決にもならながんべし、かえって加治原が腹を立てで、仕返しするがも知れながんべし」

ようやく長老格の耕吉が、そう言った。

「いや、牢屋さ入る気も無いし、仕返しも出来ないようにしてやるつもりせ」

「どうやして、そったな事ぁ出来るってせ」

「火ぃ点けだら家の中さ飛び込んで、おれが伝次郎の畜生さ抱ぎづいで、逃がさないようにするし、せがれは兄貴の礼太郎さ抱ぎづぐのせ。兄弟二人一緒に殺《や》らないば、意味ぁないへでなっす。こんど礼太郎が、こつなぎさ来た日を狙って、やるつもりせ」

みんな、いっとき息を呑んだ。岸太郎は親子で死ぬ覚悟なのだ。平素まじめで、おとなしい岸太郎の言葉だけに、なおさらその思いつめた心情がそら恐ろしい様子に伝わり、誰もが打ち震えるような感情に囚われた。

「何も、そごまでやらなくても……」

「いや、おれもよぐよぐ考えだ上での事せ。このままではみな、この冬を越せながんべせ。まさが村中で凍え死ぬ訳にもいがながんべし、他に方法はながんべしせ」

岸太郎が耕吉の言葉を遮るようにして言った。

「警察も二戸の裁判所も、村の人間が飢え死のうが、凍え死のうが知らんぷりだえせ。みな金持ちの味方だもののなっす。したらこっちはこっちでやるしか無がんえせ」

誰も、それ以上の言葉を差し挟む事が出来なかった。確かに岸太郎の言うとおり、警察も裁判所も加治原と一緒になって村人を苦しめている。こんなありさまでは、きっと村の人間が飢えようが凍え死のうが見て見ぬふりをするに違いない。それなら、乱暴と言われようが、恐ろしいと言われようが、岸太郎の言うような非常手段によるしか、身を護るすべが無いではないか。

今はまさに、生きるか死ぬかの土壇場の決意を迫られている時であるに違いない。村が生き残るためには、それなりの覚悟が必要なのだ。そうでなければ、本当に村が死に絶えてしまう。

そう思うと急にざわざわと、背筋を下から這い上ってくるような悪寒に襲われて、急にみな押し黙ってしまった。そのことが、岸太郎の決心を暗黙裡に認めているようで、座はいっそう、重苦しい空気に包まれた。

∮

「どうもおがしいな」

耕吉の家を訪れていた寅吉が、白いヒゲに覆われた顎を、あざらしのような手で撫でながら呟いた。

「なにがせ」

「一万二千円の預がり証が、燃えでしまった事を加治原が知っていだって話せ。へんだって、その事は耕吉っさんと、数人しか知らない話だべえ」

耕吉は無言で頷きながら、寅吉の次の言葉を推量する顔つきになった。

寅吉は今年で八十二歳になる村の古老だった。無学で読み書きが出来ないのだがよく知恵がまわり、経験に裏打ちされた勘を働かせて、これまでも村民の良き相談相手になってきている。

「柵山の処は、岸太郎の家がらはだいぶ離れでるべ。火事の時も火の手が回ったのは最後の方だったえせ。よしんば何もかにも燃えでしまったどしてもせ、大事な書き付けを持ち出すぐらいの余裕は、あったはずだったべえ。もしかしたら加治原は、家が燃える以前から、柵山の処には、預がり証が無い事を知って居だんでながえが」

「へば、どういう事になるのせ」

「いや、それはぁ、本当の事は分からない。したども加治原のその、自信たっぷりな態度は、書き付けは多分、火事で燃えでしまったべえっつう、ただの当で推量がら出てくるものでは無ががんべもや」

「うーむ、言われで見れば確かになっす」
「あれは羊の皮をかぶった狼でせ。村がら山を取り上げるために、以前がら周到に準備して来たと考えでもおかしくはながんべせ。実はなっす、加治原が玄十朗なんかを使って様々な書き付けを集めているづう話を、火事になる前から耳にした事があるのせ。そったな加治原にとって、今度の火事は牙を剝いで村さ襲い掛がる、絶好の機会だっだべよ」

∮

その後、小川岸太郎親子が加治原兄弟を狙っているという話がどこでどう曲がったものか、村の者たちが自棄になってこつなぎ山へ火を放つつもりでいるとか、あるいは村の数人の男たちが加治原兄弟を拉致する計画だなどという話として加治原側に伝わったものらしかった。耕吉の家で男たちが会合を持ってから数日後に、加治原の家に巡査が張り込むようになった。

加治原が村に不穏な空気があり、どうも自分の家を襲撃する計画があるらしいと、福岡署に請願して派遣してもらったという事だった。加治原はその外にも男たちを増やして、加治原林業の事務所と自宅の周辺を警護させるようになった。

その分夕方からは山の見張りが手薄になったので、村の者たちはこの隙にと焚き木や家の建築用材の伐り出しにかかった。

加治原も村人をあんまり追い詰めると何をされるか分からないと思ったのか、前ほどうるさくは言わなくなり、一時の小康状態が生まれた。後で聞いたことだが、山に火を放つとか、加治原兄弟を襲うという噂は、村の若い者が加治原を脅かすために故意に振り撒いたデマだということだった。

そのうち師走に入り、とうとう本格的に雪が降り出した。ぼつぼつと繭屑《まゆくず》を千切りとったような大ぶりの雪は、一晩でこつなぎの山郷を、重苦しい白夜のような沼の底に沈めてしまった。

十一月の初頭に瀬踏みのように降った雪が、充分に地表を冷えさせていたため、この雪はそのまま融けずに春まで居座り続けることだろう。

村ではどこも隙間風の吹き込む家で、火事の前よりは格段に火力の細った囲炉裏を囲み、背を丸めながら厳しい寒さにじっと堪えていた。それでもいつまでも炉辺にただ縮こまって居る訳にはいかない。

働かなければ、たちまち飢えと寒さに呑み込まれてしまう暮らしであった。幸いこの冬は、春に伐って山に積み残してあった焚き木があったので、それを加治原の目を逃れて馬橇で運んでくる事が出来た。食料は加治原の妨害に遭い、この冬は栗もトチやカヤの実なども蓄えることが出来なかった。仕方なく働き手のあるところでは、鉄道線路の除雪の仕事に出て日手間を稼ぎ、その金で一戸の町から食料を仕入れて来なければならなかった。

夜は松灯蓋《まつとうがい》の火影《ほかげ》の下で、くすぶる煙に渋くなってくる目をこすりながら、根気が途切れるまでワラジやツマゴなどを編む手作業にいそしんだ。松灯蓋というのは小さな皿のような鉄板の下に火箸のような棒を溶接したもので、それを地面に突き刺し、その鉄皿の上で松の根っこを細かく割いて乾燥させたものを燃やす、原始的な照明用具のことだ。

こつなぎに電気が通るのは昭和十二年以降のことで、この頃はランプがあるのはまだ増しな方であった。たいがいの家では囲炉裏の火と、この松灯蓋が夜間の照明を担っていたのである。松灯蓋のない家では手ごろな石を拾ってきてその代用をさせた。

∮

明けて大正五年。ようやくの思いで厳しい冬を乗り越えたこつなぎ村の農民たちは、加治原の干渉がこのところ少し緩んだようである様子に胸を撫で下ろし、今年こそは家を新築し、新しい暮らしの土台を固めようとほのかな希望を持った。

まず主だった者が、集まって相談したのは、春木伐りをどうするかということであった。これは春の農作業に入る前に山に入って、春木伐りという焚き木を切る慣習のことだった。各家から人が出て、山の木を伐る場所をそれぞれに割り振り、割り振られた場所で自由に木を伐ってその場所に積み重ねて置く。秋の農閑期になってから充分に乾燥した薪を馬橇で各家に持ち運び、冬の燃料にするのだった。

その春木伐りを今年はどうするのか、いやその前に「お神酒《みき》上げ」をどうするのかということを相談しなければならなかった。

「お神酒上げ」というのは、村内の愛宕山や子安地蔵の境内に村中の世帯主が集まって酒をいっぱいずつ飲むという簡単な神事だが、集団で山を管理し利用してきた村人にとっては、その年の仕事始めや区切りの折々に、その掟と慣習を確認し合うための重要な儀式なのである。

それが茨城から来た加治原という一族によって、ある日突然、山はおれのものだからお前たちは立木一本伐ってはならんと宣告され、それを聞かないと警察や裁判所の役人までが乗り込んできて連行される。この降って湧いたような出来事に、古来より連綿と続いてきた山の行事を、いつもと変わりなく執り行ってよいものかどうか、村の者たちはみな戸惑っているのだ。

だが戸惑ってばかり居る訳にはいかなかった。春木伐りは冬場の焚き木を確保するための欠かせない作業であった。またこれからは山菜の季節だ。蕨《わらび》や蕗《ふき》はもちろんのこと、たらの芽やウルイやセリ、三つ葉などを家族中で山に入って採ってきて、一戸や福岡の町に売りに行き、現金を稼がなければならなかった。

収穫の時期にはヒエ立て杭を伐らなければならず、秋には栗をはじめとした秋の収穫がある。また山すそは馬の放牧と飼葉と堆肥用の草刈場でもある。なにより日々の炊飯用の焚き木が底をついてきていたから、山に入って必要な作業をやらない限り、暮らしを繋いでいくことは出来ないのだった。

こつなぎ村は縄文の昔から、そうやって山とともに共生して成り立ってきた村なのだ。

「加治原が何て言ったて、山さ入らないでは、村は生ぎでは行げないんだ。お神酒上げは、そのために欠がせない行事だんだもの、なに、やるべしせえ」

　耕吉より五歳年上の山火忠太郎が、みんなを鼓舞するように言った。

∮

「お神酒上げ」が行われたのは山襞に未だ雪渓の残っている旧暦三月の下旬のことだった。その日、当番になっていた山火忠太郎と岸太郎が、昼前に村の南端の愛宕山に登り、愛宕様と秋葉様の二つの社に、ぶら下げて行った三升の酒を奉納し、山火事や山仕事などの災害から村人を守ってくれるように祈願した。

　酒は、前もって酒代と燈明銭ということで各戸から十銭ずつ集めて歩き、昨日小鳥谷まで行って買い求めておいたものだった。

　午後になってから村の中心にある子安地蔵堂の釣鐘を突き鳴らすと、それを合図に各家から戸主かあるいは代理の者が愛宕山に集まってきた。そこで女たちが準備していた御煮しめと、奉納してきた酒が振舞われる。酒は神様に供えて、はじめてお神酒となる。

　例年だとその後、村を見渡しながら、いろいろ情報を交換したり、山のことで何か相談があればそこで意見を出して取り決め、最後は和やかに雑談をしてお開きというのがおよその段取りであった。だが今年は、加治原のことが誰の脳裏にも染み付いており、果たしてこれからは妨害されることなく山仕事をすることが出来るのだろうかという不安に駆られているため、雑談もいつものようには弾まなかった。

村の者たちが本格的に山に入ったのは、その翌日からであった。ある者は積み乾しにする焚き木を伐り、ある者は家を新築する用材を切り出した。仕事をしながらも、いつまた加治原の妨害が入ることかと、内心でびくびくしながらの作業であった。

だが木を伐らない訳にはいかない。この冬は去年の春に積み乾しにしておいた焚き木があったから助かった。これをやっておかないと今度の冬を迎えることが出来なくなる。家の造作も未だで、依然として半数以上の世帯が、家の中につららが下がるような掘っ立て小屋で暮しており、これも今年中に何とかしなければ、今度こそ本当に厳しい冬を乗り越えて行く事は出来ないだろう。

加治原伝次郎が巡査と二戸署の刑事を伴って再びやってきたのは、村の者たちが木を伐り出しにかかって三日目のことだった。

「お前らは性懲りもなく、また人の山から木を盗みやがって。今度は二度目だからな。一人残らず牢屋にぶち込んでやるからそう思え」

情味の欠片《かけら》さえ窺わせない荒くれた態度でそう言ったのは、加治原林業の番頭の辰平であった。辰平は茨城から伝次郎に付き従って来た四十歳代の男で、伝次郎に劣らず悪辣であった。山に入った男たちは全員が小学校の教室に集められて調書を取られた。

刑事たちは署長の上条仙太郎以下、制服を含めて五人で、前年の夏に福岡署に行った際に顔見知りの者たちだった。一人ひとりが、松を何本、ナラの木を何本というように、伐採した立木の種類と本数を調べられ、最初に音頭をとったのは誰か、そそのかしたのは誰か、などという事まで詳しく調べられた。

字を書けるものは居なかったので、例によって刑事たちの代筆で調書が取られた。学校は放課後であったが、未だ居残っていた上級の子供たちが、ときどき心配そうな顔を窓からのぞかせるので、村の男たちは情けなさと不安な気持で、胸が絞られるような切ない思いをしなければならなかった。

「今度はお前さんは、送検するからな。盛岡に行ってもらうぞ」

上条仙太郎は、およそ半数の屋材を伐った者たちに、そう告げた。残った者たちは福岡署に行き、詫び状と伐った立木の代金を支払えば、前回同様に加治原が許してくれる。つまり示談という格好になる。

だがこの示談は、山を利用する権利が自分たちにはなく、加治原の山であることを認めさせるためのものだということを、村の者たちはすでに最初の経験からよく分かっていた。いずれにしろ自分たちが、棒杭で荒々しく追い立てられるようにして山を奪われていっているという感覚は拭い去ることが出来なかった。

∮

「おい、岸太郎っさん。あの野郎、本当にぶっ殺さないど、村はやっていがれないべじゃ」

盛岡からの帰りの車中で現八《げんぱち》が岸太郎に言った。せかすというのでも岸太郎の責任を追及するというのでもなかった。立端現八はそんな男ではなかった。

盛岡の検事局でも、岸太郎と現八だけは罰金も詫び状も書く気はないと最後まで突っ張り、もてあました警察にいずれ後日、加治原と示談の交渉を持つという曖昧な約定を入れて放免となったのだった。

この頃、入会を巡る諍いは県下でも百を超えており、その中でも立木伐採というのは一番多い事件らしく、検事局でもいちいち法廷に持ち込んでいたのでは身が持たないという状況であった。したがって、なるべくなら示談とか罰金とかいう段階で、処理してしまいたいというのが本音なのであった。

だが岸太郎と現八は、あの山は村の山で、こつなぎの人間は昔からあそこで木を伐っている。そのことは加治原も充分に知っていたはずだ。それが火事で書類が消失したのをいいことに、いきなり木を伐ってはならんと言い出した。

罰金も詫び状も結局は山が加治原のものだという事を認めることになる。それでは今後、村の人間は生きていく事が出来ないという意味のことを、話下手にもかかわらず頑固に主張し続けた。

手を焼いた検事は、それは今回送検された盗伐とは別の問題だ。とにかく君らを牢屋に入れたくないので、いい加減のところで手を打ってくれと、仕舞いには口説くような調子で約定を入れさせた。

先に帰った者たちは、加治原に詫び状とそれぞれ五十銭とか一円ぐらいの罰金を支払うことで放免になっていた。盛岡までの往復の汽車賃が一円。罰金が一円だと日雇いの手間賃四、五日分にも相当する。おまけに立木の代金は、加治原に別途に支払わなければならなかった。現八がぶっ殺すと言うとその言葉には、他の者にはない現実味があった。というのも現八には、人一倍加治原を恨む理由があった。現八は村では一、二番の耕地持ちであったが、それでも現金に不自由している事情には変わりがない。現に村の名主であった大旦那の鬼頭太でさえ現金に不自由して、山の名義を人手に渡してしまったではないか。

現八は村の青年団仲間である片山玄十朗から、借金をしてしまった。ところがこの玄十朗というのが、なかなか油断のならない男で、人の弱みにつけ込んで平気でずるいことをやってのけるという、鉄面皮な人物なのであった。

村の区長である山岡寛介が病気がちなため、玄十朗の父親の玄吾が区長代理を勤めているのをいいことに、父親に代わって村の実務を一手に引き受けている。そうした立場を利用して、親切ごかしに近づいては欲しいものを取り上げるという悪評があった。

そのうえ金持ちで羽振りのいい加治原に、腰ぎんちゃくのようにまとわりついており、金貸しは実は裏で、加治原がやっているのだとの噂もあった。

そんな男からうっかり金を借りてしまったのが現八の間違いで、いかにも気軽に融通してくれるのについ気を許してしまったのが失敗であった。

約束の期限までに金の融通が利かず、利息を入れるから待って欲しいという願いにも耳を貸してもらえず、とうとう現八は田んぼ三枚を玄十朗に取られてしまった。村の主立ち衆の一人である現八に、それほど強引になれる玄十朗の態度から推し量って見ても、裏に加治原伝次郎が居ることは明白だった。現八は煮えくり返る想いで田んぼを手放したのであった。

「おら、何もやる気を無ぐした訳じゃねえ。ただ伝次郎一人を殺《や》ったって、礼太郎が残ってるうちは同じ事だへでな。礼太郎が茨城がらやって来る日を、待っているだげせ。親父の亀次郎は耄碌《もうろぐ》して間もなぐ礼太郎が二代目加治原亀次郎を継ぐづう話だへでな。その内きっと、こっちの山さも見回りさ来るべさ。その時を狙っているのせ」

現八の言葉に岸太郎はそう応えた。岸太郎の目はもはや苦汁の色を通り越して、ぎらぎらと殺気立ってさえいるのだった。

「へば、どうやしても、殺るってがい」

「そりゃそうせ。すでにみんなさ約束した事だべし、第一他に、村が生ぎで行く方法はないへでなっす」

現八は揺るぎの無いその決意に、半ば感嘆の思いで岸太郎を見つめた。

「へんでせ。現八さんさ頼みがあるのせ。お前《みや》はん、青年部の副会長だえせ」

「副会長つっても、ほどんと伝次郎ど玄十朗が操ってる組織だものせ。近ごろはまるっきり空気ぁ悪いへで、いまひとつ盛り上がらないのせ」

「へんでも繋がりは持っている訳だべ。会員の中には伝次郎の手下みだいにして加治原の事情さ通じた連中も居るべせ」

現八は無言で岸太郎を見つめる。

「そういう連中さ網を張ってでせ、加治原礼太郎がこつなぎさ来る日、あるいは来た事が分かったら、すぐに俺さ報せで貰いだいのせ。駅員の近藤さんさも頼んでいるどもなっす」

「分がった。へば、やってみるすけ」

岸太郎の覚悟が揺るぎのないことに現八は、胸の震える思いを隠そうともせずに頷いていた。

五　寅吉

村内の者たちが岸太郎親子がいつ、加治原兄弟を殺るのかと、息を詰めるような思いで成り行きを見守っていたある夕間暮れのこと、八十二歳になる立端寅吉が、山本耕吉の家を訪れた。寅吉は腰が曲がって今にも地面に沈みそうになる身体を、長い杖にぶら下がるようにしてすがりながら、歩いてきた。

「じゃじゃじゃ、耕吉っつあん、耕吉っつあん。あんだ、小川岸太郎親子をこのまま見殺しにする気でがんすか」

入るなり、年にも似合わぬ甲高い声で叫ぶように言ったかと思うと、夜なべ仕事のために積んで置いた藁《わら》束の上に、どうっと倒れるように腰を落とした。

「加治原が死ぬのは一向に構わね。あったら畜生はむしろ死んだ方が、世の中のためだえせ。ほんだども岸太郎は違う。親父の千冶郎さんもそうだったが小川家の人たちは代々が真っ正直で、村のためにもよく尽くしてきた立派な一族だえせ。その岸太郎ど市太郎が親子で、加治原の命ど引ぎ替えに、自殺するっつう話だえせ。それはこの村がら立派な家系がひとつ、無ぐなるづう話だえせ。岸太郎のような人間を、むざむざど見殺しにしてしまったら、村がしょす（恥ずかしい）がんべせ。こつなぎ村が世間から笑われるべせ。みんな吾の事ばり考えで、小川一家を見殺しにしたってせえ。末代まで笑われるべせ」

寅吉は瞼の上のしわを吊り上げて眼を怒らせ、唇の端に泡をたてて言った。その剣幕に耕吉は、まるで自分が叱られているかのような錯覚を覚え、相づちを打つのも憚られるように押し黙った。

「耕吉っつあん。どう、お前はんが黙っているづう事はないんだ。岸太郎はもう引っ込みがつかなぐなっているのせ。だども、お前《みや》はんが諌《いさ》めれば、岸太郎も思いとどまるえせ。村の連中さもお前はんが言って聞かせる外、仕方ながんべせ」

岸太郎親子が加治原の家に火を放ち、親子で加治原兄弟と心中を図るという目論見《もくろみ》は、確かに悲惨で禍々《まがまが》しくさえある。岸太郎親子は加治原邸に火を放つ際に不覚をとらないために、すでに柴を束ねたものを家の裏にいく束も積み上げてあるという噂も耳にしている。

追い詰められた村の者たちが、岸太郎のその密計に、暗黙のうちに期待を寄せているようなところが確かにあった。かく言う自分も今までは、その一人だったのではなかったか。

耕吉が無言でいることに業を煮やしたのか寅吉は、なおも勢い込んで喋り続けた。

「ようがんすか。火事が悪いんじゃながんすんだ。加治原が悪いのだんだ。おらしっかりど覚《おべ》えでるども、こつなぎ山は明治十年に村の山だどいう事で、払い下げになったはずなのせ。それをいろいろ面倒があるへで、村民の代表どして立端鬼頭太の名義にしたはんだ。んだすけゃ村の者は、ずうーっと山を好きなように使ってきたべし、地租だってみんなして分担して払い込んできたんだえせ。へんだすけゃ、明治三十年に栅山らの名義になった時も、その後兼子多衛門の名義になった時も、おらだは山だけは自由に使って来たはんだえせ。栅山だって兼子だったて、こつなぎ山はこつなぎの村山だっつ事はよおぐ知っていだのせ。加治原だってその事は、充分に分がってだ筈だえせ。ほんだすけゃ、この十年間、村の者はやっぱり自由に木を伐ってきたはんだえせ。それが火事になった途端に、まるで手の平返したように牙を剝きだした。これは一時間《いっときま》の事では無がんべせ。これがらの村の将来に係わる問題だえせ。へんだすけ村の者がみんなして加治原ど闘わねばならない問題だべよ。それをいがに火元だがらったて、岸太郎一人さ責任おっ被せで、死なせでしまってよがえが。責任を感じて命まで投げ出して、一人で解決すんべど決心するような立派な男を、むざむざ死なせでいいのだがえ。ええ、どだい耕吉っつあん」

肩を大きく上下させ、身の内に僅かに残っている情熱を総動員して語っているような寅吉を見て、耕吉は自分がひどく恥ずかしいような気がしてきた。

確かに寅吉の言うとおりだ。自分だってすでに還暦を過ぎており、村の者たちに分別を説く立場であるはずだ。それがまるで他人事のように、無意識とはいえ岸太郎親子の計画に、いつの間にか期待を寄せるような気分になっている。

岸太郎がこれまでどれほど重い責任を感じて苦しみ、またどれほど悲壮な決意を持って事に当ろうとしているのかを、身に沁みて考えもせずに。

「確かに寅吉さんの言うとおりだえせ。岸太郎の計画は止めさせる事にしあんすべ。ただ、このままでは埒《らち》が明がない事もまた事実でがんす。岸太郎の計画を止めさせだその後をどうするかでがんすども、さて一向にいい考えが浮がばながんすどもせ」

「とにかぐ今は、岸太郎を止める事せ。聞けば、近いうぢに礼太郎が来るづう話だへで、岸太郎親子はその時に必ずやる腹づもりだえせ。その前に止めさせる事せ」

何かにせかされるように言うと、これで用は済んだというように杖にすがって腰を上げようとする。ふらついてまた腰を落としそうになった寅吉を、耕吉の娘のリエが駆け寄って抱きかかえるようにして立たせてやる。

「うも、又四朗のせがれど、仮祝言でいいんだすけゃ、早ぐ上げて所帯を持づんだ。そうして早ぐ新しい家、建でるんだ」

リエが米田又二と結婚を言い交わしていることを知っていて、そう言った。寅吉を送り出しながら、寅吉爺さんは、身体が不自由な分だけ耳と勘を働かせて、村のことは何でもお見通しだとリエは思った。

翌日耕吉は、立端現八と米田又四朗、土川千治の家をそれぞれ訪ねて、昨日の寅吉との会話の中身を話した。

∮

「岸太郎さんは、責任感が強いがらせ。何もかも自分の責任みだいに思って、一人で背負《しょ》っていぐつもりだえせ。したども火事の火元だっつう事と、加治原が村がら山を取り上げるっつう事は、別の話で無がえが」

「したども誰かがやらないば、埒ぁ明がながんべし……」

又四朗は気弱な目を耕吉に向けながら、迷うようにそう言った。又四朗はリエと婚約している又二の父であった。

「いやいや、思い通りになるどは限らながんべせ。万が一失敗した時の事を考えでみらんせ。加治原が生き残ったり、岸っさん親子が殺人で捕まったりせ。どったな結果だってあるえせ。村にとっては、どうやしたって後味のいいものには、ならながんべせえ」

耕吉は話しながら自分の腹が、すでに岸太郎の行動を阻止する方向に固まっているのを感じていた。岸太郎は信頼の置ける村の良民だ。寅吉の言うとおり、加治原のような悪党と心中させるような事があってはならない。

「岸っさんは、とにかくやる気だよ。簡単には諦めながんべよ」

岸太郎とは一番仲のいい現八が、そう言った。

「責任感が強いへでせ。したが訳の分からない男でゃ無いんだ。みんなして説得すれば止めるべせ」

村の主だった者たちが岸太郎の家に押しかけたのはその晩のうちだった。

「まだ花の座敷も踏んでいない市太郎まで巻き添えにしてやる事では無がんべさ。な、岸っさん、ここはひとつ思いとどまってけろ。お前さんの誠意はみんな、充分に分がっているへんでせ」

みんなが口々に説得したあとで耕吉が最後に念を押すように言うと、岸太郎は手を両膝の上に突っ張らかせたまま、肩をぶるぶると震わせた。

「わがったえ岸っさん。止めでけるべな。後の事はみんなして考えるべしせ」

現八が言うと岸太郎は、肩をがっくりと落として粗筵《あらむしろ》の上に片手をつくと、もう片方の手は顔を被ったまま、激しく肩を上下させた。後ろで女房のりくや幼い千五郎もしきりにしゃくり上げている。現八も手の甲で瞼をぬぐってもらい泣きしていた。

市太郎だけは涙を堪えて、膝の上にのせた両の手を強く握り締めている。

この一年近くの間、岸太郎一家がどんなに重い苦しみを抱えてきたのかを耕吉は、改めて悟ったような気がした。

やはり寅吉爺さんの言うとおりだ。このまま小川岸太郎一家を見殺しにしてしまったら、村に末代まで禍根が残ることになる。

第二章　訴訟

一　平糠天皇

岸太郎の一件は片付いたが、それで加治原の攻撃が止んだ訳ではなかった。村の暮らしには間断なく燃やし木が必要であったし、馬のための萩刈りもしなければならない。ヒエバセも立てなければならない。そういう暮らしであるから、どうしても山に入らないという訳にはいかなかった。だが木を伐り出せば警察に突き出される。だからといって毎日の薪を取って来ない訳にはいかない。

そのため村人たちは、こっそり山に侵入し、捕まっても盗伐には当たらないように、その日使う分の僅かの粗朶《そだ》を拾い集めるだけにした。だがそれとて加治原の監視の目を逃れて進入路を変えたり、回り道をしたり、また夜陰に乗じて密かに取って来ざるを得なかった。

また寒い冬が来る前に、家を建てたりあるいは仮小屋を補修したりもしたかったが、生木を伐ると跡が残るのですぐに分かる。なにより家の普請をしていると「その材料は何処から運んできたのか」とすぐさま山番に詰問される。

いったい先祖代々から自由に出入りしてきた村の山に、どうしていきなり立ち入ってはならないなどということになったのか。なんでこのような理不尽な目に会わなければならないのか。どう考えても納得のいくことではなかった。だが木を伐れば現実に警察が乗り込んできて、福岡署に連行され罰金を取られる。

とうてい承服出来ることではなかったが、苦汁をかみ殺して辛抱するしか方法はなかった。加治原は八戸辺りからさらにゴロツキのような男を二人ばかり連れてきて山の監視をいっそう強め、自らは猟銃をぶら下げ、鹿撃ちを兼ねて山を徘徊していた。

ある者は立木を鋸で挽いていたところへいきなり鉄砲をぶっ放されて、腰を抜かすほど驚いて、転げるように逃げ帰ってきたという者も居た。

∮

いねは窓も何も無い掘っ立て小屋で、明かり取りのために、突っ支い棒で押し上げてある板戸の隙間からちらりと表を覗いた。すると寅吉が、長い杖にぶら下がるようにしながらえっちらおっちらとこちらにやってくるのが見えた。

「お父《ど》さん。また寅吉っさんが、来あんしたえ」

「ほが。へば、中さ入れでやんだ」

土間に敷いた粗筵の上で、つまごを編んでいた耕吉は、傍らの藁束を直して寅吉が座る場所を拵えた。

　寅吉は、穀物の収穫が終わり、栗などの山の実の採りいれの時期が間近かに逼ってきたためか、にわかに居ても立っても居られなくなったようで、この数日、夕闇が下りる頃になると、何かに取り付かれたようにいねの家にやってきて、亭主の耕吉に突っかかるようにして、胸に溜まった憤懣を吐き出していくのであった。

　娘のリエが表に出て、介添えするように手を貸して中に招じ入れると、腰を落すか落さないうちに寅吉は息巻いた。

「耕吉っつあん。加治原に、こったに好き勝手やらせでだら、こつなぎ村は死に絶えでしまうべせ。どう、このこつなぎの山だら、昔っからこつなぎに持たれだ山だが、山に持たれだこつなぎだが、山が親だが村が子だがっつうぐらい山ど村は離れようもない関係だんだべえ。それが山を取り上げられだらどうするってせ。このままでゃ本当に村が潰れでしまうえせ。何とかしない訳には、いがながんべせ」

　いつものように寅吉は、残り少なくなっている身体中の力を、全て動員して怒りを表現しているように、激しく言い募った。

「おらも、爺さまに負げないぐらい怒ってるのせ。確かに加治原は村さ来た時はこう言ったのせ。山にはぁ、死んだ木が何本もある。それだけでもみんなが二、三年燃やすのに充分なぐらいある。みんなの山だすけゃ、なるべぐ生木は伐らないで大切にすんべし、へばそのうちみんなの宝になるがらってなっす。へんだすけゃ、みんなして植林もしたべし、山あ守ってもきたべせ。へったば村が火事になった途端に手の平返してせ。柴も取るな栗も拾うな、やれ萩も草も刈るなってせ。言う事を聞かないば、ぎりぎりど警察さ持っていってせ。あれはとうてい人間のやる事では、無がんべせ」

耕吉も同じように怒って言うと、寅吉は思わず相好を緩めて腰を浮かしかけた。

「へったってせ」

耕吉がなお続きを口にしかけると、寅吉は浮かしかけた腰をまた沈めて、何かを問うように耕吉の顔を凝視した。

「いったい、どうやしたらいいがんべせ」

「訴えるのせ。訴訟で闘うのせ」

「おれもそれば考えだったたども、訴訟で闘うったって、山の名義は加治原のものになっているづべし、へんだすけゃ木を伐れば警察だの裁判所だのが来るのだべぇ。警察も裁判所もこっちが悪いど言ってる訳だえせ。へば、何処さ何を訴えるってせ」

耕吉が途方にくれたように言うと寅吉は、いっときしわだらけの瞼の下の目を、じろりと傍らで様子を見守っているいねとリエに向けてきた。それから小屋の中の薄暗い虚空に視線を泳がせてから、ぼそりと呟くように言った。

「いい考えが浮がばない時は、他人《ひと》の知恵を借りるしか無がんべせ」

「他人の知恵でばせ?」

寅吉に何か考えがあるのかと耕吉が、期待の籠った目を向けた。思わずいねも寅吉の顔に目を釘付けにした。

「平糠天皇《ひらぬかてんのう》さ相談すんだ」

「天皇？　天皇ってばあの、平糠の小堀喜代七さんさが」

「んだ。あの人さ相談すんだ」

「確かに、小堀さんだば、訴訟っ気はぁ、あるべども、大したほら吹きだっつう話でねえすか」

「いんやそうではねえ。小惚《こぼ》っけ無しの耳さば、ただの駄ぼらにしか聞こえながんべどもせ。それはあの人が並外れだ人だがらせ」

小堀喜代七のことならいねも多少のことは知っていた。こつなぎとは山ひとつ隔てた隣村の平糠の住人で、反物や漆器を始め日常必要な雑貨を売り歩く行商人だが、他に様々な行政や法律上の相談、生活相談から夫婦喧嘩の仲裁まで引き受けるといった人物であった。大きな身体で少し猪っ首だが、太い眉毛の下でぎょろっと光る目玉は、ものに動ぜぬといった雰囲気を放つ、まことに悠揚とした人物なのであった。金が無いといえばある時払いの催促なしという具合で気軽にものを渡してくれるから、商売っ気があるのか無いのか分からない人だという風評もあった。

茫漠とした雰囲気で時どきとてつもない事を言うため、陰で「三百代言」とか「大法螺吹き」などと言いたてる者もいるが、そのなんとなく懐の深いようなところにみんなどこかで甘えているようなところもあって、いねも決して嫌いな人物ではなかった。

「平糠の山な。やっぱり昔の名主に取られでしまった時な。他の者は少しばがりの金貰って要求を呑んでしまって、山の権利手放したのに、あの人ばがりは承知しないで訴訟起こしてなっす。一人で五十町歩もの山を勝ぢ取ったたづおや。そんでもあの人はその山、独り占めしないで、平糠の人だちさ、ただで使わせでるづおな」

そういえばそんな話も聞いたことがあったといねも思い出した。小堀さんという人は得体の知れないところのある人だが、人の相談ごとや愚痴なども嫌な顔ひとつせずに聞いてくれる人だ。

確かに今、こういう事の相談をするとしたら、あの人を置いて他にいないのではないだろうか。寅吉爺さんはさすがに村の古老だけあって知恵が回る。いねは思わず亭主の耕吉の顔を窺った。すると耕吉は、静かに自分の気持を確かめるように目を内向きにしながら、

「成るが、成らねえが分がらないども、とにかぐ今だば藁さもすがりだい気分だんだものせ、寅吉爺いさんがそう言うんだば、そうして見やんすか」

とようやく納得したように言った。寅吉は帰りがけに娘のリエに向かって、

「早ぐ木を伐って屋敷普請しねぇ事にはぁ、お前《みや》はんだってなや、せっかぐ婿を貰ったたて、二人の寝所もながんべしや」

同情するように言った。

いねの家ではこの春、娘のリエに婿を貰っていた。相手は同じ村内の米田又四朗の次男で、又二という、リエより二つ歳上の男だった。

耕吉は未だ六十三歳とはいうものの、長年にわたる山間農業の過酷な労働のせいですでに腰が曲がり、身体も相当に痛めつけられているため、若い頃のような働きは出来なくなっている。娘のリエも火事の時、火炎の中に飛び込んで馬を助け出してくるほど気の強い女なのだが、その割には身体が弱く、農作業は疲れて半日と働くことが出来ない。そのため山本家の労働の大半が女房のいねの肩にかかっていた。そこへ入り婿として来てくれた又二は、文字通り山本家の新たな大黒柱で、一家の暮らし向きは否応無く又二の双肩にかかることとなっていた。

だが火事の後、加治原のせいで家を再建することが出来ない。婿を貰っても夫婦だけの寝所さえないような狭い掘っ立て小屋であった。いねは娘が不憫だし婿の又二にも済まないと心で思いながらも、どうすることも出来ずにいる。

又二は今は、こつなぎからは少し北の方に行った石切所というところの山に入って、炭焼きをしている。今は月に一、二度ぐらい、リエの方から訪ねて行って一晩か二晩泊まってくるといった程度の夫婦なのであった。

寅吉の言葉は、そんなリエ夫婦を憐れんでのことだった。

∮

耕吉が山ひとつ隔てた平糠の里に出向いたのは、寅吉が最後に尋ねて来た日から三日ぐらい経ってからのことであった。その日耕吉は、むじり袖に股引、ほお被りをして手には四手《もっ》網《ば》を持ち、完全な魚獲りの風体に姿をやつして、朝早くに出かけた。

「遅ぐなるがも知れないへで、心配しなくてもいいや」

と出がけにいった言葉が、行き先を示していた。耕吉は、万が一小堀が留守の場合でも待っていて、必ず会ってくる腹づもりなのだといねは思った。

平糠までは火行の峠を越えて東に下る片道一時間余りの行程だが、今の耕吉の足ではその倍以上はかかるだろう。話が長引いて夜に山歩きをするような成り行きも考えられる。あるいは途中で加治原の山巡りに見つかって難癖をつけられ、無法な振る舞いに会わないとも限らない。いずれにしろ今の耕吉にとって、峠を越えていくのはそれだけで相当な難行のはずであった。

四手網を肩に掛け、上体をやや沈ませながらとことこと歩いていく亭主の後ろ姿を、いねは娘のリエとともに心配そうに見送った。

耕吉が帰ってきたのは西の山の端に日が沈んで間もなくのことであった。西と東を高い山の壁で塞がれているこつなぎは、日の出が遅く日没が早かった。

家に入るなり「はぁー行ってきた行ってきた」と疲れを吐き出すように言うと四つん這いになって、いざるように炉ぶちまで行ってから、腰を落ち着けた。

「まんつ、飯《まんま》あがらんせ」といねがのべた碗に、箸をつけるのももどかしそうに「おら、やるへでな嬶《かか》やい。おら、やるへでな、リエやい」と興奮気味に言った。

「お父さん。小堀さんと会ってきたのがい」

「ああ、会ってきた、会ってきた。小堀さんだば、やっぱり大したもんだおや。おら、ずっぱり上がり込んで、しばらぐ話っこ聞いできたおや」

「へば、どったな話っこして来あんしたのせ」

リエがせっつくように聞くと耕吉は、隙間風にゆらゆらと揺れる粗朶の炎に、しわだらけの顔を茜色に染めて二人の女の顔を交互に見た。

「あのな、おらどにには入会権づうものがあるのせ」

「いりあいけん?」

「ああ。山で暮して来た者には、たとえその山の名義が誰に替わっても、引き続き山を使う権利は保障されるつう、法律があるのせ」

「へば、こつなぎ山が加治原の名義になってでも、こつなぎ村の人間は、引き続き山を使ってもいいいってがい」

松の木の破片を松灯蓋にくべ足しながら、いねが言った。

「ああほんだ。おれも小堀さんがら聞くまで、知らながったどもせ。そういう権利が民法でちゃんと保障されでいるのだどさ。これさちゃんと書いであら」

耕吉はやおらむじりの懐に手を入れると、一冊の本を取り出して、いねの前に放り出した。

「なんだえせこれは。おれぁ字っこ読めないの、知ってやんしたべえ」

「民法原論っつ本こせ。入会権の事を書いた本づのは、そったに多ぐはないへんで、みんなして大切にして回し読みしたらよがべって、小堀さんが貸して呉《け》だおや。道々、ぱらぱらど捲ってみたどもせ。これはぁ確かに、今のこつなぎさ当ではまっているごったおや」

「へったらど、みんな、字っこ読めない人だぢばりなんだおん、お父さんがちゃんと読んで聞かせるよんたえせ」

「ああ、おれもそう思いながら来たのせ」

今のこつなぎで、満足に読み書きが出来るのは、片山玄十朗と山本耕吉ぐらいなのであった。その晩耕吉は、よっぽど機嫌をよくして、しばらく女房と娘を相手に、小堀とのことを話していた。

お父は平糠に行って、希望を持って帰って来たらしい。いねも冷えて固くしこっていた気持が、しばらくぶりで温《ほと》められたような気分になった。

∮

翌日耕吉は、寅吉の家に行って小堀と話し合ってきたことを報告した。

「寅吉っさん。やっぱりお前はんの言うとおり、訴訟で闘えるよんたい」

寅吉は、しわに埋もれたような表情をいっそう歪めて、ようやくのことに笑顔と分かるような表情を見せた。

「へば耕吉っさん。さっそぐ村の衆さ教《すか》せで呉んだ」

その晩から耕吉は、村の者たちに平糠に行ってきた話の報告をした。村の者は三三五五、耕吉の家に来たり、あるいは立端現八の家に寄り集まったりしながら、耕吉の話に耳を傾けた。

「ほう、入会権ってがい。そういえばそったな権利があるづう話っこ、前に聞いだ事あったな」

「ほんとにがい。へば何して、今まで黙ってらったい」

「へったら、そったな権利があるのにせ、何して警察は加治原の味方してるんだべな」

「あいづら、入会権なんて知らないんじゃないのがい」

「とにかぐせ。訴訟起ごすったって、何をどうするのだが、小堀さんがら聞がないば話にならながんべせ」

「ほにせ。まだ入会権もよぐ知らないすけゃ、小堀さんに一回こつなぎさ来て貰って、みんなさ話っこしてもらう訳にゃいがながんべが」

この一年、暗く険しい表情になっていた村人たちの顔に、ようやく生気がよみがえってきていた。その様子を耕吉は、これが山を取り戻す反転の糸口になってくれればいいがと、祈るような気持で見守った。

村の意を受けて、立端現八が小堀の要請に出向いたのは、秋も終わりに近づいた昼下がりのことであった。小堀喜代七は、他にも小鳥谷や金田一村の訴訟の相談にのっていて、いますぐは無理だが、間もなく一件が終りそうなので近いうちに必ず行くと約束してくれた。だがそれから間もなく、二日続けて大雪が降り、峠は当分行き来することが出来なくなってしまった。

二　現八

　師走に入って間もなく、しばらくぶりでこつなぎ青年同志会の集まりがあった。こつなぎ青年同志会は、もともとはこつなぎ青年会として明治三十八年に設立されたものであったが、加治原がこつなぎに乗り込んできて加わってから青年同志会と名称を改め、以来にわかに精神主義を強め、何か思想的な目的性を持ったもののように、微妙にその性質を変えてきていた。

　青年団とはいっても四十を過ぎた者も何人か居り、この時は三十三歳の加治原伝次郎が会長で、四十三歳の現八が副会長を務めていた。伝次郎が村の新しい旦那のような顔をして皆の上に君臨し始めたことに加えて、その性格もなにやら加治原の親衛隊的なものに変質しつつあったから、現八は以前から内心で、そろそろ身の引き時だと思っている。

　そうでなくとも当初は三十人を超えていた会員が、村の大火以降、突如として加治原がその暴虐な本性を現してからというもの、二人、三人と退会してゆき、今では僅か十四、五人だけになってしまっている。

　会場になっている小学校の靴脱ぎ場で現八は、片山玄十朗と鉢合わせになった。

「現八っさん。お前さん、平糠の訴訟狂いの家さ行ったそうでねが。まさが訴訟起ごすつもりでながえな」

片山玄十朗が揶揄するように言った。おどけた調子だが、目にこちらの腹構えを見透かそうとするような狡猾な光が宿っていた。現八が無言で睨みつけると玄十朗は、薄笑いを浮かべたまま、するりと目を逸らせて先に中へ入ってしまった。伝次郎より五つ、六つ年嵩の玄十朗は、同志会ではもっぱら伝次郎の補佐のような役割に徹している。

職員室に行くとストーブが焚かれ、すでに十人ほどの人間が集まっていた。

「今日は始めに、森林保護の件を議題にします」

いつも座長役を務めている片山玄十朗が、卑屈そうな笑みを浮かべて皆を見回した。現八と目を合わさないようにしていることから、その緊張ぶりが伝わってくる。

「このところ、他人の山さ勝手に入って、勝手に木を伐る盗伐事件が頻発している事は、みんなも承知のとおりだどもせ」

「ちょっと待で！　何が盗伐だ。ここの山は昔っから、こつなぎ村の山だべな。現にう汝《な》だって、昔から木を伐ってきてるべせ」

現八は、玄十朗を大声で怒鳴りつけた。

「いや、いや、おらは、ちゃんと加治原さんの許可を得で、伐らせで貰ってるのせ」

「何が伐らせで貰ってるだ、この小惚けなしぁ。う汝のよんた奴が居るへで、村の権利が侵されるんでねが」

「まんつ待って呉ねがい、現八っさん。みなまで喋らせで呉ねがい」

玄十朗は現八がどう出るかをあらかじめ予測していたようで、さほど取り乱す様子も見せずに議事を進行させようとする。

「じつは加治原さんから同志会さ、森林保護のために山の巡視を依託したいという願いが、出されでいるのせ。もちろん日当はちゃんと保証するづう事ですが。どうだえな、『土方』さ出はって稼ぐよりはえがえな」

玄十朗は、狐のように目を細めてみなの顔を見回した。すると半数の者が、にわかに潮垂れたように、下を向いた。加治原はこつなぎに来てから金貸業を通じて、元の名主の鬼頭太を始め現八やその他の者の田畑を取り上げてきた。その手先になってきたのが玄十朗であり、この十年の間に加治原は、こつなぎ村の新しい名主になっていたのである。

下を向いた者たちは、その名子（小作人）の子弟たちで、名主の加治原には何事につけ逆らう事が出来ないために、現八たちの気持を慮ると、つい潮垂れざるを得ないのだった。

「いやぁ、同志会さそったな大役を預げで下さるんだば、これはあ、受けない訳にはいがないんじゃないすか。なんたって山はむやみに伐《き》っ払《ぱら》っていいもんじゃ無がんべしせゃ。森林保護づのだば、大いに受げるべぎだど思いやすども　なっす」

揉み手をしながら真っ先に賛意を示したのは、小学校教員として赴任してきている、田中甲子郎であった。この男は小学校の学務委員をしている加治原に目をかけられ、玄十朗同様に彼に臣従しているような男であった。

「ちょっと待でや」

現八が再び割って入った。

「森林保護だの、山の巡視だのって、尤もらしい事言ってるどもよ。なんの事はない村がら山を取り上げる仕事を青年団さ、手伝わせるっつう事じゃねえが。村の青年団が、加治原のただの番犬に成り下がるっつうごったべ。それは青年団を潰すっつう事だべさ。そったな事さ、誰も賛成出来る筈はないでねえが」

「賛成出来るか、出来ないか、採決してみなければ分かるまい」

それまで座を睥睨するように、無言で見守っていた加治原伝次郎が、抗いがたいほど高慢な表情をして鋭く言い放った。

「へば、決、とってみべが」

すかさず玄十朗が、座を見渡して言った。

「加治原さんの要請を受げる事に賛成の人」

五人の者が恐る恐るというように手を上げた。

「へば、反対の人」

現八を含む五人の者が、勢いよく手を上げる。中に一人、加治原の名子の滝川金蔵が居て、これはさすがに逡巡する様子を見せた。だがそれは一瞬だけのことで、すぐに現八たちに同調して手を上げた。

「あちゃちゃ、賛否同数だなや。こういう場合は議長のわたしが、はい賛成という事で、青年同志会どしては、加治原さんの要請に応える事に決定いだします」

玄十朗が言うと、ガタンと椅子をひっくり返して現八が立ち上がった。

「よぐも、いげしゃあしゃあどまあ、そったな鉄面皮な業やってのげるもんだなやい玄十朗。う汝だば、昔っから根性の腐った野郎だったども、したども此処まで下衆《げす》だどは思わながったなやい。う汝だったて、村の人間が山の木を伐れなぐなって、どったに難儀してるが知らない訳じゃながんべが」

現八が突っ立ったまま、今にも殴りかからんばかりの形相で玄十朗を睨みつけた。

「いやいや現八さん。そったな事言ったたて、山はすでに法的にも加治原さんの名義になってるんだすけゃ、村の者は加治原さんさお願いして木を伐らせで貰うしか仕方が無がべさ。現に勝手に伐れば、警察だの裁判所ぁ飛んで来るんだすけゃな」

「何時の間に名義ぁ替わったんだ。これは村山だぞ。村の者は誰一人、山を売った覚えはねえんだ。それなのに加治原の名義になってらっつ事は、裏でろぐでもない画策をやったに違いながんべよ。それによ、よしんば名義は加治原の物になったどしてもな、村には入会権づう権利があるんだ。う汝、分がってらが、入会権をよ」

現八の剣幕と、入会権という耳慣れない言葉に、玄十朗は目を眇《すが》めて押し黙ってしまった。

すると、ふいに伝次郎が立ち上がって言った。

「現八さん。あんたさっきから黙って聞いていれば、村の権利だとか入会権だとか言っているが、そんな小賢《こざか》しい言葉をどこで覚えてきたんだ。その平糠の小堀とかいう男からなのか」

「それがどうした。う汝に関係ないだろうが」

「ふふん、無学な『呑百姓《どんびゃくしょう》』には、ふさわしくない言葉だからな」

伝次郎は薄い胸を反り返らせるようにしてせせら笑った。馬鹿にするというより、蔑むという態度であった。

「う汝ぁ！　この野郎め」

現八はすでに怒りを抑えられる限界に達していた。この強欲で冷血な男のために、どれほど村の人間が苦しめられているのかと思った途端に、ほとばしるような激情に襲われていた。気がついた時には、仰向けになった伝次郎の上にまたがっており、すでに数発の拳骨が伝次郎の顔面に炸裂していた。

「このっ、このっ、う汝のよんだ奴に、これ以上、村を荒らされで、たまるがあ！」

それまでおろおろと、ただ騒ぐばかりであった玄十朗と田中甲子郎が、ようやく両側から現八の腕を押さえにかかった。他の者は誰も止めようとはしなかった。

「現八っさん。暴力は止めんだ。乱暴は止めんだ」

「何が暴力だ。ただの喧嘩だべさ。負げれば暴力にすんだな、う汝だは。それよりこいづのやってる事の方がよっぽど悪どいでねえが」

現八は立ちあがった。肩で大きく息をした。それから、「う汝どには、人の心が無いのが」と棄てぜりふを吐くと、荒々しく部屋を飛び出して行った。その後に、巡回に反対した四人の男たちが続いた。

学校の玄関を出てから、現八が名子の金蔵に言った。

「金蔵。汝《な》、加治原さ逆らって大丈夫だが。田んぼど畑、取っ返されんじゃねえが」

「なに、おら、ほどんと『土方』して食ってやすもの。加治原の畑耕したって、いい所はあらがだ名主に持っていがれやんすもの。それより現八さん。おら現八さんが加治原をぶちのめしてくれだへんで、しばらぐぶりで気分がすっきりしやんしたが」

金蔵は、小作人の胸中を開いて見せるように言った。

「なに、ただの弾みだえせ。それよりう汝の方が、よっぽど勇気があるべせ」

闇夜で相手の顔が見えるかのように、二人は見つめあいながら忍び笑いをもらした。

この晩の出来事は、翌日には村中に広がった。あの冷血で高慢ちきな旦那を、現八が叩きのめしたというのだ。村の者たちはほんのいっときであるにしろ、何か溜飲を下げたような気分になったのである。


小堀喜代七がこつなぎ村にやって来たのは、翌年のまだ山の陰に雪が残っている春先の事であった。

村の者が集まったのは村外の親戚などの助力を得て、ともかくもいち早く家の復旧を遂げていた山火忠太郎の家であった。この時には耕吉や現八の報告を受けて、山本予惣次、土川千冶、小川岸太郎、立端長志など村の主立ち衆は、あらかた訴訟で闘う方向に傾いていた。だが入会権というものに今ひとつ確信が持てないことと、その他の村の人間たちに入会権や訴訟で闘うということがどういうことなのかという、その実際について、小堀に説明して欲しかったのだ。

上がり端《はな》に炉辺を切った十畳ばかりの板場は、三十四、五人の村人たちで立錐の余地がないほどだった。その村人の前に、別間で家主の忠太郎と茶を飲んでいた小堀が、二十貫は優に超える巨漢を現すと、村人の間から思わず「ほう」という感嘆の声があがった。小堀は最近は行商をやめたのか、村には滅多に姿を見せなくなっており、村人の中には初めて小堀を目にする人間も少なくはなかった。

「まるで西郷さんでねえがや」

太い眉毛にちょっとひょうきんな感じのするぎょろりとした目、胸板の厚い大柄な身体は、村人の目にはいかにも頼もしく映った。

「山は昔から、此処にあってせ。誰のものでもながったのせえ。へんだすけゃ、村の者は自由に山さ入って好きなように木を伐ったり、栗を拾ったり、山菜を採ったりして暮してきたのだべ。それが当たり前の暮らしだべし、村というものは、そういう風にして、山があったがらごそ、出来た訳だえせ」

話しだすとその声は見かけによらず穏やかでやさしく、誰の目にもふところの深さを感じさせる人柄のように映った。

「ところが日露戦争で勝って、陸軍が軍馬の飼育場を広げるために山を欲しがるようになったべし、鉄道がどんどん広がって、枕木にするための木が大量に必要になったべせ。炭の需要だったて近ごろぐんと増えたべしなっす。そんなこんなで山の値打ちが急に跳ね上がった訳なのせ。欲の深い奴がそこさ目ぇつけた訳だべえ。それで勝手に法律作ってせ。やれ所有権だの名義だのど、自分たちに都合のいい事を考えだしてせ。昔っから山で暮してきた人間をほっぽらがして、法律で紙切れさ権限を与えで、山の人間が知らない処で、この山は誰のもんだのあの山は誰の手さ渡ったのど、勝手にやり始めだのだえせ。作られでしまえば悪法も法なりで、それがまがり通ってしまう訳だえせ。世の中がいつの間にが、そったな風になってしまったへで、今さら加治原の名義になってしまったものを、売った覚えはないって言っても、なかなか簡単には勝てながんべよ」

　座は水を打ったように静まり返り、しわぶきひとつしない。

「したども山はなっす。本当はもともと誰のものでもながったのす。あえで言えば昔から使ってきた山の人間のものだえせ。所有権づうものがあるなら、入会権づうものもある訳だえせ。これは昔っから山を利用してきた者たちには、引き続きその山を利用する権利があるという事なのせ。ちゃんと民法つう法律で保障されでいる立派な権利なのせ」

　小堀が座を見渡すと、現八がいかにも勇気を得たというように声を出した。

「入会権が法律で保障されでいるのだば、山を使うなっ云《づ》う加治原の方が法律違反っつうごってすべ。したのに何して警察は、加治原を取り締まらないで、村の人間ばりしょっぴぐのだべね」

「ほんだ、ほんだ」

数人の者が相づちを打った。

「さて問題はそごだなっす。正義は確かに村の方にある。したどもどうも警察は、正義のために動ぐのではないよんたものなっす。確かに警察は、泥棒も人殺しも捕まえるども、そういう犯罪人づのはたいがい貧乏人だすけゃなっす。観でるど正義のためづうよりも、どうも金持ちの利益を守るために動くづう性格の方が、強いんでながえが。目の前の警察を一人ひとり見回してもせ、どうも金にも権力にも弱そうで、あんまり頼りになりそうな奴にはお目にかがらないものなっす」

小堀がひょうきんに言うと、座に笑いが起きた。

「ま、警察も裁判官も、所詮は一人の人間だえせ。したども法律に書いてある事はそう簡単に曲げる訳にはいがながべ。卑しくも天皇陛下の裁判所で、御法を曲げで陛下の御顔さ泥を塗るよんた事は、誰にも許される事ではながえせ。あっちも陛下の臣民だば、こっちも紛れもない陛下の臣民だんだ。捧げられる命がひとつである事に、何の違いがあるってせ」

「へば小堀さん。訴訟起ごせば、勝でる見込みがあるべがす」

「さあで、問題はそこだなっす」

小堀は気持を確かめるように村人の顔をぐるりと見回した。

「訴訟づのは、戦《いくさ》ど同じせ。法律で殴りあう喧嘩なのせ。こっちもそうだば、向こうだって負げないで弁護士立でで、法律を振り回してくる訳だべせ。それで相手を叩きのめさないば、勝てない訳せ。しかも相手の加治原は銭っこいっぱい持ってるべえ。銭の力で警察を味方につけたり、訴訟も有利にすんべどかかって来るべえ。したらば、銭っこも無い、警察の味方もいない貧乏な村の我われは何とするが」

半ば問い掛けるような小堀の言葉に、座がしんと静まり返った。皆の目が、これまで見たこともないものが出てくる手品の瞬間のように、小堀に注がれた。

「こっちは、皆がひとつに固まるごったべえ。一人ひとりの力は確かにあんまり強ぐない。したども皆が固ぐ結びつけば、これは何倍もの力を発揮するようになるのせ。みんながひとつに固まって、知恵も銭んこも、力も絞り出せば、これは凄い力になるのせ。この力は加治原にはない。頭数があるように見えでも、向こうはただの欲得づくで集まってるだけなんだすけゃ、本当に固く結びつく事なんか出来ないのせ。へんだすけゃ村がこうひとつに固まれば、きっと訴訟にも勝てるべせ」

良識の感じられる力強い言葉だった。一時間余りの間に村の人間たちは、すっかり小堀の話に魅せられてしまっていた。

「道ぁ決ったなや」

「よおし、やるべし、やるべし」

誰かが言い、みんなが手拍きをしたことが、裁判で闘うことの表決を意味していた。

第三章　切り崩し

一　玄十朗

名子の立端参次の家に、ひと目を憚るようにして玄十朗が訪れたのは、小堀喜代七が山火忠太郎の家で話をしてから半月ぐらい経った、ある夕間暮れのことであった。この頃には山の雪もあらかた消えて、村ではいち早く芽を伸ばした土手のスズナや畦のフキノトウ、小川の水ゼリなど、野草の採取に駆けずり回る村の女たちの姿が見られるようになっている。

だが玄十朗が参次の家に来たのは、そうしたのどかな風景とは裏腹の、無粋で陰険な用向きのためであった。

「じゃじゃじゃ、じゃ、参次さんよ。なにお前《みや》さん達は、平糠の小堀さんば呼ばって、訴訟の相談ば打《ぶ》ってだってがい」

「まんづ、そったな成り行ぎのよんてがすない」

「いやいや、訴訟だのなんたのって、穏やがでごあせんな。さすがの加治原さんもびっくりしてしまってせえ。名子の人たちも一緒に参加《かだ》る気だべがって心配してらえ。参次さん、なに、お前さんも、名主を相手に訴訟を起こす気だってがい」

「いや、おらは、まだ考え中で」

名子だ名主だと、ことさら立場を強調してくる玄十朗の魂胆に気付きながらも、加治原の田んぼと畑を耕している参次には、毅然とした態度はとれなかった。

「加治原さんは何も、山ぁ絶対使わせないって言ってる訳じゃないのせ。ちゃんと許可を得でやれば、木も伐らせるし草も刈らせるって言ってるのせ。それを無断で、たんだ無闇矢鱈に伐るへんで、森林保護の立場から怒っているのだえせ。お前さんは、現八さん等ど違って、加治原さんの身内みだいなもんだ。ちゃんと小作契約も結んでる訳だべえ。へんだすけゃ山も従来どおり使わせるって言ってるんだもの、たんだ騒ぐのが好ぎな連中ど一緒になって、訴訟なんかやらないんだい」

　身内みたいなものだと言う言葉の裏に、現八たちのような「本百姓」と名子とでは、もともと立場が違うのだという脅しを、巧みに織り込んでの懐柔であった。

　鬼頭太に替わって新たな名主となった加治原は、名子たち全員から、都合の悪い時には土地は取り上げるという小作契約証をとっていた。それをチラつかせられると名子は弱かった。足下を見た玄十朗は、さらに揺さぶりを掛けるように言った。

「なんたって訴訟だばはぁ、途方も無い銭っこぁ掛がるんだすけぁな。どう、いちいち盛岡だの仙台まで通わないばならないんだい。仕事は休まないばならながべし、その往復の汽車賃だべし、弁護士費用だべしせえ。それも一回や二回で済む話だばいいったってどう、何年がかがるんだが分がらながべしせえ。加治原さんには銭っこは腐るほどあんべし、村には無がんべしせえ。どうやって訴訟を続ける気なんだが、おれには分がらないどもせえ」

玄十朗は最後に、とどめを刺すようにぶら下げてきた一升瓶と新聞にくるんだニシンの糠漬けを差し出した。

「これは加治原さんからの差し入れだ。ちゃんと旦那は旦那で立でで置けば、こうやしてたまにはいい事もあるんだすけゃ、訴訟さば絶対に加《かだ》らないんでゃ」

ダメ押しをするように言った。参次が力なく頷くのを確認すると、玄十朗は静かに戸を開け、辺りを窺うように見回した後、夕闇に紛れるように消えて行った。

玄十朗が切り崩しにかかっている、という噂が小川岸太郎の耳に入ったのは、一週間ぐらい後になってからだった。岸太郎は驚いて、まず現八の家へ飛んで行った。

「あの野郎ばがりは、警戒しねゃばならないど思ってらったが、まさかそごまでやってるどは思わながったな」

現八は、唸るように言った。

「金蔵がら聞いた話だどもせ。訴訟の話っこを聞いだ時に加治原伝次郎は、腰を抜かすほど驚いだよんたもせ。最初は警察さ引っ張ってって森林盗伐で脅し上げれば、みんなおどなしぐなるもんだど、高ぁくぐって居だよんたどもせ。まさが、みんなして固まって訴訟起ごすどばりは思いもよらがったたべものや」

　金蔵はこの冬の間、加治原林業で働いていたのだった。

「何人ぐらい、転んだべな」

「掴んでいるのはまだ、参次ど綱喜のどごぐらいだどもせ。もっと居るがも知れないな。なにせ区長代理の肩書き使いながら、酒一升どニシンの糠漬げ配って歩いでるべせゃ。それでもって山も使わせる、金も仕事もやるへで訴訟がらは抜げろって、歩ってるべ。この分だど、名子はみな、持っていがれるがも知れないいな」

「玄十朗の親戚は何処どこだ」

「此処では徳次郎さんだけだが、あそごは与志松爺さんがいるへんで大丈夫だべえ。与志松っつあんは耕吉さんだの長志さんどは仲の良い友達だへでな」

「そうが。畜生、したどもこれは、計画を早めねばなるまいな」

　現八は歯噛みして言った。当初の計画では、とにかく訴訟費用を工面しなければならない。当面は費用を作るために毎月、一世帯当たり二十銭ずつ集めようという計画であった。そうすれば四十世帯で月八円、年に百円近い金になる。だが、もはやそんな悠長なことをしている余裕は無くなったと、現八も岸太郎も思った。

∮

　加治原は玄十朗に訴訟の切り崩しをさせながら一方では、山への立ち入りをこれまで以上に厳しく規制するようになった。これまでの山巡りに、いまや加治原の手兵に成り下がった感のある青年同志会と、新たに八戸あたりから連れてきたごろつきを加えて一層強化し、山の監視をこれまで以上に厳しくした。

それらの山番に、樫の木で作った六尺棒を持たせたうえに赤い鉢巻をさせ、「棒組」などと名付けたところに、加治原伝次郎の異常さが窺えた。

「棒組」は語感の通り山の暴力団で、山に入っている村人を見掛けると見境なく威嚇し、山から追い払った。夏が近づいたあたりから「棒組」は、山に入っている人間に、「訴訟派か」と聞くようになった。それは村を分断するための加治原の意を受けたあからさまな攻撃であり、同時に分断が一定程度進んだことを意味した。

夏を過ぎた頃には、「訴訟派」と加治原派(非訴訟派を彼らはそう呼んだ)の見分けが「棒組」にもつくようになり、また密な連絡と打ち合わせなどもしていると見えて、新たに訴訟から抜け落ちた者なども、翌日にはちゃんと分かっているのだった。

訴訟から抜けた者は木を伐らせてもらえるようになり、栗拾いや、馬の飼葉の刈り取りも自由にやらせてもらえた。そうでないものは罵倒され、時には樫の棒で打ち据えられて、乱暴に山から追い払われた。

「棒組」には、まだ成人に達していない玄十朗の弟の片山元治や、元の区長、山岡寛介の孫の山岡辯次郎《べんじろう》なども加わっていた。二人ともまだ未成年で、よそ者と一緒になって村の者を威嚇したり、時に打擲《ちょうちゃく》を加えたりすることに野蛮な興味を昂ぶらせ、次第に心を荒ませていった。

　一方で加治原は、追い詰められた村の者が自分の家に火を放ったり、夜襲をかけたりされることを心配して、二戸署に巡査の派遣を申し入れた。加治原の家に警護のための巡査が常駐するようになったのは、その年の秋口からであった。

二　提訴

　名子ばかりではない。訴訟の中心的な役割を担うと思われていた「本百姓」たちまでが、加治原に切り崩されつつあるという噂はたちまち村中に広がり、現八や岸太郎、土川千治など訴訟派の中心に居る中堅の者たちをあわてさせた。

「名子の十二人が早晩名主の加治原に逆らえなぐなるのは、最終的には仕方がないど思ってらったどもせ。まさが『本百姓』まで崩されるどはなっす」

　岸太郎らとともに善後策について相談に来ていた現八が、恨めしそうな顔で耕吉を見た。

「糞っ！　玄十朗の野郎め、訴訟さ反対だら反対で、黙って見でればいいものを、なしてあったに一生懸命になって、加治原のために尽ぐすのだがな」

　片頬を歪めて、土川千治が言った。

「なに銭っこでがんすべ。あの男は、銭のためだばどったなえげつない真似でもやるごったえ。加治原がらしこたま銭っこ握らされだうえに、訴訟を潰すのに成功したら、いろいろど褒美《ほうび》を約束してもらってらつう話でがんすが」

「いがにもな。あれは卑劣な男せ。前におれさ神楽ぁ、教《おせ》ろ教ろってせえ。ぜんぶ教えでけろ、伝統は大事に受け継がねゃばならない。教えで貰ったら充分に礼っこするへんでって、毎晩通って来てなっす。それで習って、覚えでしまったば礼も何も言わないで、次の祭りには師匠のおれさ向がって、はあこれがらは太夫は自分がやるすけゃ、年寄りは黙って引っ込んでんだって、こう言るのせ」

耕吉までがさも呆れたように言った。耕吉はこつなぎ神楽の太夫であった。

「あれは自分さえ良げれば、人をなんぼでも踏み付けにして恥じない男なのせ」

現八が、玄十朗に田んぼを取られた時の事を思い出しながら言った。

「とにかぐ現八っさん。このままではどんどん切り崩されるへんで、計画を早める必要があるなっす。お前はん、ご苦労さまだども、またひとっ走り平糠まで行ってくれないがい」

「分がった。へば明日でも行ってくるへで」

立ち上がった現八たちに、耕吉は希望の光りを探そうとするように目を凝らした。

現八から村の様子を聞いた小堀喜代七は、家族を平糠に残したまま、さっそく翌日からこつなぎ村に移り住むことにした。もちろんそれは、家庭内に何の軋轢《あつれき》もなくという訳にはいかなかった。

小堀の家出は、小堀の妻のハツヨや長男の長一郎、親戚のものたちの必死の反対を振り切って敢行されたのであった。

「どったにお前《みや》はんが尽ぐしたたって、『百姓』は一向に有りがだいどは思わないんだい。今まで何回も尽ぐして来て、何がひとつでもいい事、有ったたてすか。お前はんが首を突っ込めば突っ込むほど、たんだ家族を泣がせるべし、それその自分自身も苦しい思いをすんべしせ。何年かがるが分がらながんべし、勝つが負げるがも分がらないよんた訴訟さ身を窶《やづ》すのは、なんとが止めで呉《け》んながえが」

妻のハツヨは、夫の性格を知っているだけに、その行く末が容易に想像出来た。それになんといっても夫の喜代七は、もう齢《よわい》五十を過ぎていた。何時解決するかも解らないような他人の諍いに首をつっ込む年ではない。したがってハツヨは、無駄と知りつつも泣いて押しとどめようとするのだった。だが喜代七は耳を貸さなかった。

「己《われ》のすぐ隣で、同じ天皇陛下の赤子《せきし》である者たちが、やられ放題にたんだぶちのめされで、泣きながら助けを求めでいるんでぁ。それを助けべどする人間を、う汝だは、そうやって必死になって止めるってがい」

小堀喜代七は、棄て台詞のようにこの言葉を残すと、もはや誰の言葉にも耳を貸さず、卒然と家を後にしたのであった。

§

ここで小堀喜代七について少し触れておく必要があろう。小堀喜代七は慶応三年に、一戸《いちのへ》町の隣町である福岡町に、南部藩の下級武士である村田平太郎の次男として生まれている。村田家は一説には、南部藩の宿敵であった津軽藩主の暗殺を企てた事件で「南部忠臣蔵」などとして名を馳せた、相馬大作の末裔であるとも言う。だが父平太郎は喜代七が生まれる直前に病弱を理由に六石三人扶持という収入と、武士という地位を失ってしまった。

そのうえ母親もまた喜代七を産んだ後、間もなく産後の肥立ちが悪いという理由で亡くなっている。平太郎は失業の身ながら再婚をし、娘を一人もうけた。

ほどなく明治維新が起こり幕藩体制は崩れる。南部藩は親天皇政権の敵として戦ったという理由で新政府から冷遇されており、その下級武士という経歴を持つ村田の家の暮らしは困難を極めたものであった。母の死と父の失業。貧苦。喜代七は生れ落ちてから辛苦の宿命を背負っていたのである。

喜代七が三歳の年、その貧苦を見かねた平太郎の叔父、遠藤栄二郎が喜代七を養子にする。遠藤は一戸町の豪農だが、武士の子である喜代七を跡継ぎにして家格を上げたいと願ったようである。栄二郎は喜代七に、漢学を学ばせて大切に育てた。喜代七はよほど頭が良かったらしくめきめきと頭角を顕し、街の人びとが舌を巻くほどであったらしい。

伝えられている栄二郎の言葉に次のようなものがある。

「この童子《わらし》だば、大したもんだじゃ。これは今に遠藤の家を背負って、どえらい事をしでかすに間違いはねえごった。まんずこれは、過ぎだ跡取りを引き当てだもんだ」

養祖父となった栄二郎に可愛がられたこの時期が、喜代七の人生で、一番しあわせだったのではあるまいか。だがそれは長くは続かなかった。

子供は産まれないものと思っていた栄二郎の息子夫婦にその後続けて三人も子供が産まれるのである。遠藤家の跡継ぎとして貰われてきた喜代七の立場は微妙なものになり、そのうえ喜代七を可愛がった養祖父は喜代七が七歳のときに亡くなってしまうのである。目から鼻に抜けるように利発であった喜代七は、逆にそのことが理由で義母に疎まれ、虐待に近い状況に置かれる事になった。

そのため喜代七は、小学校を出ると自分独りで商売で身を立てる決心をして、八戸の呉服商に小僧として奉公するのである。

このころの呉服店は単に店を構えて客を待つだけでなしに、店を根拠地にして風呂敷を背負って歩く行商によっても保たれていた。喜代七は行商をやらせても店番をやらせてもたちまち要領を呑み込んで、他に抜きん出た才能を発揮した。そのため十九歳のときにはすでに番頭になっており、店の者たちに読み書き算盤を教えるまでになっていたという。そのころ喜代七に教えられた丁稚の中に、後の盛岡県知事である国分謙吉が居る。

だがここまでくるには相当の苦労があったようで、後に喜代七は息子の喜九夫にこう語ったことがあった。

「おらが十四の時だば、毎日荷をいっぱい積んだ荷馬車を引っ張って、一日十里も歩いだもんだ。ある時なんか、山道を歩いていたば、いぎなりいっぱいの鳥っこが飛び立ったもんで馬ぁびっくりして暴れまわり、荷物をひっくり返して、必死で止めべどするおれを引き摺って駆《は》せまわったんだ。まんずあちこち血だらけになって死ぬ思いをしたが、そんでもなんとか馬っこを鎮め、散らばった荷物を拾い集めて積みなおして、店さ帰ったのせ。その晩は商品を傷めたというので、叱られで飯も食わされないで、まんず情げ無い思いしたものせ。そったな事が数え切れないぐらいあったんでゃあ」

「親父は少年時代、相当苦労したようでがんすが、金持ちに対する反感というが、反骨精神というのか、そういうものはこの頃の苦労で養われだものでながったすべが」

二十歳になるのを待って喜代七は、三戸町に店を構え、念願の独立を果たした。店を持っても喜代七は行商をやめなかった。

このころ喜代七の競争相手であったのが、同じく行商を商う小鳥谷村平糠の小堀甚太という人物であった。小堀甚太は「小百姓」から身を起こし、商いで財をなした近在きっての大商人であった。反物から魚網、綿、煙草、漆器、などを岩手から北海道まで広く売り歩き、方々に支店を構えていた。

この小堀が、二戸、三戸の地元では、どうしても喜代七に敵わない。その商法は頭を使ったあか抜けたやり方であるだけでなしに、どうも喜代七の人柄に負うところも大きいような気がする。小堀甚太もまた、器の大きい男で、商売敵の喜代七を恨むのではなく逆にその人柄に惚れこんでしまった。そして喜代七を口説き落として、とうとう自分の娘のハツヨの婿にしてしまうのである。ここで喜代七は小堀姓を名乗り、ハツヨとともに函館の支店に送られるのである。

その後、甚太が商品を積んだ船で海難事故に会って死亡してしまい、未だ幼い甚太の長男の甚助の後見人になるため喜代七は、北海道から二戸に呼び戻されて、現在に至っている。

§

話を元に戻そう。喜代七が腰を下ろしたのは、こつなぎの昔の名主である立端鬼頭太の息子、立端善志郎の家であった。元はといえば善志郎の父、鬼頭太が、借金の質に山の名義を村民に無断で、兼子多衛門に渡したことが事の発端である。だが鬼頭太も兼子も、地元の人間であったから、山が村人の山であることを知っていた。したがって名義が変わっても村の者は自由に山に入れたのである。

だがそのことを一番知っていた鬼頭太は、十年前に亡くなってすでにいない。父親のしでかしたことに責任を感じてか、善志郎は協力的であった。

こつなぎに居を移した喜代七の最初の仕事は、村の家を一軒一軒訪ね歩いて、訴訟で山を守ることの大切さを説き、切り崩されないようにすることと、山が入会山であることを示す証言や物的証拠を集めることであった。

本来ならば、村の山を村民に無断で売り買いしたのであるから、取引そのものが無効であると主張することも出来たであろう。だが、すでに名義が二転三転と変わってしまっている段階では、よほど有力な証拠でもないかぎり、取引の無効を証明するのは難しい。農民や小作人の証言だけでは、当時の裁判所で勝つのは容易ではなかった。

これまで、すでに多くの農民の相談に乗ってきて、訴訟の経験の豊富な喜代七は、そういう場面を何度も見てきている。山は加治原の所有になっているという現実は認めて、そのうえで入会の権利を主張するしか闘う術がないことはあきらかだった。

何日か経つうちに喜代七には、次第に事の真相が見えて来始めた。立端寅吉や山本耕吉などの古老の話から推察出来るのは、こういうことであった。

加治原はもともと、こつなぎ山二千町歩が目当てでは無かったということである。茨城の住人である加治原が、東北の海の物とも山の物とも分からない山に、いくら銀行が仲立ちをしたからといってそう易々と大金をはたくとは思えない。

加治原は山の経営に興味があった訳ではなく、こつなぎ山の一部が陸軍に買い取ってもらえるという利権に乗ったのだ。銀行が持ちかけた話の内容もそのようなものであったろうし、そのことは加治原の前にこつなぎ山の名義を預かった兼子多衛門にしてもそうであっただろう。鬼頭太が兼子から借金をするに際しても、およそ持ちかけた話はそうした事であった筈だ。

その証拠に当の加治原亀次郎は、明治四十年に移転登記を完了するまで、ただの一度も山の下見に来たことがないのだ。これは大金を払ってこれから山林の経営に乗り出すという人間にしては考えられない態度であった。つまり兼子多衛門にしても加治原亀次郎にしても、目的は山林経営などではなく、「ほど窪山」の利権にあったのだ。兼子が鬼頭太に渡した金は僅か二千五百円。加治原が兼子に渡した金は七千五百円であるが、「ほど窪山」を売れば充分以上に採算のとれる額である。だがこつなぎ山全部を買い取るには、あまりにも少ない金額であった。したがってもともと喜頭太が渡すのは「ほど窪山」の地券だけでよかったのだ。だが村人同様に無学であった立端鬼頭太には、難しいことはよく分からない。兼子から金を借りる際に山林原野四十数筆分の民有地券をまとめて兼子に預けてしまった。そもそものボタンの掛け違いはここにあったのである。

鬼頭太にしても兼子にしても所詮は土地の人間で、この山にこつなぎ村民の生活がかかっていることは充分に承知していた。だから問題にしていたのは始めから「ほど窪山」だけだったのである。しかし陸軍への売り込みは、田舎者の二人にはやはり手に余る仕事であったであろう。なかなか捗《はかど》らない交渉に業を煮やした銀行が、資金力に充分な余裕のある、海千山千の加治原の方に話を持ちかけたのである。

その結果加治原は、目論み通りこつなぎ山の一部である「ほど窪山」を、陸軍の軍馬育成場として、売り込みに成功する。実際には幾らで売れたのか定かではないが、大金が加治原のふところに転がり込んだことは想像に難くない。加治原はその際、従来からの約束どおり、村には一万二千円の分配を承諾する。

だがその金を加治原は十年の期限で預かり、その利息で植林をしようと持ち掛ける。そのこと自体が、こつなぎ山には村の人間にも権利があるということを、当初は加治原も認めていたことを示している。そうでなくてもこの十年間、山の名義が自分に移っていることを、加治原はひた隠しに隠して、村人に自由に山を使わせてきたのだ。

そうしたことが加治原も、山がこつなぎ村の山であることを充分に承知していたことを示しているのだ。

「ほど窪山」は当初、図面上での面積で三百町歩とされてきたが、実際に測量してみたら倍以上の約八百町歩もあった。残りのこつなぎ山も実際には二千町歩以上あるに違いない。「ほど窪山」で大金を儲けた加治原は、最初のころは残りの山は村の者と共有して樹を育てながら、村の新たな旦那として穏やかに過ごそうという腹づもりだったのではなかっただろうか。

だがこの十年の間に、朝鮮での植民地事業の進捗《しんちょく》や第一次世界大戦の勝利などを経て、軍国主義が高らかに鼓吹されていく。中国の東北部に南満州鉄道会社が設立され、線路の枕木や炭の需要が一段と高くなり、山は文字通り宝の山に変貌を遂げていく。

一方では村への一万二千円の返済期限が近づいてくる。そうした中で起きたこつなぎ村の大火は、村側の全ての証拠書類を灰にしてしまった。

加治原は火事を、預かった金を踏み倒し、なおかつ山の利権を一手に握る千載一遇のチャンスと判断したのではなかっただろうか。

自分の利益のためならば、二百人以上もの村の人間が、飢えに苦しもうが寒さに震えようが一向に構わないという冷酷な態度の裏には、強烈な人間の強欲が見える。そうした目的を果たすために時流をよく読み、功利的にいかようにも豹変することが出来る。喜代七は加治原という人間の特性をそのように見てとった。

こんな事を許す訳には行かない。喜代七の胸の内に、沸々と湧き出てくる感情があった。

喜代七は村の者の戸籍を調べたり、裁判に必要な事情を調査したり、肝心の弁護士を探したりと連日、精力的に駆け回った。一方で加治原の攻撃はこの間一層強まり、玄十朗には加治原林業の番頭の辰平が付いて二人で歩くようになったし、「棒組」にも、訴訟派には一木一草たりとも刈らせてはならんと檄を飛ばし、山の見張りを一層強化した。

だがどんなに山の見張りを強化されてもこつなぎの人間は、山に入って牛馬の飼葉を刈ったり、炊飯用の焚き木を伐らないことには生きていくことが出来ないのだ。

したがって「棒組」や「山巡り」の目を盗んでは山に入って、草を刈ったり焚き木を拾い集めてくる。そのためこつなぎ山では、連日、加治原の山巡りと村人との悲壮なイタチごっこが展開された。広い山の監視を遺漏のないものにするには当然加治原の「山巡り」だけでは手が回らず、これには福岡警察署や小鳥谷派出所からも巡査が動員され、山に立ち入った者を捕らえては、連日のように森林窃盗としての取調べを行った。

「小堀さん、分がんねえ。名子は金蔵のとごろを除いで、ほとんど総崩れだじゃい。名子でない者も半分は腰を浮がせで、当分は訴訟さ加《か》だらないで様子っこ眺めるづう態度に変わってきたじゃい」

現八が悲痛な面持ちで喜代七に現状を告げた。

「へんだがい。名子はいずれ仕方ないどは思っていたども、本家の筋の連中も半分はいきそうだがい」

小堀はさほど動じた様子もなくそう言った。名子が崩れるのは想定ずみであった。名子は名主から土地を借りて耕す小作人であり、このころの東北では、名子は土地持ちの「本百姓」とは、同じ場では酒を酌み交わすことも許されないという立場に置かれていた。そのうえに鬼頭太に替わって新しい名主になった加治原は、全ての名子に逆らうことが許されないような約定を書かせていた。それにしても名子でない者たちまでが半分も崩れてゆくとは……だがこれから厳しい冬が来る。薪が無いではこつなぎの冬は越せない。昨年以上の加治原の厳しい締め付けに、村人が怯むのも分からない事ではなかった。しかし皆が訴訟を諦めれば、山の権利は完全に加治原に奪われてしまう。皆が崩れてしまったときに加治原が、どう出てくるのかは、分かりきったことであった。

だから闘わなければならない。だが貧しい村人にとって、訴訟に加わるということがこのうえもなく厳しい選択であるのは、紛れもない事であった。

「へば、最終的に何人が訴訟さ加《か》だるよんたべな」

「俺らど、岸太郎のどごど、卯太郎のどごど、与志松爺さんのどごだべえ、それど耕吉っさんに予惣次さんに」

現八は指を折って数え始めた。

「訴訟を早めないば、ならないな」

その晩、小堀は、現八の家に訴訟に加わるものたちを集めた。全部で十四世帯しかなかった。

「へば小堀さん。当座なんぼぐらい必要だべな」

耕吉が心配そうな顔になって聞く。訴訟を起こすためには、まず何よりも金が要った。

「へんだな。弁護士の費用に紙代に、我われの盛岡までの往復の足代に……」

ざっと計算しても千円ぐらいの金が必要であった。

「初めは一戸当り二、三十円ぐらいだど思っていだったどもや。どう脱落者が出てしまって、頭数が予定の三分の一になってしまったものなっす。へば当座だげでも、一戸当り七、八十円がら百円ぐらいは出さないばならないごったい」

喜代七は言いにくそうに言った。

「百円！」

鉄道の人夫賃が、一日七、八十銭であった。百円と言えばその百日分以上である。それでも当座の費用でしかないと言う。座の者たちは皆、これから立ち向かっていく闘いの途方もない困難さに思いをめぐらせ、いっとき気力が頽《くずお》れそうになるのだった。

「小堀さん。それで誰々を訴えるのすか」

岸太郎が怒りを押し殺したような声で言ったので、小堀は眉を上げた。

「誰々てばせ？　それは加治原亀次郎に決ってるべせ」

「加治原ばりなのすか」

「そうに決まってるべせ」

「おら、それだば納得出来ないなっす」

「何してせ」

「寝返った奴ら居るすべえ。あれだけ一緒に訴訟を起こして、山を取り返すべえって言ってらのに寝返ってしまってせえ。山は加治原のものだって認めだ代償で、しゃあしゃあどして山ぁ使ってる奴らが居る訳だすべぇ」

「まあ、貧すれば鈍するってな。この際そったな弱い奴らは、かえって足手まといだったかも分がらながべさ」

喜代七がなだめるように言ったが、岸太郎は納得がいかないようであった。

「野郎めら、たんだ黙って見でるんだば、まだよがんすども、中にはこっちの悪口言ったり、情報流したりして、訴訟の邪魔をしてる奴も居るんでがんす。そったな奴でもこっちが訴訟で勝った時には、同じに山の権利を手にする訳だすべ。こったな虫のいい話はながんすべや」

「ほにせ。苦《く》うして、ずるい奴らさ尽ぐす事ぁ、ながんすべ」

「いっその事、あいづ等も加治原ど一緒に訴えだらなじょなものでがんす」

「そうすべ、そうすべ」

加治原に対する怒りが、裏切り者によって一層増幅したように、座に居た者のほとんどが岸太郎の言葉に同調した。小堀は内心でこれはまずいと思った。同じ入会権者が告訴人と被告に別れてしまうのは、裁判の心証上からいってもいかにもまずい。

そのうえに村落の分裂を、回復不能なほど固定化させてしまうことになる。だがここで村人の怒りに水をかけてしまうのは、もっとよくない。貧しく力の無い今の村人にとっては、この怒りだけがただひとつの、闘う起動力なのだ。

喜代七はやむを得ず皆の希望を入れることにした。

§

数日後、喜代七が人伝に探してきた弁護士は、亀子欣次郎という仙台で活動している弁護士だった。

「仙台の人だば、金ぁかかるべものなっす。話も遠がんべし」

心配そうに耕吉が言うのに、喜代七は笑いながら、

「おれもそれは考えだったどもせ。ただ地元の弁護士だば、加治原だの警察の勢いに怖気づくんじゃないがど思ってせえ。この人は一戸出身の人だども仙台を根拠地に仕事してる人だへで、まあ、良さそうだなど思ってせ」

と応えた。結局最後まで訴訟に残った家は、十二戸だけであった。名子の金蔵ともう一人の名子は、最後には負担金を払えないと言って訴人には名を連ねなかった。

「現八さん。おら後ろで、一生懸命訴訟を支えるへで、堪忍してけらえちゃ。おら絶対裏切らないへで」

涙を浮かべながら語る金蔵の肩を、優しく現八は叩いてやった。

こつなぎの十二人の農民が亀子欣次郎弁護士を代理人に盛岡地裁に訴状を提出したのは、大正六年十月十三日のことであった。以下簡単にその内容を示す。

入会権確認並びに妨害排除請求の訴え

一　本訴の目的物である前記の山林原野は、原告等の居住するこつなぎ部落を包囲し、通称こつなぎ山と称して住民が祖先以来入会して日常に必要な薪炭木を伐採し秣を刈り取り、牛馬を放牧しその他一切の需要に応じて利用し生存してきたものであるため、地税改正の際、当該山林原野に要する費用を部落一同で分担し立端鬼頭太を代表者に決めて同人の名義にて地券を受け、部落民一同の完全なる共有として使用収益を為しきたるものなり

一　然るに……被告中の加治原亀次郎をのぞいた十二名の者は、こつなぎ部落にして元は原告等と同一なる入会権者でありながら本年に至り右土地に関する一切の権利を自ら放棄し、同被告加治原亀次郎と通謀し原告等の入会権を否定せんと計り、原告等の使用収益に妨害を為すに依り本訴に及びたる次第に候

原告に名を連ねたのは、立端現八、立端卯太郎、山本予惣次、立端吉五、米田又四朗、山本耕吉、小川岸太郎、山火忠太郎、立端長志、片山与志松、立端箕助、土川千治の十二人。被告に上げたのは、加治原亀次郎を筆頭に立端松伍郎、片山玄吾、米田亮之、立端参次、立端鉦末、立端留治、立端綱喜、立端喜代松、立端茂之助、片山徳二郎、立端兆之助の十二人

である。

ここまで漕ぎつけるのはたいへんであった。そうでなくとも貧乏な村で、部落大火のあと加治原の妨害で満足な家も建てられず、ようやく掘っ立て小屋を建て、家財道具も満足にない中から訴訟の費用を捻出しなければならなかった。

そのうえ加治原の執拗な攻撃により脱落者が続出していったから、結局最後はたったの十二世帯で、なにもかも背負わなければならなくなったのである。

原告の者たちは金目のものはほとんど売りつくし、働ける者は「土工」として賃稼ぎに出た。男だけでなく娘たちも賃仕事があれば即座に働きに出た。それでも間に合わなくて、自分の将来の労働力を担保にして、二戸管内の他の地主から、借金をする者もあった。

そうして作った血の滲むような金を握り締めて喜代七は、必要な書類を揃え、あるときは盛岡や仙台にまで飛んで、やっとの思いで訴訟に漕ぎつけたのであった。

三 公判

論戦は大正七年四月二日の第二回口頭弁論から始まった。原告代理人の亀子欣次郎弁護士は「こつなぎ山の所有権は確かに加治原のものになっている。しかしその山には加治原の所有になる以前から入会権という地元農民の共有の権利が付いている」ということを論旨に据えて弁論に立った。

これに対して被告側の須藤吉次弁護士は、「部落民には今も昔も使用収益は無かった」として入会権を真っ向から否定し、「山は村との共有物ではなく、明治四十年二月以降に買い受けた加治原にある」と主張した。以下刑事事件を含め、足掛け五十年に及ぶ地主と農民との、こつなぎ裁判が展開されるのである。互いに証人や証拠を持ち出しての論戦の中心は、「入会権」は有るのかそれとも無いのかと言う事であった。


裁判に必要な原告側の書類は亀子弁護士が書いたが、その書類を書くのに必要な事柄のひとつひとつは、ほとんど小堀喜代七が調べたものであった。小堀が必要な書類を集める過程で悔しい思いをしたのは、入会の権利があったことを示す書類が一枚も見つからないことであった。

もともと村の共有で使用してきた山であったから、地券の外には山を使用する権利を誰かに認めさせたり、約束したりする必要はない。必要なことは子安地蔵堂で年に三回行われる「お神酒上げ」の場で口頭で確認されてきたので、ただでさえそうした書類は少なかったのである。

だが、山の地租は皆で分担して払ってきた。その受け取りが各家にあったはずだが、それが火事で焼けて一枚も出てこない。また加治原が入会山であることを認めていたことの決定的な証拠となるはずの、「ほど窪山」売却の際に村の者から預かった一万二千円の預かり証が見つからない。立端卯太郎の記憶ではこの預かり証は、確か柵山半次郎が持っていたはずだというのであったが、その半次郎も鬼頭太もすでに鬼籍に入っている。なにしろ火事で何もかもが消失してしまっているため、なにがあったのかさえ定かではない。

だがいろいろ風聞をたよりに調べ歩くと、加治原はどうも部落大火の以前から、こうした入会慣行を証明する書類を、村の顔役を通じて蒐集していたということが分かってきた。ということは加治原は、最初から計画的に農民を山から追い出す奸策を進めてきたということだ。証拠の蒐集が道半ばだと思っていたところへの部落の大火である。加治原にとってそれは、まさに千載一遇の好機であったことだろう。

村人のこの上もない災禍に同情を寄せるどころか、逆に牙をむいて襲い掛かってくる。そういうところが昔からの土着の名主とは違う、新興の資本家としての非道な荒々しさであった。小堀が沸々とした怒りを禁じえないのも、そうした非人間的な利得第一主義に対してであった。

§

加治原側は最初から、山の所有権は加治原が握っており入会権など初めから存在しないと主張した。その証拠に村の者は、これまで平和的に加治原の山林経営に協力してきている。それが突如として入会権ありとの訴訟を起こすに至ったのは、ひたすら小堀喜代七という三百代言の男の口車に乗せられたからに過ぎない。という論旨を前面に押し出し、その証明にやっきとなった。

ここでも警察は加治原の手足のように動いて、被告側の論旨を補強するために都合のいい聴取書を次々と作成して、法廷に提出した。

〔証人　野尻芳太郎〕

私は日露戦争の後に加治原に雇われ、十年ぐらい人夫頭として働いております。自分で直接植林の仕事をした訳ではありませんが、植林の場所を定めたり、刈り払いする場所を指示したりするのが主な仕事でした。

人夫は加治原が雇い入れたものでこつなぎの人ばかりではなく、平糠、火行、田部村などからも雇い入れておりました。

本係争山林は加治原亀次郎が明治四十年ごろに買い受けたものだということは、その頃から聞いており、村の人たちもその点はよく分かっていたと思います。

加治原に雇われて植林をしたり、刈り払いをして賃金を貰うので大変よろこんでおりましたから、加治原の所有であるということは分かるはずだと思います。

〔証人　米田清次郎〕
……はっきりとは記憶しておりませんが日露戦争が終ってからですから明治四十年頃だと思います。当時私は二十一、二歳でした。加治原礼太郎が鬼頭太宅に村の者を集めたことがありました。

集まった人は二十五、六名位、あるいはもっと居たかもしれません。

（中略）

その集まりで礼太郎が言うのには、立端鬼頭太の山林を買い受けたので造林をしたいということでありました。村の者は当時は自家用の薪木、秣《まぐさ》等を自由に採って使っていたので、その代償として鬼頭太に一年に人夫を五人ずつ提供していたのです。礼太郎の言うのにはその点についてては加治原に対してても従来通りにしてくれということでした。

加治原は今まで通り山に入って枯木、秣を採ることは差し支えない。立木は無断で伐っては困るが、茅葺《かやぶ》き屋根に使用する、俗に「ホケ」と呼んでいる細い木なら伐ってもよい。家を建てるとか造作に使う材料は、伐る場合に加治原に申し出て許可を得た上でなければ伐ってはならないと言われ、村の者はそれに異議を申し述べませんでしたのでその通りに決ったのです。

警察と加治原のこの合作の計画に献身的に協力したのは、ここでも片山玄十朗であった。

〔証人　片山玄十朗〕

ただ今申し上げました加治原亀次郎が兼子多衛門より買い受けた山林原野は、以前は立端鬼頭太の所有でありました。立端鬼頭太が所有する当時よりこつなぎ村の者たちは、毎年所有者である鬼頭太方に人夫五名見当の出働きをしており、山林原野に立ち入り草を刈ったり薪木を採ったりしておりました。その後加治原亀次郎になっても引き続き同じようにしてきたのでありまして、土地は買受人である加治原亀次郎が完全に所有権を有して居るにもかかわらず、立端現八等が訴訟を起こす前に現八方に相談があるから集まれと言われて、村民が集まったのです。その際その場に、小鳥谷村平糠の小堀喜代七なる者が居りましたが、立端現八は一同の者たちに自分は話が下手であるから用件は小堀喜代七に代わって話してもらうと語って、それより小堀喜代七が皆に話しました。

その用件というのは、立端鬼頭太が元所有し兼子多衛門より加治原亀次郎が買い受けた山林原野に対して、入会権があると主張し、入会権確認の訴訟を起こしたいので、一同の者は之に同意するようにとの事でありました。

（中略）

訴訟は原告らが小堀喜代七に甘言をもって教唆されて、このような事を仕出かしたものであると思います。何故なれば村民は誰も学問の無い者でありまして、このようなことを独りでやり得るはずが無いからであります。小堀喜代七はすこぶる狡猾な者でありまして悪計にたけ、自称天子様などと言っているぐらいの者でありますから、この者の教唆に依るものであると思われるのであります。

これに対して原告側は、小堀喜代七の証言を皮切りに入会権を主張し、こつなぎ山に入会権が存在することは加治原も承知していたはずだということに論戦を傾けた。

〔小堀喜代七の証言〕

部落民は生きんがため、その後（提訴後）係争山林より薪炭材を伐採し、又は木の実、山菜、菌類などを採取すると、加治原方においてはこれを盗賊呼ばわりし、警察へ告訴するという有様で、部落民はついには手も足も出なくなり、せっかく採取してきた燃料も加治原によって取り返され、一時は燃料にも困るありさまで、桃の木、リンゴの木、梨の木などまでも伐って燃料にしたのを見ています。そのころ証人は、原告の一人であった立端寅吉方にあった薪を加治原の人夫十二、三人が橇三台に積んで持ち去るところを目撃しました。

また立端現八や立端卯太郎方では梅ノ木や桃の木、その他の果物の木を伐って燃料にしているのを見ています。またそのころ、訴訟に際して被告加治原側から思いもよらぬ書類が証拠として提出されたので、原告側が書類偽造、印鑑盗用で告訴したのですが、警察が之を取り上げなかったため、部落では警察は加治原の手先になっていると噂されていることも知っております。

小堀の証言に限らず、公判は加治原にとって決して都合よくは運ばなかった。ことに加治原に山を売った兼子多衛門と、立端ヒノの証言は、加治原側を追い詰める決定的な証言ともいえるものであった。

〔大正七年五月十四日の第四回公判での兼子多衛門の証言〕

裁判長　証人は二戸郡小鳥谷村大字こつなぎ字新館林八十七番地の一、山林一六一町三反十四歩ほか六筆の本件係争地を加治原亀次郎に売り渡したことはあるか。

兼　子　あります。明治四十二年頃、代金七千五百円で売ったと覚えています。

裁判長　代金は一万円ではなかったか。

兼　子　さようではありません。

裁判長　その代金は適正な価格であったか。何かの事情で高くか或いは安く売ったということはなかったか。

兼　子　普通の売り買いとすれば、当時でも八万円以上の価値はありましたから、ずっと安く売ったのです。

裁判長　その理由はなぜか。

兼　子　私はその山を担保にして八戸商業銀行より金五千円を借り受けていました。

　当時利息がついて七千円程になったので同銀行から山を売却して返金せよ。でなければ公売処分にすると厳重な督促を受けました。ですがこの山よりも条件の悪いところが政府に軍馬育成場として、一反歩四円で買い上げられた例があり、さらに拡張になれば右山林も敷地に入ってくるので、そうなれば一反歩五円ぐらいで売れると思い、銀行にそれまでの猶予を願い出ました。

しかし承知してもらえず、また右山林には村の人々との入組んだ事情もあったので、うんと安く売ってしまった次第であります。

裁判長　いかに事情があったにせよ、適正価格の十分の一ぐらいで売るのはおかしいのではないか。

兼　子　八万円と申し上げたのは、以前に軍馬育成場として買い上げられた価格の割合とすればそうなる訳でありますが、普通の売り買いであれば、余りにも広い場所であるためなかなか売れなかった訳であります。

裁判長　村の者たちと入組んだ事情があるというのはどういうことなのか。

兼　子　それは村の者たちが自由にその山に入り、自分の山と同様に草を刈ったり薪を伐ったり、放牧をしたりしているため、私は自分の名義になっても殆どその地所には手をつけずに居った訳であります。

裁判長　それはこつなぎ山全部にわたってそのようなことになっていたのか。

兼　子　さようでございます。この山は村の共有のものであったものを地券交付の時、村民の代表として立端鬼頭太の名義にしたというように承知しております。

裁判長　その地所が証人名義になったのは何時であったか。

兼　子　明治三十年ごろ、立端梅八、立端鬼頭太、柴田清吉の三氏より、代金二千五百円で譲り受けたものです。

裁判長　証人が譲り受けた際もその地所は、村の共有ではなかったか。

兼　子　さようでございます。村の共有であるものを代表者として鬼頭太の名義にしておったものを、その後鬼頭太が梅八、清吉両人より借金をしたために、三人の共有名義にしたのだと聞いております。
裁判長　その際でも村の者は、その地所を自由に使っておったのか。
兼　子　さようでございます。
裁判長　その時の地所の税金は誰が納めておったのか。
兼　子　税金は鬼頭太が村の者たちから集めて、私のところへ持ってきておりました。
（省略）
裁判長　加治原亀次郎は同じ部落の者であったか。
兼　子　私が地所を売り渡す際には、部落にはおりませんでした。
裁判長　その地所を加治原に売り渡す際に、当該地所は村の共有であることは話したか。
兼　子　そのことは亀次郎も承知のはずです。私は当時東京におりましたが、登記代理人に右の事情を伝えるように言っておきましたから。

兼子の証言は、兼子の名義になっても村民が地租を払い続けていたことなどから明確に山に入会権が存在したことの証明となっている。その認識は兼子にもあり、そのために自分が好き勝手に手をつける訳にはいかなかったこと。加治原もそのことは承知していたはずであることなどをも暗に証左している。これが額面どおりに証拠として採用されたなら、常識で考えれば加治原に勝ち目はない。

　そこで加治原側が考えたのは兼子証言の信憑性を薄れさせるために、直ちに兼子を別途に偽証罪で訴えることであった。そうして偽証罪で係争中ということにしておけば、すくなくとも証拠採用は難しくなる。

　翌年の大正八年二月十八日の立端ヒノの証言によって加治原側の立場はいっそう苦しくなる。以下に立端ヒノの証言を記す。

裁判長　証人は「ほど窪山」を知っているか。
ヒ　ノ　知っております。
裁判長　その山を中山軍馬補充部隊に売却する際、加治原亀次郎が証人方に集まって相談したことがあったか。
ヒ　ノ　ありました。十三年ぐらい前に加治原亀次郎、山本耕吉、柵山半次郎、立端市太郎、立端寅吉など五、六人の人たちが私の家に集まって相談いたしました。私が隣の座敷で襖越しに聞いたところでは、その山を補充部隊に三万五千五百円で売ったということで、代金は加治原が受け取りましたが山は村の山であるから、一万二千円を村に渡す。だがその一万二千円を加治原が借り受け、利子を支払う代わりに加治原が山に植林をするということでありました。
裁判長　その話は誰が言っていたか。

ヒノ　襖越しでしたので誰が言ったものか、確かな事は分かりません。

裁判長　その山が村のものならば、なぜ売却代金のうち一万二千円だけを村に渡すのか。

ヒノ　それは分かりません。残金もどうしたのか分かりません。

立端ヒノは、兼子と同じころに証人の要請を受けていたが頑として応じず、度々の不出頭でついに罰金までとられたための出頭であった。ヒノは元の名主、鬼頭太の息子の立端善志郎の妻である。その証言であるから信憑性は高くなる。

この証言がそのまま採用されれば、加治原は山を買った当初から山が共有のものであることを認めていたことになる。

原告側にすれば十年もの間加治原が、山の名義が自分に移ったことをひた隠しに隠してきたのは、入会の証拠を隠滅させるための準備期間だったのではないかと勘ぐりたくもなろう。

当然のことながら加治原側は、兼子多衛門とこの立端ヒノの証言を覆すために、やっきとなった。ここでも福岡警察署は加治原の従順な協力者であった。加治原側が出してきたのは、千葉長平巡査による加治原伝次郎の聴取書というものであった。

「明治四十年四月十四日、村中の者を全員、立端鬼頭太の家に招き、今日立端鬼頭太の山を全部買い取った。これから造林にかかろうと思うのでよろしく頼むと挨拶しました。そして披露の祝いとして準備した品々を、村の四十五戸に対して手拭い一本ずつと酒は清酒一斗、塩ニシンを一尾ずつやりました。その場で村方から私たちに対して、元別当（鬼頭太）と同じに薪と秣の採取については一戸当り年間五人の人夫を差し出すので、今までどおり薪と秣の採取を許して欲しいとの申し込みがありました。私らは村からのせっかくの申し入れであるから薪は生木の伐採は厳禁し、自家用としての薪としては枯木と木の根を許可し、秣刈りも許す。その謝礼として一戸につき年に人夫五人を加治原林業部に、必要に応じて差し出すことを条件にしました。これはこつなぎ部落だけではなく、田子部落も同じ条件で許可しました」

この調書は、大正八年の二月二日になって突然出されてきた。加治原が鬼頭太方で会合を持ったという日から十二年間、訴訟提訴後でも一年有余が過ぎている。しかも公開の法廷ではなしに調書としてである。取り調べに当ったとされる千葉巡査は、加治原の手兵のようにして農民を森林盗伐の罪で逮捕してきた上条仙太郎の配下である。

そのまま読み下すと、一見なんでもない調書のように見えるが、明治四十年のこの会合に加治原が特別の意味を持たせようとしているのが解る。つまりこの会合から村の者は、山が加治原の所有になったことを認め、また鬼頭太の時代から薪や秣はお願いして採取させてもらっていたものであり、入会権などはなかったということを証明する狙いがあるのである。

だが裁判官はいざ知らず、当時の東北の農民の事情に通じた者には、この調書の中身はとうてい額面通りには受け止められないしろものであった。

薪や秣はこつなぎの人間にとっては死活問題といってもいい生活必需品である。現に生きんがために、山番や警察に捕まろうが追い払われようが、懸命に山にしがみついているではないか。

排他的で「物いわぬ」として知られる東北の農民が、そうした死活にかかわる権利を、初めて村を訪れた見知らぬ若者に、あらかじめ村内で何の打ち合わせもなしに、「はいそうですか、それでは年五人の人夫を差し出す代わりに……」などと応じる訳がなかった。第一当時の農村には封建制度が厳然として残っており、名子も本百姓も一堂に会して酒を酌み交わすなどということ自体が稀有なことなのである。

立端ヒノの供述については加治原側は、二年後の大正十年十月一日付けで阿部忠助巡査によって取られた片山玄十朗の聴取書を、その反証として出してきている。

「いまから十三年前といえば、私方が区長代理であったころです。父玄吾の名義でありましたが実際の事務は私が取り扱っておりました。ですが当時そのような話があったことは聞いておりません。そのような多額の金が村内でやりとりされておれば当然村で噂になるはずでありますし、区長代理の私が知らないはずはありません」

だが「ほど窪山」が三万五千五百二十二円二銭で売却されたことはその後の調べで事実で

あったことが判明しており、玄十朗の証言どおり、そのような金額など知るはずのない立端ヒノが、その金額を知っていたこと自体、逆にヒノの証言の信憑性を裏づけていることになるのである。

加治原側は後に、兼子多衛門と立端ヒノを偽証罪で告訴したが、いずれも有罪には出来なかった。

ここで少し話を前に戻そう。

四　ミツ（1）

片山玄十朗を使って村を分断させ、訴訟に加わるものが村の僅か三分の一にも満たない十二戸だけだという事になると、加治原の攻撃は途端に強まった。それも訴訟派の家にだけ狙いを定めた、暴力的な攻撃をするようになった。

その攻撃がいっそう陰湿で情け容赦のないものに変化したと村の者が感じたのは、裁判が始まってから間もなくの、ある事件によってであった。

近くの笹目子地区の娘がこつなぎの友達と遊びに来ていて、一緒に栗を拾いに山に入った時のことであった。夢中になって栗を拾っているところを運悪く加治原の「棒組」に見つかってしまった。「棒組」の評判は聞いていたのでキクというその娘は、怖くなって逃げようとした。だがすぐに捕まり、栗を奪われたあげく泣き叫ぶのも構わずに押さえつけられ、後で泥棒の証拠にするからと鎌で髪の毛をばっさりと切り落とされてしまった。まだ十五、六の乙女であった。

男たちの野蛮な暴力に脅えきって、わなわなと泣きながら山を下ってきた娘の姿を見て村の者たちは、怒りとも悲しみともつかぬ、悪寒のするような感情を覚えて、思わず身震いをしたのだった。

∮

立端ミツは、子供たちが腹を空かせているのを知っていた。朝も昼も、アワ粥《がゆ》に大根の葉っぱを交ぜたものだけでは、腹はすぐに空になる。姑のカツが愚痴をこぼす前に、今日こそは栗拾いに行ってみようと思った。

栗の季節で、村中で栗拾いに出かけて一斗拾った二斗拾ったという景気のいい話も耳にするが、同時に加治原の山番に追い回されて、栗はおろか鎌や背負い籠まで奪われてしまったという話も連日のように耳にしていた。

だが背に腹は変えられぬ。子供たちのひもじがっている声を耳にするのはもっと辛かった。他所では冬場の食料にするために栗を拾ってくる。だが目の悪い自分にはとてもそんなに多く拾うことは出来ない。せめて二合でも三合でも、子供たちの腹をいっときだけでも満たしてやりたい。

そう思ってミツは、昼飯の後片付けをそこそこに済ませると、竹で作った串を持って家を出た。家の者に黙って出てきたのは、必要以上に期待されて拾ってこれなかった時の失望を怖れたからだ。

籠の代わりに風呂敷を懐に忍ばせてきたのは、加治原の山番に見つかった時に言い逃れ出来るようにするためだった。

こつなぎ川の沢を越えて、朴館《ほおのきだて》に通じる南側の山道を歩いて行った。他の者は山番に遇わないようにするために東側や西側の、道のない林の中から入るらしかったが、視力の弱いミツにはそれが出来ない。あえて正面から行くしかなかった。

耳を目のように鋭く澄ませて登っていくと、前方からかすかに声がする。加治原の山番かも知れないと思い、咄嗟に身を隠そうと思ったが、目の悪いミツには適当な場所の見当がつかない。前方でも人の気配を嗅ぎ取ったのか、はたと声が消えた。

こうなれば身を硬くして近づくのを待つしかない。誰かと一緒にくればよかったと思ったが、誰もが加治原との戦争のような状況の中で、山番の監視の目をかい潜って栗を持ち帰っているのだ。足手まといになってはいけないと思い、これまで遠慮していたことを思い出した。

「ミツさぁでないが。なにしてらい」

ほっとした。岸太郎の声だった。

「はあ、まんつ子供《わらし》っこぁ、ひもじがるもんだすけゃ、栗でも拾ってみんべがど思ってなっす」

「お前《みや》はん、その目で栗拾うってがい。大丈夫だがぁ」

「昔拾った辺りだば、何とが行き着けるんでねえがど思ってす」

「ほだがい。ま、今だば山番が居ないや、まんつ行ってみんだ」

岸太郎は少し心配そうに言ってから、去って行った。

十五分ほど歩いてから左側の林に分け入った。林に入るとにわかに光が乏しくなって、視界がいっそう悪くなる。あらかじめ林の上を見て、栗の気が繁茂しているらしい個所に目星をつけてから分け入った。

山斜面を文字通り這い回るようにしながら、手探りで栗のいがや栗の実を探す。夢中で探しているうちにそれでも二掴みほどの栗を袂《たもと》に入れることが出来た。栗のいがの散らばりようから見ると、まだまだ落ちていそうに思えた。この辺りは正規の林道に沿った場所であるため、山番の目につくのを怖れて、かえって人が入らないところなのかもしれない。

小さいのも虫食いのものも選んでいる余裕などはなかった。ただもう無我夢中で拾い集めるしかない。両の袂がいっぱいになったので、風呂敷に包み込んで懐に入れる。

男たちの声が聞こえたのは、片方の袂が再びいっぱいになった時だった。夢中になっていたため、こんなに近づくまで気がつかなかった。紛れも無くそれは、山番たちの荒くれた話し声だった。

道路に飛び出す訳にはいかない。かといってこのままでは道路からはすぐに目につく場所だ。次の瞬間ミツは、必死になって山の奥に走り出していた。下生えの木立の枝が頬を叩くのも、灌木の茂みが衣服を引き裂くのにも構わず、無我夢中で走っていた。

「誰か逃げたぞっ！」

背中の方で男の野太い声が響いた。すぐにがさがさと追いかけてくる気配がする。

気がつくと坂を転がっていた。身を丸めてこらえていると、すぐバサンと弾力的な力に受け止められた。そのままじっと動かずに居ると、遠くで声がしてしだいに遠ざかって行った。

身体を動かそうとすると途端に顔や腕がひりひりと痛んでくる。野イバラのツルの中に、絡めとられるようにして飛び込んでいたのだ。

ようやくの思いでツルから這い出した時には腕も顔も血だらけになっていた。袂を探ってみると栗の実は一粒も残っていなかった。懐を探ると幸い風呂敷包みだけは残っていた。すぐ下は先ほど登ってきた林道で、秋の夕の残照をたよりにどうにか家路につくことが出来た。

家に帰ると姑が驚いたようにミツの顔を見たが何も言わなかった。ミツが懐から栗を取り出して鍋で煮始めると、腹を空かせていた子供たちが、生気を取り戻したように笑顔になってはしゃぎ出した。

栗は鍋で一回煮る分しかなかった。三人の子供たちと姑のカツは、ものの十分もしないうちに鍋の栗をすっかりたいらげてしまった。後片付けをしながらミツは、自分が耐えられないほど空腹であることに気付いた。子供たちが水を得た魚のように元気に栗を食べるのが嬉しくて見とれているうちに、とうとう自分は手を出さずじまいだった。

台所に立ってミツは、子供と姑が食べた栗の殻をむさぼるように舐め始めた。浅ましいと思ったが、腹の皮が背中にくっつきそうなほどの空腹には勝てなかった。

少しすると岸太郎が訪ねてきた。岸太郎は中に入らず、戸口のところで手招きする。ミツが出て行くと岸太郎は、木の皮で編んだツカリにいっぱい入った栗を差し出した。

「おれが山から下りてきてがら間もなぐ、後がら山番だぁ下りで来たへで、これはミツさんはやられだなど思って、心配してらったのさ」

「山さ入ったば、すぐにやって来てせえ。夢中で逃げてイバラの林さ飛び込んでしまいやしたが。お陰でほら、こったに傷だらけでっさ」

「へだば栗、なんぼも拾えながったべな」

岸太郎は、「入れ物は後でいいや」といってツカリのまま置いていった。岸太郎の足音が聞こえなくなった途端にミツは、へなへなとその場にうずくまった。すると最前から胸の中に溜まっていた、身体が頽《くずお》れそうになるほど悲しい気持が、一度にどっとあふれ出てきて、おいおいと子供のように泣いているのだった。

第四章　官許暴力

一　元　治

「おい。加治原伝次郎さば気を許しては駄目なんでゃあ。あれは油断のならない男だすけゃなあ」

煙草の煙をくゆらせながら玄十朗が弟に言った。

「親方、大丈夫せえ。おれは別に加治原さ心酔している訳でもなんでもないすけな。ただ銭っこ貰えるへで働いてるだげだえせ。訴訟が勝ったら、辯次郎ど二人に山を五十町歩ずつ貰う約束になってるのせ」

元治は兄の吐いた紫煙の香りを吟味するかのように鼻をひくつかせながら言った。

兄の玄十朗は近ごろ金回りがいいらしく、これまで使っていたキセルを止め、ひと箱七銭もする巻きタバコのゴールデンバットを吸っていた。

「そごせおれが言うのは。訴訟が終ってがらでは遅いんでゃあ。伝次郎はこすっからい男だへでな。終ってがらだば、何とでも誤魔化されでしまうべよ。貰う物は終る前に貰っておがないば、うやむやにされでしまうんでゃ」

「なにそう簡単には終らながべえ。敵もなかなが頑張ってるへでな。村民の中には最近だば訴訟派に同情してなっす、陰でこっそり援助してる者も出てきているぐらいだへでなす」

近ごろの公判の成り行きは元治も知っていた。

「確かに、公判が思うように進んでいない事に加治原が苛立ってるのは、その通りだどもせ。したども加治原には銭ぁ腐るほどあるへでな。いざどなれば、どったな事でも出来るべよ。銭の力づのはたいしたものせ」

「なにだいじょうぶせえ。おればりでなぐ辯次郎も約束してるんだへでなっす。いがに加治原でも約束を守らない訳にはいがながべえ。あいづを裏切るど、後がおっかないへでなっす」

元治は山岡辯次郎の陰湿な性格を思い浮かべながら言った。辯次郎を裏切ったら厄介な事になるということは、加治原とてわきまえていないはずがない。

なにしろ辯次郎は、そうとう汚い事にも手を貸しているはずだ。

元治はいつだったか辯次郎が、加治原から預かった四角い紙包みを福岡署の上条仙太郎に届けたと言っていたのを覚えている。そのとき辯次郎は目を妖しく光らせながらこう言った。

「あれは絶対に銭だえせ。おれの勘では、一円札で三百枚づうどごだべなあ。まあ、結局は警察も銭で動くって事せ。加治原は銭で警察を操っているのせ」

元治は兄の顔を見た。

「加治原に銭があるのは百も承知だえせ。それより親方、これがら加治原は、どったな風な銭の使い方をする気で居だべなっす」

「加治原はいずれ裁判官さまで銭をぶち込む気だえせ。したがその前にもうひとつ奥の手があるのせ」

「奥の手ってばせ？」

　思わず兄の顔を見た元治に、玄十朗は目を細めて密かな笑みを見せた。

「最後の切り札だえせ。大黒柱を伐れば家は潰れる。訴訟も同じ事だえせ」

「大黒柱？」

「警察は小堀の爺さまを挙げる気だえせ」

「小堀喜代七を？　いったい何の罪で上げるってせ」

「なあに、罪状は何でも構わながんべせ。警察が罪にする気だば、何でもでっち上げる事が出来るえせ。怖《お》っかない処だんでゃあ、警察っつうのは」

　玄十朗は弟が怖そうに眉根をひそめるのを、面白がるように笑った。

二　策　謀

　すでに八回を迎える口頭弁論が、必ずしも自分たちに有利に進むようでないことに加治原は、内心で焦りを募らせていた。いやそれ以前に、これまで訴訟を流産させるためにあらゆる手を使って切り崩し工作を展開してきたが、ついに訴訟を潰せなかったことに臍《ほぞ》を噛む思いをしていた。

山への出入りを力で阻止し、警察を自由に動かして圧力をかけてきたが、それでも訴訟を押しとどめる事は出来なかった。

生活を守ろうとする草莽《そうもう》の息吹は、決して力で押し潰すことは出来ないということを、加治原はここで知るべきであった。

しかし加治原本家の意向によるものなのか、あるいは未だ三十を過ぎたばかりという、加治原伝次郎個人の未熟さがなせる業であるのか、事ここに至って加治原がとった戦略は、裁判と並行して弾圧をいっそう暴力的にエスカレートさせることであった。

半数を超える村人が、訴訟に加わっていないことも彼の蛮行に自信を持たせていた。

これまで村人を弾圧する上で、大きな役割を果たしてきたのは福岡警察署であった。裏でいかなる経緯があったものか、ここでも福岡署は野蛮な権力を振るうのである。

大正七年も今日で終わるという十二月三十一日の昼前、福岡警察署の刑事、及川広吉によって、同警察署の署長、上条仙太郎に、奇怪な文書が提出された。内容は小堀喜代七を偽証の教唆、私印私書偽造、詐欺未遂で捜査したいというものであった。

大正七年十二月三十一日　　福岡警察署勤務刑事専務巡査　及川広吉
福岡警察署長　警部　上条仙太郎殿
偽証教唆私印私書偽造行使詐欺未遂事件捜査復命書

二戸郡小鳥谷村大字平糠二十六番戸　平民戸主　小堀喜代七（五十三歳）
右の者、しばしば他人の争議に干渉し紛擾を醸しだす者であることは、世間に知れ渡っている処であるが、この度大正七年十一月四日、二戸郡小鳥谷村こつなぎの加治原亀次郎所有の山林九十三町歩六畝他数十筆の山林原野に対し、岩手郡巻堀村の村山清右衛門の名義を以って不動産登記抹消の手続きの訴えを二戸区裁判所ならびに盛岡地方裁判所へ提起し、以って山林原野概価三十七万円に対し、裁判所を欺き勝訴を以って之を騙し取ろうと企て、種々なる不正な手続きを取りたるが、捜査厳重なるため遂に目的を果たし得ざりし。私印私書偽造行使詐欺未遂偽証教唆事件として内偵したるところ其の罪状左記各項の通りに候にてこの条申請申し上げ候也

記

一　被告小堀は大正七年十一月四日に村山清右衛門名義を以って加治原亀次郎及び陸軍大臣等に対し不動産登記抹消手続きの訴えを起こしたるを以って加治原氏等は其の事の意外に驚きたり。
二　……茲に於いて秘密裏に内偵を開始するに、原告村山清右衛門は性愚鈍にして独立し

て訴訟する能わざるの状況にして、被告の姦計又は扇動に依って起こりたるの疑いあり。

三　故に如何なる時期に於いて訴訟を起こしたるや詳細の捜査を遂げるに、村山清右衛門の叔母はすなわち小鳥谷村こつなぎ、立端善一郎（当十九歳）の実母ヒノと云い、今より数年前に夫に死去せられ寡婦となり居るうち、被告小堀喜代七が頻繁に出入りし、特に本年夏ごろ同棲するにいたり世間とかくの風評あり。ヒノの実母は清右衛門祖母すえ（当七十二歳）にして、本年十月頃ヒノ宅にて赤痢を患い際、被告小堀より前記訴訟を提起すれば面倒なくこつなぎ山林全部を加治原より取り戻してやると告げ、ヒノをして自己の貧困を救済してくれる慈善なりと誤信せしめたるものの如し……。

この復命書はもっと長いもので、喜代七が清右衛門の印鑑を偽造したとか、清右衛門を動かす手立てとして、その本家筋になるヒノを、甘言を弄していかに操ったかということおよび自分がその捜査にいかに腐心したのかなどという事などが得々と述べられている。

だが一読して分かることは、喜代七と寡婦ヒノとの関係を故意に艶事《つやごと》に仕立て上げ、それによって喜代七が、甘言をもってヒノを籠絡したのだという、邪推が中心になっている。このような事を理由に、刑事事件として捜査申請だの復命だのというのは、あまりにも内容に乏しいおそまつなものだと言わざるを得ない。

尤もこの報告書の内容が、事実に基づかない悪意のでっち上げであったことは後日、戦後第二回目の訴訟で、当の及川広吉巡査自身がその事を認めている。

だが小堀喜代七が村山清右衛門を原告として、加治原亀次郎および陸軍大臣を被告にして不動産移転登記抹消の訴訟を起こそうとしたのは事実であった。本来の山の持ち主である村人を抜きにして為された「ほど窪山」の売り買いは、無効であるという主張で、前年に起こしたこつなぎ山の入会権訴訟を側面から援護しようとの熱意のあまりからであった。

喜代七は村民の集まりでは、こつなぎ山の売り買いを無効だとして争うのは不利であると説いていたのだったが、その取引の内容については実は、農民以上に怒りを覚えていたのだった。

だが当時の富国強兵、右傾化際《きわ》やかな国情の下で、陸軍大臣を相手どること自体が恐るべき大胆不敵なことであり、それほどの訴訟に村山清右衛門を原告にしたことは、確かに喜代七の勇み足であったと言わなければならない。

清右衛門は、一番最初に立端鬼頭太からこつなぎ山の名義を移した三人のうちの一人、柵山権八の長男であったが、及川巡査の言を待つまでも無く意志薄弱にして愚鈍であり、訴訟の原告人には不向きの人間であった。

喜代七もこのことに気付き、訴状は提出後すぐに取り下げている。したがって一回も公判さえ開かれていないまぼろしの訴訟について、偽証だの教唆だの、ましてや詐欺未遂事件だなどと言うのはただの言いがかりに過ぎない。しかし当時の警察にとっては、これだけで充分だったらしい。

大正八年一月一日、正月元旦の早朝に小堀喜代七は、福岡警察署に逮捕されたのである。

『小堀喜代七逮捕さる！』この報せはこつなぎ村の人たちに電撃のように強い衝撃を与えた。訴訟の原告の男たちとその家族はもちろんの事、中立を装っているものや、止む無く加治原に付き従っている者の中にさえ、内心で小堀の健闘を願っている者は存在したからである。

警察にとっては何かの事件を解明するというのではない。罪名は何でもよかった。加治原の意に応えるために、喜代七が起こそうとした前記の訴訟を逆手にとり、加治原に「詐欺横領」と「印鑑盗用」の告発状を出させて、実質的にも精神的にもこつなぎ訴訟の支柱となっている小堀を獄に繋ぐこと、それ自体が目的であった。

∮

福岡署の取り調べ室では連日、小堀に対する拷問が展開された。大逆事件を機に東京の警視庁に特高警察が創設されてから八年目、その秘密警察組織を全国的に展開しようという最中のことであったから、田舎警察とはいえその陰湿な拷問は堂に入っていた。殴る蹴るの暴行はもとより、眠らせない、食わせない、飲ませないというセオリー通りの虐待が連日続けられた。

「う汝《な》ぁ、陸軍大臣を相手どって訴訟起ごすどぁ、たまげだ畜生だなやい。いったいどったな神経してるんだ」

「陸軍大臣だって加治原だって、百姓だったて、みな天子さまの赤子であることに変わりはながんすべもや。誰しも捧げられる命は、ひとつでがんすへでなっす」

「喧《やがま》しねぇ！　う汝のその性悪な根性のお陰で、こっちは正月も返上で、こうやして仕事してるんでゃ。少しは申し訳ないど思わないが！」

及川巡査の足蹴りが、喜代七のわき腹に食い込んだ。

だが逮捕理由がそもそも曖昧なものであったから、自白するものなど初めから何も無い。ただ小堀を痛めつけ、訴訟を潰すことだけが目的であった。

一方、小堀が逮捕されたことにより、震え上がって鳴りを潜めるかと思われた村の者たちが、警察や加治原の予測に反して、小堀が逮捕されたその日から、入れ替わり立ち換わり人を変えて、福岡署に連日のように面会や差し入れにやってきた。

しかし村人たちは、取り調べ中だからという理由で頑として面会を許されず、逆に罵倒されたり脅迫されたりして追い返されるのが落ちであった。

時にはお前らも共犯だろうなどと言われて、始末書にするのだからと白紙に拇印を取られる者まで出る始末であった。それでも村の者たちは、立端現八や土川千治、小川岸太郎などを中心に、追い返されても、拒絶されてもやってきた。

こうした連日の行動は、小堀に対する刑事たちの拷問を、少しばかりやりにくくした。いかに警察が閉鎖された場所であったにしろ、大勢の人間が外から収監された人間の様子を見守っているという状況の下では、まったくそのことを気にせずに好き勝手な事をするという訳にはいかないからだ。

もしこのことが無かったとしたら、小堀喜代七はあるいは生きて警察を出ることが無かったかもしれない。

§

昼夜を問わない連日の拷問にもかかわらず警察は、小堀からなにひとつ罪を立証出来るような調書を取ることが出来なかった。そして収監期限が切れる一月の二十九日の深夜、小堀喜代七は瀕死の状態で福岡警察署の留置場から放免された。

外で待っていたのは山本耕吉、立端長志の年配者二人に立端現八、土川千冶、小川岸太郎の五人であった。

おりしも小米《こごめ》のような細かい雪の降りしきる寒い晩で、歩くのもままならない喜代七を現八と岸太郎が両側から肩組みをして支えながら、用意していた福岡町の旅館に向かった。喜代七を引き渡す場に立ちあったのは署長の上条仙太郎だった。喜代七を抱えて去って行く村人たちの後ろ姿を見送りながら上条は、複雑な思いに囚われていた。

彼らの精神的な支柱である喜代七を逮捕することにより、こつなぎ訴訟の原告たちを震え上がらせ、訴訟そのものを潰してしまうのが当初の目論見であった。だが村民たちは震えあがるどころか連日、まるで監視するかのように警察署にやってきた。そしてあれほど過酷な拷問を加えたにもかかわらず、当の喜代七からはついに罪の自認を取ることが出来なかった。

だがこれで終わりではない。上条は取り調べに当たった及川刑事に、意識の朦朧となった喜代七から、白紙に拇印を押させたものを採らせていた。上条は早くもそれをどう使おうかと思案を巡らせた。

「小堀さん大丈夫だがぁ。粥っこ食ってみるがい」

「まんつ水っこ飲まへろ、いんや白湯のほうがいいがも知れないな」

五人の男たちは、旅館の暖まった部屋に喜代七を横にすると、傷を改めたり、絞った手拭いで熱を抜き取ろうとした。幸い骨や外傷には大したことはなかった。だがそうとうに衰弱しているようで、「なに、だいじょぶだ」と呟くように言いながらも喜代七は、ほどなく混沌とした人事不省の眠りに落ちていくようであった。

「小堀さん！　だいじょうぶだがあ」

現八が驚いて顔を近づけると、耕吉が言った。

「なにだいじょうぶだごった、息してらもの。少し寝へで置ぐべしせ。明日の朝までには、なんぼが快復するごった」

「あったに頑丈だった人が、たった一ヶ月で、こったに痩せでしまって」

眠っている小堀の腕を取りながら、立端長志が涙を流した。その横で現八が、「畜生、警察の奴めら、すっかり加治原の犬になりくさって」と吐き捨てるように言った。

喜代七がこつなぎから迎えに来た馬橇に乗せられて、雪の上を走り去って行ったのは翌日の昼過ぎのことであった。この後五年間、警察は小堀喜代七の姿を見ることが出来なくなる。

三　又二

山本リエは、こつなぎから北に三十キロほど離れた石切所の山で炭を焼いている、夫の又二のところに来ていた。又二は二日前に原木の伐り出しと運び込みが終わり、今日から窯入れと火入れに入るため人手が要るからであった。炭焼きは普通、夫婦二人でやるのだが、身体の弱いリエは、どうしても二人居なければはかどらない窯入れの時だけ手伝いにくるのだった。

炭焼きは第一次世界大戦による工業用木炭の需要によって、このころ岩手県でも飛躍的に生産量を増やしていた。ちなみに明治七年の県の生産量八百万貫を一とすれば、明治三十八年に六・七、大正十二年には四二・五という伸びであった。

大正七年に第一次世界大戦が終結すると、工業用の需要は減少したが、かわりに家庭用木炭の需要が多くなり、東京方面への出荷が急激に増えたのである。

そのため岩手の山村では、一時期、木炭景気ともいうべき好景気が生まれた。製炭業者や集荷、移出などの業者がにわかに増え、半纏に乗馬ズボン、鳥打帽子といった出立ちで馬に乗り、山の中を駆け回っては一俵でも多くの炭を集めようとする、にわか成金の姿が、方々で見られるようになった。

だが家庭用木炭は工業用とは違って良質でなければならない。燃えが悪かったり、あるいは良過ぎて長持ちしなかったり、火点きが悪くて煙がでたり、嫌な臭いがしたりなどという粗悪品は市場から排除されていくため、必然的に腕のいい焼き子が求められるようになる。いい焼き子はどこでも欲しがった。

又二は無口でおとなしいが腕のいい炭焼き職人で、またそれ以外には特段の取り柄もないような男であったから、気の強いリエには御しやすい、似合いの夫婦かも知れなかった。

リエは、又二が三尺三寸に切り揃えて積み上げておいたコナラとミズナラの炭材を、窯の中に居る夫に運んでやりながら、昨晩炭焼き小屋の藁布団の中で又二が言ったことを思い出していた。

「こつなぎ山さ移ればよ。家の馬ぁ使えべし、う汝だってわざわざ汽車賃かけで来なくたって、歩いで簡単に来れるんだものせ。仕事は捗《はか》どるべし、経費ぁ安ぐつぐべしせ。此処の山で稼ぐより、なんぼがいいってせ」

又二は、山でたった一人で作業していることに嫌気がさしているように言った。確かに又二の言う通りなのだ。そうでなくても炭焼きの報酬は僅かなものだった。

大正七、八年の炭一俵あたりの生産費は、原材料三十銭、焼き夫賃二十七銭、双子縄代八銭、山監督費三銭、山元小出し代七銭、運送料十銭、雑費三銭で、合計八十八銭、地元価格が一円であったから残りの十二銭が企業利益となった。

焼き子の取り分は二十七銭だけであったから、平均して一日三俵焼いたとしても八十一銭にしかならない。米一升が五十銭であったから、二升分にも満たなかった。その外に入山時の借金も返済しなければならないから、下手をすると赤字にもなりかねない、実入りの薄い仕事だった。

地元のこつなぎ山で焼いた方が経費や能率の面でよいことは、又二の言葉を聞くまでもなく、リエにもよく分かっている。現に以前はそうしていたのだし、確かに地元で焼いた方が何かと便利もよく実入りもよかった。それもそのはずで、以前のこつなぎ山は自分たちの山であったから、企業利益だの原材料費だのという余分なものを差し引かれることが無かった。

だが今のこつなぎ山で炭を焼くということは、加治原に雇われるということであり、そのことは同時に自分たちの山を加治原が奪っていくのを、みすみす認めるという事に通じるのだ。

そのことを考えると、リエは夫につい心を閉ざしたくなるが、それ以上にリエが驚いているのは、リエが来るより三日ほど前に、玄十朗がわざわざこの石切所の山まで、又二を訪ねてきたということであった。

又二の言うところによると、その日の又二と玄十朗の会話はおよそ次のようなものであったらしい。

「又四朗さんも先ず、よがったなや。ちゃんと俺の言う事を聞き入れでくれだへで、山も前ど同じに使えるようになったし、加治原さんの世話にもなれるようになった。とごろが耕吉っさんときたら、さっぱり話ぁ分がらながべせ。もう少し利口な人だど思ってだんだが、殊の外、頑固だものなっす。あったな舅だば、お前《みや》はんも何かどたいへんだべせえ」

又四朗というのは、又二の実父の米田又四朗のことだ。米田又四朗は当初は訴訟の原告に名前を連ねていたのだが、年明けに小堀喜代七が逮捕され、足腰の立たなくなるまで拷問を受け、半死半生の姿で牢を出たのを見て、すっかり怖じ気付いてしまった。そこへ玄十朗が巧みな甘言で揺さぶりをかけたために、とうとうその年の十月に訴訟を下りてしまった。その影響で翌月には、やはり原告の一人であった立端吉五までもが訴訟を取り下げ、残った原告たちをがっかりさせていた。

　玄十朗はさらに続けた。

「お前はんも分がってらど思うが、加治原づうのは茨城で海産物を取り扱う豪商でなっす、銭ぁ腐るほどあるんだい。その金で警察も裁判所までも自由に操るんだものどう、我われよんた貧乏百姓が訴訟起ごしたって、とうてい勝ち目はないんだすけゃな。訴訟さ加《か》だっている者だば、理屈より何より先に、金で行き詰まってしまうべせ。仕舞いには裸にされで、こっぴどい目に会うのは分がりきったごったべさ。加治原は、必要だば銭っこ、茨城がら貨車さ積んで、なんぼでも運んで来るって言《へ》ってるんだい。いや実は、おらだったてなっす。あったなよそ者に好き勝手にされで頭下げでるのは、無念やる方無しっつうのが本音なんだい。したどもどう、村ど我われが生き延びるためにはなっす。いい加減なところで加治原ど折り合いつけるしか無がんべでゃ。俺がこうやしてお前さんだの説得さ歩いでるのだって、村の将来を思っての事なんだい。別に加治原を尊敬している訳でも、いい人だど思ってる訳でもないのせ」

それから心底又二の身の上を心配したように声を和らげて、

「耕吉っさんさえ、訴訟がら降りるって言ってければ、新しい家も建でれるべし、嫁っこのリエども一緒に住むにいいんだい。どうだえ、お前はんの口がら訴訟ば止めんだって、耕吉っさんのどご説得してくれながんえが」

と言った。

「いやぁ、確かに玄十朗さんの言う通りだどもせ。おらほの親父だば、ほんに頑固でせ。加治原のやり方さ、恐ろしぐ腹を立ででいるへんで、とってもおらのいう事なんか聞がながんべおや」

玄十朗との話し合いはそこで終ったと又二は言った。だがリエは、もっと突っ込んだ話がありそうだと思った。

「加治原が、自分の方が間違ってないど思うんだば、黙って裁判やらせだらいいんでながえが。それを躍起になって訴訟を潰そうどするのは、やっぱり裁判になれば困る事があるんでながえが」

リエはそう言った。だが又二はそれには応えなかった。気の弱い又二のことだから、玄十朗にあの手この手で相当揺さぶられたのに違いない。父の頑固より、又二の気力が崩れ落ちることの方が、リエには怖ろしかった。

四　逃走

小堀喜代七に対して、二戸裁判所の菅間正英判事から懲役十カ月の刑が言い渡されたのはその年の十一月のことであった。罪名は文書偽造、詐欺、森林窃盗ということだが、判決理由は、正月に逮捕された時に取り調べられた及川巡査の復命書とは、まったく違う理由が述べられており、しかも本人不在の中での言い渡しであった。

検事事務を取り扱ったのは、取調べに当たった及川ではなく、福岡警察署長の上条仙太郎その人であった。

文書偽造というのは、村山清右衛門の一件とは何のかかわりもないもので、小鳥谷で宿屋業をしている高岸啓蔵という人物に対して、立端鬼頭太の印章を盗用し文書を偽造したものということになっている。その文書は明治三十九年九月に高岸啓蔵が鬼頭太に田地を百二十円で売り渡した際に、代金の一部を現金ではなく、うち七十円分をこつなぎ山の一部で代物弁済されたことにして欲しいと小堀喜代七に頼まれた。そして喜代七が鬼頭太名義の土地譲渡証書を印鑑を盗用して作成し、高岸のところに無理に置いていったというものであった。

だがこつなぎ山は明治三十九年には兼子多衛門の名義になっており、鬼頭太名義の証書を作成しても何の意味もなさない。なのに二戸裁判所は、書道教師、新渡戸仙岳の鑑定により、この証書と喜代七収監中に取った始末書の筆跡が同じであるとして有罪にしたのである。喜代七は始末書など一枚も書いてはいない。連日にわたる拷問により、意識朦朧としていた時に、白紙に拇印を取られただけである。筆跡が一致するということは、土地譲渡証書もまた始末書を偽造した警察の同一人の手になることを示すものなのである。

判決理由の第二は、小堀が当該の山林の立木を、高岸啓蔵の相続人である高岸啓次郎の所有地であるように偽装し、啓次郎、立端現八、小鳥谷の木炭商遠藤与吉らと図って、一戸町の野里善吉という製材業を営む人物に売ったということで、詐欺と森林窃盗に問うたものである。

だが啓次郎は、そもそも出どこの定かでない譲渡証書そのものを薄気味悪がって、この年の八月に自ら進んで警察に出向いて差し出している。そういう人物が、その後にあえて問題の山の立木を売り渡したというのは理屈に合わない。また野里善吉という人が、頑固な保守の人間ではあったが、曲がったことが大嫌いな気骨のある人物であったから、警察が小堀を陥れようとする詐欺という筋書きに、なかなか乗らなかった。この野里善吉という人は木材を商う山師で、一戸町で製材所も営んでいた。その関係でこつなぎの農民とは古くから親交があったらしく、この後、こつなぎ訴訟の系統的な陰の援助者になっていくのである。

おかしなことに、訴状に載せられた四人の人間の、誰がどのような役割を演じ、実際にどのような行動を取ったのかが、裁判ではいっさい説明されなかったしまた立証もされなかった。

それでさすがに、小堀喜代七に対する森林窃盗の容疑はついに有罪とすることはできなかった。しかしそれでも与吉、啓次郎、現八には懲役六ヶ月、執行猶予三年の判決が下り、小堀には執行猶予無しの、懲役十ヶ月の実刑判決が言い渡された。

喜代七欠席のまま判決を聞いた現八たちは、ただちに村に帰り、立端長志の家で喜代七を囲んで相談に入った。訴訟で闘うことを提案したり、岸太郎の襲撃を思いとどまらせた知恵者の寅吉爺さんは、すでに前年に亡くなっていた。山火忠太郎と山本耕吉、山本予惣次が村の相談ごとの中心にあった。

「なんたら無茶苦茶な判決だべでゃ。警察は、なんだかんだ小堀さんば牢屋さ入れる気ぃしてらな」

現八が怒りのため、目を吊り上げて言った。

「小堀さんを十ヶ月も牢さ入れだら、その間に訴訟は潰されでしまうぞ」

「火行の人だも、心配してらっけや」

小堀喜代七はこの頃、こつなぎばかりでなく隣の火行や戸呂《へろ》町、荷軽部《にかるべ》など二戸郡一帯の入会訴訟や小作争議の相談に乗っており、岩手県の農民運動に欠かせない指導者になっていた。

「いんや十ヶ月の入牢ばかりでは済まながんべよ。この間もたったひと月で、あったに死ぬ目に合わされでらもの、今度は生ぎで出はって来る事は出来ながんべよ。警察は今度は、小堀さんば殺す気で罪を背負《しょ》わせだのせ」

耕吉が皆の顔を透かし見るように首を回しながら、断定するように言った。

「へば、なじょにするってせ」

「逃がすのせ。聞けば五年間逃げ通せば、時効になるっつんでねえが。したら皆して、小堀さんば五年間、匿《かくま》い通したらいいんでねえが」

ふだん穏健な耕吉が、攻撃的な気配を漂わせながら意外な事を言った。岸太郎が恐る恐る喜代七の顔色を窺うように見ると、喜代七は腕組みをしたまま無言で前方を睨んでいる。

「そったら事、出来べえがな」

「出来るも出来ねえも、こうなったらやるしかながえせ。何たって殺されるど分がっているものを、むざむざど警察さ引き渡す訳にはいがながんべせえ。ようがんすか。これは加治原どグルになっている警察ど、俺だぢの戦争だんだえ。小堀さんを無事に五年間匿い通せるがどうが、これは命がけの挑戦だえせ」

言うだけ言うと耕吉は、窄《すぼ》んだ肩を怒らせるように尖らせて腕を組んだ。

「無法な真似をしてるのはあっちだへで、考えでみれば、それしか道は無がえな。どうだべなっす小堀さん。小堀さんさば、また偉い苦労かげる事になるどもせ。此処はひとづ、おらどの意見を聞いて、逃げて呉《け》んながえが」

山火忠太郎が言うと、皆が一斉に小堀の顔を見た。するとそれまで黙っていた小堀が、おもむろに口を開いた。

「いんや俺もせ。あったただデタラメな判決を出されるのだば、これははあ逃げるしか無がべど思ってらったのせ。だども、そやせば皆さ迷惑ぁかかるべえど思ってせ。自分では、腹ぁ決め兼ねで居だったのせ。したども今の耕吉っさんの話っこ聞いで、ようやぐ腹ぁ決まったもせ」

「よおし、へったら近隣の村々の信頼の置ける者で、さっそぐ連絡網を作るべさ。秘密の隠れ家もあっちこっちさ何箇所も確保しておぐ必要があるな」

現八が急に勇気を得たように言うと、喜代七が付け加えるように後を継いだ。

「連絡網は確かに要るなっす。したが隠れ場所はなす、誰も知らないのが一番安全なのせ。へんだすけゃ、その都度、俺が自分で決めるへでせ。何たって周りには何千町歩もの山ぁ有るんだへでな、逃げ場所に不自由はながんべせ」

皆の顔からようやく緊張が解けた時、岸太郎の倅の市太郎が戸を開けて駆け込むように入ってきた。

「警察ぁ来た。今、平糠から火行の峠越して来るどごだへで、あど二十分ぐらいせば、こっちさ来るごったえ」息を弾ませながら言った。

警察は喜代七逮捕のため、まず平糠の小堀の家に行くだろう。そこに居ないと分かれば火行の峠を越してこつなぎにやって来る。そう読んだ岸太郎が、市太郎に火行の峠を見晴らせていたのだった。

「へば、何処さ隠れべえ。卯太郎の土蔵の天井裏がいいんでながえが」

「いや、婆ちゃんがあわてでべえ。警察は人の顔色見て判断するへんでな。小安地蔵堂の縁の下がいいんでながえが」

あたふたと相談し合っていると、小堀が笑みを浮かべて言った。

「まんつ、自分で隠れるへんで、心配しあんすな。ほんじゃまんず、お先に失礼しあんすへで」

皆があっけにとられているのを気にも留めず、薄暗く冷えてきたとばりの中に、まるで小用でも足しに行くかのように喜代七は、ふらりと消えて行った。岩手県では前代未聞の、徒刑囚による逃避行が、ここから始まるのである。

五　ミツ（2）

立端ミツの亭主卯太郎が、流行りの風邪に冒されて亡くなったのは大正七年の十月二十八日のことだった。いまのようにワクチンなどというものも無い時代であったから、その時は村中の者がやられた。ミツの家でも一家全員がやられて枕を並べて臥せっていたのだった。ミツは元来が身体の丈夫な方ではなく、そのうえ三番目の子供を腹に宿していたから、家の者も見舞いにきてくれる親戚の者も、どちらかといえばミツの方を危ぶんだのである。

だが皮肉なことに亡くなったのは亭主の方で、身体の弱いミツの方が生き残ったのであった。ミツは自分は床に臥せったまま、親戚や近所の人たちに葬儀をあげてもらった。亡くなった卯太郎は元の名主、立端鬼頭太の別家筋に当たり、ミツは鬼頭太の孫でもあったから、落ちぶれたとはいえ未だ少しばかりの田畑が残っており、どうにか暮らしは維持出来ていた。

そのためこれまでミツは、自ら山へ行ったり畑を耕したりという男勝りのきつい仕事はしなくて済んでいた。そうでなくてもミツは弱視で、右目はほとんど見えず左の目も人より弱い視力であったから、針仕事のようなこまかい作業は苦手で、やれる仕事は限られていたのである。

そのミツが亭主に突然に先立たれ、二十九歳の若さで寡婦となってしまった。七十になる年寄りと六歳と三歳の子供を抱えたうえにお腹には四ヶ月になる赤子まで居る。

それらが一気にミツの肩にのしかかることになったのである。葬儀の後からミツは、まだ充分には癒えていない身体を床から這い出させて、否も応もなく働かなければならなくなったのである。


ミツが、以前から気にかけていた薪の蓄えが残り僅かになったことで、いよいよ補充する必要にせまられていると思ったのは、年が明けてから間もないころだった。

それで親戚のもの三人と小川岸太郎の四人に薪採りを頼んだのだ。ところがその日になって、頼んだ六人がもう山に着いて仕事を始めた頃だと思っていた時に、岸太郎が一人だけ力なく戻ってきた。

「あれ、岸太郎さん、なじょしたのせ」と聞くと、岸太郎は半ば投げやりに言った。

「どうも今日の薪採りは、とり止めになったおや」

「なにしてせ」

「お前《みや》の従兄弟だぁ、この山ぁ加治原の山でないがって言《へ》るのせ。それだばおれ達は行げないって、さっさど帰ってしまったもせ。親戚の者にそうやって帰られだら、どうも他人のおればりでやるのもなんだが気が乗らなぐなってせ。そんで一緒に帰ってきたのせ」

親戚のものたちは、ほとんどが加治原側に付いていた。だがミツの亡夫の卯太郎は、そもそもが本家であり女房の祖父である鬼頭太が、兼子多衛門に山の権利を売り渡したことが事の発端であることに責任を感じて、訴訟に加わっていたのだった。

それでも卯太郎が生きていたなら親戚のものたちの対応はもう少し違っていたのではなかっただろうか。ミツは大きくため息を吐いた。皆が手の平を返すように、これからは万事このようになっていくのだと思うと、にわかに涙があふれ出てきて、思わず袖を顔にあてがわざるを得なかった。ミツが肩を震わせていると、

「いやまんつ泣ぐな泣ぐな。おれがなんとかしてやるへで」

岸太郎がやさしく言って、腰を上げかけたが、ふと思いなおしたように、

「へば、裏さ松の木ぁ三本ばり積んであるよんたども、あれは何せ」

と聞いた。それは亡夫の卯太郎が、旧道の松並木が大風で倒れた際に役場から払い下げてもらったもので、そのうち板に挽いて家の補修にでも使おうと思って裏に積んでおいたものだった。そのことを岸太郎に言うと、

「加治原が山入りを妨害し始めてがらは、何処でも馬小屋までぶっ壊して燃やし木にしてい

るんだい。この際だものあれを割って燃やすんだ」

と言った。

「へば挽《ひ》いでけるがい」

ミツが仕方ないという風に言うと、岸太郎は無言で頷いた。そしてほぼ一日がかりで全ての松を半間の長さに挽いた上に、すぐに囲炉裏にくべられるように鉞《まさかり》で割ってくれた。

これでどのぐらい持つだろうか。一月か、それとも二週間か。あらかた二棚ほどになった薪を見つめているうちにミツは、今にもう身を凍らせるような、厳しい雪しまきの音が聞こえてくるように思った。

∮

ミツの家の薪がすっかり無くなったのは雪解け間近の頃で、すぐ目の前に春が逼ってはいたが、まだ霜柱の消えない寒い朝のことであった。岸太郎に切ってもらった薪が無くなってからミツは、火事の後亡夫の卯太郎が作った仮の馬小屋を壊したり、稲や麦をかけるはせ杭を伐ったりして燃やしてきた。もう壊すものも切るものも無くなってしまったと気がついたのは、正月からひと月ほど経って、なんとかこの冬を越せそうだと思っていた矢先のことだった。

子供たちが起き出す前に薪をなんとかしなければならない。だが岸太郎や千冶にはさんざん世話になっている。自分の家に限らず訴訟派の家はどこもみな困っているのだ。働ける者は外に出て賃稼ぎをして訴訟の費用を工面し、家の中はおおかた女が守っている。

千治のところだって未だ十六、七の娘のタツエが、山番の目を盗んで木を伐っているというではないか。耕吉のところのリエだって、身体が弱いのにもかかわらず山に入って木を伐りだしていると聞いている。自分もいつまでも他人にぶら下がってばかり居る訳にはいかない。これからは、なんとしても自分の力で生きていけるようにしなければならないのだから。

ミツは思い切って、独りで山に行ってこようと思った。起き出してきた姑のカツに、「山さ行ってくるへで」と言うとばら目鋸を持って西側の山に向かった。

途中で加治原の山番に出会わないようにと通常の登り口を避け、小学校の上の方にある、けもの道を通ろうとした時であった。運悪く林の中からふいに笹木寛三が姿を現わした。続いて四、五人の男たちが現れた。中に山岡辯次郎と片山元治も居るようだ。

「どこへ行く」

寛三がほとんど訛りのない言葉で言った。

「山さ行ぎやんす」

「山へなにしに行く」

「薪採りさ行きやんすが」

「薪って、何処の山から採ってくる気だい」

「このこつなぎの山がらす」

「あのな。このこつなぎの山、などという山は何処にも無いんだ。ここらの山は全部、とっくの昔から加治原さんの山になってるんだ。人の山から木を伐るのなら、後で金を払いますという証文を書いてからにしろ」

「おらほでぁ、昔っからこの山で木を伐っていやんす。証文だのって、そったな面倒くさい事、おら嫌《や》んてがんすもの」

「へば戻れ」

寛三の横から辯次郎が言った。落ちぶれたとはいえ元は名主の家の自分に、この若造は、いつからこんな横柄な口を利くようになったんだとミツは腹がたった。

「お前《みや》はんらがこったな無体《むで》な真似するへんで、薪は一本も無ぐなって、とうとう馬小屋まで燃やしてしまいあんした。それさえも無ぐなって、家では子供《わらし》っこど婆さんが寒い寒いって震えでやんすがぁ。まんつ空身で戻ればまだ子供に泣かれるへんで、どうぞそったな情けない真似は、はあ止めでけなんせや」

ミツは自分でも驚くほど気丈に振舞っていた。だが山番たちは容赦が無かった。

「戻らないと女だからって、ほんに手荒な真似するしか無くならぁ。痛い目にあいたく無ければ、さっさと帰るんだ」

寛三の目が、本当に情け容赦なく据わっているのが、視力の弱いミツにでさえよく分かった。ミツは背筋にぞくりとした恐怖を感じた。大の男たちでさえ、力ずくで薪を取り上げられたとか、鋸や鉈《なた》などの道具まで奪われたという話を、よく耳にしていた。

ここで下手に逆らって怪我などをさせられたら、後には何も出来ない年寄りと子供たちが残るばかりで、本当に途方にくれる思いをすることになってしまう。そうでなくとも自分は、産後の肥立ちがあまり芳しくなく、このところの体調もよくなかった。無言でくるりと背中を向けるのが、ミツには精一杯の反抗のしるしであった。

家に帰ると、姑のカツが赤ん坊を抱いて二人の子供とともに囲炉裏端に座っていた。囲炉裏には僅かの粗朶が、ちろちろと今にも燃え尽きそうなか細い炎をくゆらせている。背負い縄を肩から落として力なく上がり框に腰を下ろすと、「どやしたい」とカツが聞いてきた。

「加治原の山番に見つかって、追い返されで来あんしたが」

力なく言うと姑はいっとき息を呑んだ。がすぐに抑えきれない感情が、言葉となってミツに浴びせられた。

「いんやいや、なんぼがでも粗朶でも拾って帰るがど思って待ってれば、まるで餓鬼の使いのよんたおな。へば子供《わらし》どぁ、凍えでしまらぁ。どうやすんのせ」

今にも泣き声に変わるかと思えるような甲高い声が、するどくミツの胸に刺さった。

言い返すのもむなしく、黙って腰を上げると外に出た。家の裏手にうず高く積んである豆の剝き殻を背負い籠に入れると、家の中に運んだ。

「後で岸太郎さんか長志さんさ相談してみるすけゃ、とりあえずそったな物でもくべていてけで」

カツはひと摑みくべればボウッとなって、すぐに燃え尽きてしまう豆の殻を、憤懣やるかたないといった表情で、燃やし始めた。

ヒエに干し栗を交ぜたカデ飯で朝餉を済ませた後ミツは、岸太郎のところに行った。ちょうど岸太郎が居て、ミツが山番に追い払われた話をすると、山番のことには触れたくもないというように顔をしかめると、家の横に積んである薪をミツに背負えるだけ背負わせ、そのあと自分も背負ってミツの家まで運んでくれた。

「おれの所ぁ、市太郎が稼ぎさ出はってるへで、おれはこうやして家に居れる。お前のところは男手が無くなってほに大変だものな。まんつ、おれも出来るだけ助けるへで、由太郎《よしたろう》が一人前になるまで頑張るんだ」

岸太郎はそう言って帰っていった。岸太郎の姿が見えなくなると、込み上げてくる嗚咽をこらえることが出来なくなって、ミツは思わずその場にしゃがみ込んだ。岸太郎の親切が身に染み入るほど有りがたかったのである。

六　長志

立端スエは、先ほどから耳をふさぎたい気持ちで母親のタネの言葉を聞いていた。タネは夕方早くに、まるで空き巣狙いかなにかのようにひっそりと家の中に入ってきた亭主の長志を口汚くなじっているのだった。それも無理のないことで、これから飯の支度をしようにも焚き木がないのだった。当てにしていた亭主が焚き木を採りに行って、しばらくしてから手ぶらで戻ってきたのだった。

「なんぼ山番にやられだったたて、粗朶《そだ》一本拾えない言《い》うことはあんめや。よぐまだ、おとなしぐとっかえされるもんだ事ぁ。行ぐ度にとっかえされとっかえされして、なんの態《ざま》だんだがほに」

このところ長志は、焚き木を取りに行くたび加治原の山番に、せっかく伐った薪を取り返されてしまうということを繰り返していた。運がいい時は山番と遇わずに、無事に家まで運びこめる日もあった。だがこのところの加治原は、小堀喜代七が姿をくらませている間に、一気に訴訟派の村人を押し潰そうとしているらしく、これまで以上に山番の数を増やし、山巡りの回数も間を空けずに歩かせるようにしていた。

そのことはタネもスエもよく承知していた。現にスエ自体が栗拾いに行って、もう何度も拾った栗を奪われている。それも拾った栗をただ没収されるというのではない。山番たちは、帰りにまた栗を拾われないように、背中に負った懸籠《かけご》まで奪い取るかあるいは鎌で切り裂いて使い物にならなくしてしまうのだ。

山番の中には片山元治や山岡辯次郎などの村の若いものも交じっていたし、小学校教師の田中甲子郎までもが加わっていたから、訴訟派の家の子か、加治原に寝返った家の子供かはすぐに分かってしまう。そして加治原派の家の子供には好きなだけ栗やトチの実を拾わせてやっていた。

だがいくら取り返されても子供たちは、腹がすくとすぐに山番の目を盗んで木の実を拾いにでかける。そしていつの間にか夢中になっているうちに、すぐにまた山番に見つかってしまうのだった。

それでスエはもう、掛籠をすでに七つも取り返されている。山番も初めのうちは掛籠を切り裂くだけだったが、それだとすぐに修理をして使われるということに気付き、この頃は籠ごと奪い取って返さないようになっている。

子供の栗拾いにまでそれほどの念の入れようであったから、ましてや薪運びが見過ごされる訳が無いという事は、スエもタネも充分に知っている。

「お父《ど》さん、まだ薪とっかえされできたのが」

スエの五つ歳下の弟の甚作が聞いた。

「ああ」

「まだ鋸《のこぎり》も、とっかえされだのが」

倅の言葉に敏感に反応したタネが、きっと振り向いて長志の顔を睨むように見た。

「鋸はとっかえされねえよ」

「鉈ばせ！」

今度はタネが聞いた。女房の問いに長志は下を向いて黙ってしまった。途端にタネが悲鳴を上げた。

「今日は、鉈ぁ取り上げられだってが。まんつまんつ情げぁ無いもんだごどや」

長志は無言で、こそこそと土間の隅に行って腰を下ろし、藁仕事をやりはじめた。加治原に対しての噴き出してくるような怒りを、娘も母もやり場に困って父親にぶつけているのだった。それを誰よりもよく知っているだけに長志は、自らも身が焦げ付くほどの怒りを内に抱えているのにもかかわらず、ただ黙ってじっと受け止めて、藁仕事に打ち込む振りをするのだった。

「加治原の畜生めは、ほんに小堀さんが居ない間に、訴訟を潰す気ぃしてらごったなやい。くそっ！ぜったい負げないはんでな」

タネが長志の性根を入れ直そうとでもするようにそう言った。

∮

長志が再び東側の山に入ったのは、翌日のまだ薄暗い夜明け前のことであった。

加治原の山番の目は主に部落に隣接している北と南の山に集中しており、集落から少し離れた東の山は、割合に手薄だった。師走に入ってから何度か雪が降っており、すでに道路は橇が曳けるほどの圧雪に覆われている。

この寒空で燃《も》し木がなくては三日とは生きられない。タネが騒ぎ立てるのも無理はなかった。なんど奪われても、山に入らない訳にはいかないのだ。

長志は雪を掻き分けてこつなぎ川沿いの急斜面に出た。谷間は日照時間が短いため、植物が少しでも多く光を求めて伸びるために、木が高く生い茂る場所であった。しかも足場が悪いうえに、あまり伐らない種類の木が多いため、人もあまり入らないところなのだ。

二時間ほどかけて長志は、トチノキやサワシバ、サワグルミなどの雑木を十本ほど伐り倒した。一息ついた後それをさらに三尺の長さに切り揃えた。切ったものを長志は、自分で背負って家まで運んだ。生木は重いので、あまり太くないものを選んで伐ったのだが、それでも一度に背負えるのは五、六本が限度で、何回にも分けて運ばなければならなかった。馬橇で運べば一度で済むのだが、山番の目につきやすいので小分けして、辺りの様子を窺いながら自分で運ぶしかないのだった。

全部運び終わるころには、すでに夕方になっていた。長志は最後に五、六本の丸木を、沢を渡って間もなくの畦に溜まった雪の下に隠すと、残った二本と、枝を切り揃えた柴木を束ねたものを背負って、すでに冷えて凍ったように堅くなった足を引き摺って家路を急いだ。愛宕山の頂きが灰色にけぶっているところを見ると、今夜もまた雪になるらしい。家の近くまでくると自分の家の前に黒い人影が蠢いているのが眼に映った。

目測で数えてもざっと十四、五人はいる。胸騒ぎを鎮めかねながら近づいて行くと、果たして男たちは自分が一日かけて運んだ丸木を、道路に停めた馬橇の上に積み上げている。加治原の山番たちであった。

中に二人ばかり帽子とマントを着けた者が見えるのは加治原の家に居ついている、請願巡査らしい。

指揮をしているのは笹木寛三だ。寛三の後ろの方の道路で、鳥打帽にマントを着て突っ立っているのは、加治原伝次郎に違いなかった。

「泥棒だぁ、こいづら泥棒だぁ」

男たちの傍でタネが、気が触れたように大声を出している。長志は家の近くに駆け寄る前に、背負ってきた丸木を下ろして道路下の田んぼの上に放った。それから駆け寄って行った。

「なにすれやぁ。人がせっかく採ってきたものを、う汝《な》だは、なにすっけぁ」

普段おとなしい長志が、怖さも忘れて男たちの群れの中に猛然と突っ込んで行った。

男たちが二人がかりで長志の襟首を摑み、投げつけるように後方にはね飛ばした。長志は仰のけに尻餅をついたがすぐに起き上がって、薪を持った男の一人にむしゃぶりついて行った。今度は横や後ろから矢継ぎ早に二、三人に蹴り上げられた。

「殺されるっ！　おら家《え》のお父《ど》さんが殺されるっ！」

スエが思いっきり叫んだ。だが長志は蹴飛ばされても突き飛ばされてもむしゃぶりついて行く。いつもの長志とは別人のようだった。このままだと本当に殺され兼ねないとスエは思った。何度目かに突き転ばされた時、長志の目が傍らに突っ立って様子を眺めている加治原を捉えた。と次の瞬間に長志は、加治原伝次郎に突っかかっていった。

噴き出るほどの怒りが、そう仕向けたのだった。

「う汝ぁ、この山泥棒あ」

次の瞬間に長志はまた転がっていた。横から割り込んだ男の蹴りが長志のわき腹に入ったのだった。

「なぁにが泥棒でぃ。お前《めえ》らなんざ、蛆虫と同じだよ。お前らなんかぶっ殺したってなんでもねえんだ」

「こぉのぉ、人非人《ひとでなし》がぁ」

また摑みかかろうとした長志が、次の瞬間エビのように背を折り曲げて道路の上に転がった。傍に長い棒杭を握り締めた寛三が立っている。尖った棒杭の先端が長志の胸に食い込んだのを、スエは見逃さなかった。

「お父《ど》さん！」

悲鳴をあげてスエは長志のそばに駆け寄った。

「お前《みや》どは、警察だべえ。こったな乱暴、黙って見でるのが。恥《しょ》すぐねえのが、銭で買われでよう。それでも警察だがい」

さすがに薪運びにまで手を貸すのはいき過ぎだとでも思ったらしく、傍らにただ突っ立っているだけの巡査に、タネが嚙み付くように言った。

「森林泥棒の現行犯だへでな。止むを得ながんべおや」

巡査の一人がせせら笑うように言う。加治原は家の横に積んである薪をとうとう一本残らず持って行ってしまった。

うんうん呻いている長志を、スエは母親と一緒に家の中に運んで横にした。

「お父。大丈夫だがぁ」

「痛ぇ、胸やられだ。あばら折れだごった」

「医者さ連れで行ぐがい、お母《が》さん」

「医者さ連れで行ぐったって、この雪道をどうやしてせ。もうは、暗がんべしせえ」

スエは途方にくれた。こんな時、兄の甚志郎が居てくれたらどんなに助かるだろうかと思った。だが甚志郎は裁判費用を稼ぐために人夫として八戸に行っている。家に居るのは女二人とまだ幼い弟の甚作だけだ。兄の甚志郎に限らず、訴訟組の若い者はみな盛岡や仙台あたりまで出稼ぎに出ていた。加治原の襲撃はそのことも織り込み済みのことであったかもしれない。

「お父やい。明日まで我慢出来ないが。なにしろ今夜燃やす薪もないへでな」

放心したようにタネが言う。

「スエやい。おらほの田んぼの畦さなやい。丸木ど柴木っこ隠して置いできたへでな。奴らの姿が見えなぐなったらば、行って取ってきてければいいや」

長志が喘ぎながら、そう言った。

七　リエ

リエはこの日も朝から北側の入会山に上り、一人で木を伐っていた。伐っているのは直径が一尺五寸ほどもあるクヌギの樹で、伐り倒すまでにたっぷり一時間以上かかっている。男ならものの二十分もあれば伐り倒せるほどの樹だが、女でしかも身重であるリエには、体当たりの大仕事であった。クヌギは炭としても焚き木としても良材で、八方に張った枝まで切り揃えて持ち帰れば一週間は燃やせるだろう。

伐りながらもリエは、時どき手を休めて辺りの様子を窺った。小堀が姿をくらましてから加治原の山番の見回りは徹底して厳しくなった。木を伐ったり運んだりしているところを見つかると、容赦なく暴力を振るわれ、伐った木だけではなく、鋸《まさかり》や鉞や背負縄《しょいなわ》まで奪われた。その呵責のない暴虐さは、これまでの狼藉がまだ序の口に過ぎなかったことを物語っており、訴訟派以外の村人たちさえもが怖気を覚えているほどであった。

訴訟から脱落し寝返っていった者たちは、小さな板に焼印を押した許可証を携帯させられ、訴訟派の人間がいたぶられているのを、見て見ぬ振りをしながら通り過ぎて行くのだった。

リエもすでに三度ばかり伐った薪を奪われ、鉞と鋸をそれぞれ一丁ずつ奪われている。今使っているのは最後の挽き鋸であった。

リエは雪の上に伐り倒したクヌギを、ほぼ一日がかりで半間の長さに伐り揃えた。伐ったものを雪の上を転がしながら下の道路まで運んで、橇に自分で曳けるだけ積み込んだ。それから残った木と切り株の上に雪を被せて見えないようにした。

栄養の足りない身体は綿のように疲れて、ちょっと張りを欠くとその場にへたへたと頽《くずお》れそうになるのだったが、僅かでも明るみが残っているうちに帰らなければならない。綱を身体に巻きつけ、気力を奮い起こして橇を引っ張る。幸い帰りは下り道だ、動き出せばなんとか家には辿り着けるだろう。

一時間ほどしてようやく家に帰り着いた。板戸の間から松灯蓋の明かりがちろちろと見え、リエの気持をいくらか安堵させた。

後ろから投げかけられた荒くれた声に気付いたのは、運んできた焚き木を家の横の板戸のところに積み上げていた時だった。

「じゃじゃじゃ、この女《あま》よお。凝り性も無ぐ、まだ森林泥棒やらがしてら風だなや」

馬橇を引いて通りかかった六人の男たちが、リエの家の前で止まった。近づいてきたのは見覚えのある「棒組」の頭、笹木寛三だった。

「おい、これ取っ返せや」

寛三は後ろを振り返って男たちに命じた。男たちはばらばらと駆け寄ってきて、今しがたリエが積み上げたクヌギを馬橇に運んだ。

「う汝《な》どぁ、なにすっけあ。この泥棒！」

リエは自分が身籠っていることも忘れて、一人の男が運ぼうとする焚き木にすがりついた。そのままずるずると引き摺られていくリエの背に、別の男の足が飛んだ。

「誰ぁ泥棒だってよ。う汝だべえ泥棒はよぉ」

立ち上がって足蹴りを食らわせた男に摑みかかっていった。家の中から耕吉と三歳になる省三郎の手を引いた母親のいねが出てきた。

親と子の目の前で、リエはまた馬橇に走って行き、男たちが積み上げた薪を体当たりで突き崩した。

「これゃあ、う汝ぁ警察さ突き出されたいがぁ」

「警察でも何でも呼んでこい、この人で無しっ。この寒空に薪を持っていがれだら、死ねづうごったべ。警察も何も怖《お》っかなぐねやっ！」

何度も蹴飛ばされ、突き倒されたりしながら、しかし必死でリエは立ち向かった。死に物狂いの抵抗だった。だが間もなく両脇から二、三人がかりで押さえつけられてしまった。その間に男たちは、家の横の焚き木をすっかり馬橇に積み終えていた。男たちの中には山岡辯次郎や片山元治など、部落の若い者も交じっている。作業が一段落つくと寛三が家の中を覗き見て呟くように言った。

「ありゃりゃ、明るいと思ったら、此処でも泥棒してきた薪、燃やしてるな」

寛三は土足のままずかずかと中に入った。

「そこの木と、その燃えさしの薪も取り上げろ」

冷たい夜気さえも凍りつかせるような言葉だった。囲炉裏の脇に置いてあった継ぎ足し用の薪三本とさらに囲炉裏にくべて火のついているものにまで手を伸ばそうとした男が、ぎょっとしたように動きを止めた。

髪を振り乱したリエが、片方の手に火箸を握り締め、もう片方の手を煮えたぎった自在鍵の鍋にかけてこっちを睨み据えていたからだ。男は今まで、これほど憎しみに燃えた目で人に睨まれたことが無かった。それは本当に自分を殺そうとして身構えている目であった。男は思わず伸ばした手を引っ込めて、寛三の方を向いた。

寛三はいっとき無言でリエを見ていた。やがて、てっぽうの袖で鼻頭を拭い、「チッ」と舌打ちをすると、そのまま背中を向けた。

出掛けに戸口のところに背を預けて突っ立っていた耕吉が寛三に言った。

「お前どあ、長志さんがあばら骨折られで苦しんでるのを知ってらが。死ねば人殺しになるんでやぁ。加治原がやっているのは人の道がら外れだ、外道な事だって分がってらべえ。そったな立派な身体っこ持ったいい若い者だら、こったな外道な仕事しなくたったて、何だっていい仕事が出来るべえ。今のうちに止めるんだ」

まるで寛三たちの心の中がよく見えているかのように言った。

「そうは言ったっておれは、加治原から大金を貰って雇《やと》われているものよ。おれたちがやらなくたって、どうせ別の誰がが傭われて同じ事をやるものよ。止めたって意味がないべよ」

寛三は妙に気落ちした声で言った。

寛三たちが引き上げようとした時、いねの手を離れた省三郎が、戸口まで歩いて行った。そして、

「いまにおれが大っきぐなって、あの薪を寛三がら取っ返してやっからな爺ちゃん」

寛三たちの背中を睨んでそう言った。その声にふっと我に返ったリエは、三歳の省三郎が今まで泣きもせずにこの修羅場を眺めていたことに初めて気がついた。

八　裏切り

又二が石切所の山を引き払って、こつなぎ山に炭焼場を構えたのは、翌年の春のことだった。耕吉とリエ親娘が「棒組」に死に物狂いの抵抗をしてから三カ月後のことだった。

「こごの山で焼げれば一番よがんべども、加治原が許すはずがながんべさ」

家に帰ってきた又二に、リエが問うように言うと、又二は、

「その時は、その時さ」

と嘯《うそぶ》くように言った。その様子に耕吉が、怪訝な表情を浮かべて耳を傾けていた。が、何も言わなかった。

又二は翌日から南側の山に上がって炭を焼くようになった。窯も小屋も渡りの焼き子が使っていた古いものだが、雑木はまだかなり残っている所で場所は悪くなかった。

「あれは玄十朗に誑《たぶら》がされだに違いねえぞ。う汝、山さ上がって行って、又二ど少し話っこしてみんだ。おれは、何たって仲間裏切る訳にはいがないはんでな」

何日経っても山から追い出される様子のない又二に疑問を感じて、耕吉がリエに言った。

リエが惧《おそ》れていたのもそのことだった。

「おれは何も言《へ》ってないや。米田の親父でもいい塩梅に、口利いてくれだんだべ」

リエの問いに又二はそう応えた。米田又四朗は又二の実父で、とうに加治原側に寝返っている男であった。

「米田が口利いてくれだのだば、おらほも加治原さ転んだ事になるべえな」

問い詰めるように言うと「そうでも無がんべさ」と又二は曖昧に言葉を濁すと、すぐ鉾先を転じるように言った。

「この冬に、う汝どぁ加治原の山番に囲炉裏の木まで持っていがれだって聞いでよう。おれあ、う汝だの省三郎が凍えでらべど思うど、居でも立っても居られながったんでぁあ。親父はあったに目も見えなぐなっているのに、なしてそったにしてまで訴訟さしがみついでるんだが、おらにはさっぱり分がらないものや」

気の弱い又二にしては、精一杯に私憤の滲んだ言葉だった。

「山ぁ無いば生ぎで行かれないがらに決まってるべせ。この村は昔っから山さすがって生ぎできた村だへでなっす」

リエはなるだけ又二の感情を逆なでしないように穏やかに言った。

「へんだすけゃ玄十朗は、訴訟がら脱げれば山は使わせるって言ってるでねえが」

「訴訟を降りろづのは、山を取り上げるためだえせ。寝返った者どが山を利用させで貰ってるのは、こっちが訴訟をやってるためだえせ」

言ってからリエは、ふっと嫌な予感に襲われて又二の顔を見た。

「お前《みや》はん、玄十朗ど何を約束したんだ」

「何も約束なんかしてないでゃ。ただ玄十朗は、このまま加治原ど争ってれば、部落が潰れでしまうへで、今は一旦折れだ振りをして、もっと力をつけでから争った方がよい。警察も腐りきっているへで、署長が変わるまで待った方がいいって言ってるんだ。へんだすけゃ、親父を説得してみでけろってよ」

「ほんでお前さん、なんて応えだのせ」

「おらほの親父は、裁判所では正しい者が勝づもんだど信じている。裁判の金も苦しい中がらあっちこっちさ手え回して見通しを立ででいるへで、とっても説得なんか出来るものじゃねえって喋ってら」

「加治原も馬鹿たれだおな。穏やがに話し合いでもすればもう少し折り合えるのに、あったに暴力振るうもんだすけゃ、かえって皆の気持、固めさせでしまってせえ」

　去年の冬のことを思い出して、思わずリエは唇を嚙んだ。あの時リエは死に物狂いで山番に抵抗した。あの時の怒りと悔しさは生涯忘れることが出来ないだろう。

　加治原の暴力を使ったやり方は、訴訟派の人間の気持をいっそう意固地に固める結果になっているのだ。

「加治原伝次郎は、まんだ三十過ぎだばりの餓鬼っこなのせ」

「へんだども玄十朗だの村の半分の人だば、その餓鬼っこの言いなりだえせ」

　言ってからリエは口をつぐんだ。これ以上言うことは、気の弱い又二を追い詰めることになる。リエはそれ以上何も言わなかった。

又二が製品にした炭を出すために山から下りてきたのは、その年の秋口のことだった。いつものように家に立ち寄って省三郎と娘の顔を見てから、耕吉に形ばかり挨拶をして、そそくさと腰を上げようとする又二に、耕吉が言った。「又二やい。ここの山で炭を焼いて加治原が何も言わないはずが無い。おらどうもおがしいど思ってらば、う汝《ぬ》、とっくに寝返ってらずおな。神楽のある日、う汝、こっちさ帰って来てらったべが。あの時、子安地蔵の境内で、う汝ど玄十朗が話っこしてらの、ちゃんと聞いでだ人が居だんでゃあ」

又二は誰の目も避けるように下を向くと、蒼白な顔をして囲炉裏の灰《あく》を掻いた。

そういえば子安地蔵の奉納神楽があった晩、わざわざ又二が石切所の山から帰ってきたことをリエは思い出した。その時にすでに、玄十朗に口説き落とされていたというのか。又二が石切所を引き払ってこつなぎ山に移ると言い出したのは、あれから間もなくのことだった。

リエも事の真相を問うように見ていると、そのうち又二は、いたたまれなくなったように立ち上がった。出て行こうとするのを、「もうは、山さ行ぐのは、止《や》めるんだ」と耕吉が止めた。足を止めた又二に耕吉が諭すように言った。

「う汝ぁ寝返るのを、おれは親父どして見過ごす訳にはいがながんべよ。それだば一緒に訴訟起ごした仲間さ、申し開きが立たない事ぐらい、う汝にだって分がるはずだえせ。加治原が寝返った者さ甘い顔してるのは何のためだ。訴訟を潰すためだえせ。現に訴訟を起ごす前は、部落の者みなさ、木ぃ一本伐らせないって語《へ》ってらったえせ。訴訟を潰してしまえばすぐにまだ、山さ入るな、木を伐るなって、誰さも言《へ》るに決ってるのせえ。あれはそういう男なのせ」

いっとき又二は逡巡する様子を見せた。しかしすぐに半身に構えて、

「おらはただ、リエだの省三郎が、燃やす木もなくて震えでるのを見でいられないだげなのせ。親父さんも、もうそったに目が見えなぐなってるのに、なぁしてそったに頑固なんだが」

といまにも泣き出しそうな声で言うと、ぷいと歩き出した。戸口を出ていく又二の背中を、耕吉の声が追いかけた。

「どやしても山さ行ぐ云《づ》うのだば、う汝の気ぁ変わるまで、一旦リエど離縁してがら行ぐんだっ」

耕吉の声を跳ねつけるようにして板戸を押し開けると、又二は無言で出て行った。

リエが又二の炭小屋まで上がって行ったのは、翌日の昼下がりのことだった。

又二がぐらつくのも無理はない。訴訟を取り下げれば、「加治原林業部」と焼印をした山札が与えられて自由に木が伐れるし、飼葉も刈り取れる。栗や山菜も採り放題なうえに、月に一度か二度は焼酎や干し魚の配給にも与れ、訴訟を起こす前よりもむしろ暮らしぶりがよくなっているのだ。一方訴訟に加わっているものは、稼いだ金はすべて訴訟に注ぎ込まなけれ

ばならないし、日々の燃やし木にも事欠くありさまだ。子供たちは年中腹を空かせてぴーぴー言っているし、リエの父親の耕吉や立端のミツさんなどは栄養が足りないせいで、痩せこけて目まで見えなくなっている。

又二が動揺するのは、又二なりに家族のことを心配するからなのだ。

だが今日は言い聞かせなければならない。あのけちんぼの加治原が訴訟を降りた者たちを優遇するのは何のためだ。逆に訴訟に加わっている者に対しては、死ぬほどの苦痛を与えている。それはいったい何のためだ。みな部落から山を取り上げるための算段からではないか。去年の冬、加治原の山番に棒杭で胸を突かれて臥せっていた長志さんが、この春ついに亡くなってしまった。加治原は平気で人殺しまでやったのだ。そのことをどんなに訴えても警察は取り上げてくれなかった。加治原の「棒組」の組頭にあばら骨を折られて死んだのだと、息子の甚志郎さんがどんなに訴えても、「それで死んだという証拠があるのか」と逆に追い返されて帰ってきたという。

そうした事をなんとしても今日は、又二に分からせなければならない。又二の今の行為が、家族を愛するがゆえの事であるならば、同じ理由から訴訟を守るということもやはり家族のためなのだということを理解してくれないはずがない。

このまま家族が別れてしまっていいはずはないのだ。省三郎や生まれたばかりのみよが、このまま父無し子になっていいと思うはずがない。

朝露の乾いた下草を踏みつけて、リエが登っていくと雑木の伐り払われた山斜面の向こうに又二の炭焼き小屋が見えてきた。

窯の煙突から黄色い煙があがっているところを見ると、まだ点火したばかりらしい。点火から五日ぐらいが徹夜の仕事になるのだ。窯口の石をちょっとずらしてからリエは小屋の中に入った。すると小屋の中に玄十朗と制服姿の巡査が居たのでリエは驚いた。リエよりもっと驚いたのは又二の方であった。玄十朗と巡査は、木の切り株を椅子にしたものに座っていた。

玄十朗の前の板敷きの上に、数枚の書き付けのようなものが散らばっている。玄十朗はいっときリエの方を振り向いたが、かくべつ動じる気配もなく、そのまま紙片を手にとって読み上げるように言った。

「笛、立端三平、片山元治。鉦《かね》、立端鉄郎、たてはた……何だこれは、ただの奉納神楽の名簿でないが。こっちは、養老、長生の家にこそ……これは謡いの文句でねえがや。駄目だ駄目だ、訴訟の役に立つものは何もない。字が読めない者はこれだへんで困るおや」

裏に軽蔑を張りつかせた、にやついた顔を又二に向けて玄十朗は言った。

「こんだ、もう少し役に立つものを持ってくるんだ。何も無い時は、耕吉っさんの判子でもいいすけゃな」

ちらりとリエの方に目を向けながら言った。それから玄十朗は巡査と連れ立って山を下りて行った。

リエには何の事かすぐに分かった。父親の耕吉はこつなぎでは只一人読み書きの出来る人間であった。そのため裁判に必要な事項を可能な限り書き留めて書類にしている。

目が不自由になった近ごろでは、その仕事は主として小堀に移っているが、それでも小堀が居ない時はメモ書き程度の物は書き記して、後で小堀に渡すのだ。小堀がそれを成文化して弁護士に渡すという段取りであった。

又二はそうした書類を持ち出すことを玄十朗に約束したのだ。そのことを条件に、こつなぎ山で炭を焼かせてもらっているに違いない。

二人の姿が見えなくなってからリエは又二に言った。

「なんだのせ、これは」

机の上の紙片を手に取った。

「これは、お父《ど》さんの書き付けでないがい。玄十朗が言ってら、役に立づどが立たないどがづうのは、いったい何の事せ」

又二は急にうろたえたように、外に出ようとする。その道をリエが遮った。「お父さんだぁ、命がげで訴訟してらづのに、お前さん、こったなもの家がら持ち出して、何が訴訟さ役立づがど思って、玄十朗さ渡すべどしてらな」

怒りのあまりに声が震えていた。すると又二は上がり框にどすんと腰を落とすと、にわかに開き直ったように言った。

「親父も見境のねゃあ、頑固者だじゃ。われぁ目が見えなぐなって満足に稼げもしないくせによう。う汝だって身体弱くて一人前に稼げないべし、婆さまぁ子守ばりだべしよお。おれぁ居なぐなったら、いったいどうやす気でいるんだが」

見下すような言い方だった。たしかに又二の言う通りなのだ。リエの家で一人前に働けるものは又二しか居なかった。それにもかかわらずリエは、人間としてどうしても譲ることの出来ないものがあると信じていた。

「世の中には、どったな弾みだんだが、平気で人を裏切る事の出来る者と、そうでない者がいるよんたおなっす。言い換えれば、平気でずるい事の出来る人間と、どうやしてもそういう事の出来ない人間がいる。おら家のお父《ど》さんだば、たとえ餓死したったて、仲間を裏切るよんた人間にはぁ、生まれついではいないのせ」

言いながらリエは、又二にたいする怒りの気持が、しだいにしらけたものに変わっていくのを感じていた。

「へば人を裏切るよりは、娘だの孫、餓死させだ方がいいってがい」

吐き棄てるように言う又二を、リエは薄い笑いを浮かべて眺めた。

「場合によっては、そういう事になるがもしれないなっす。それだったて、人の道を踏み外すよりは、おらはいいど思っておりやんす」

そういうとついと立ち上がって、戸口に向かった。

「もう此処さば、上がってこないすけゃ、好ぎなようにしたらようがんすべ」

言い終えると、まろび出るように小屋を飛び出した。小屋に背を向け、坂道を下っていくうちに、あふれるように涙が流れてきた。赤く染まったヌルデの葉が、悲しく目に滲んだ。

第五章　人権弁護士

一　スエ

立端スエは、村の外れの畦に腰を下して独りで泣いていた。スエはたった今、山から下りてきたところだった。今にも消えかかっている囲炉裏の火を、痩せた肩を震わせるようにして掻き回している母親のタネを見るに見かねて、山に木を採りに行ったのだった。すでに春で、川は雪しろであふれていたが、日当たりの短い谷間の家の中は、まだ囲炉裏の火を絶やす訳にはいかなかった。

こつなぎ川に沿った林の中に、僅かに残っている雪の塊を踏みしめながら小一時間かけてスエは、ようやくサワシバの木を一本、短く切り分けたのだった。まだ生木だが、冬場の木はそれほど水分が多くない。囲炉裏の横に寝かせておけば、そのうち乾いて燃えるようになるだろう。

スエの家ではこの二月に、父親の長志が亡くなった。去年の冬、加治原の山番に棒杭で胸を突かれたのが原因だった。兄の甚志郎が雪橇に乗せて、小鳥谷駅の前にある診療所に二、三度連れていって手当てを受けたのだが、その甲斐はなかった。診療所の医者は朝鮮人の医師で、診立ては良いとの評判があった。折れたあばらが内臓を傷つけたのかも知れないというのが医者の診立てだったが、貧しいスエの家では、それ以上のことは出来なかった。

父親は最期まで「この訴訟だば絶対負けられないんだ。こっちは悪ぐないんだ、なんとしても勝だないばならないんだ」と言って死んでいった。

父の後を継いで訴訟に加わった兄の甚志郎は、訴訟費用を工面するために、八戸に行って働いており、留守家族を守るのは、十五歳のスエの役目だった。

ようやく伐ったサワシバの木を背に負って川を渡った時、運悪く下の方から馬橇に乗って走ってきた、加治原の山番に見つかってしまった。咄嗟に背なの木を下して隠そうとしたが間に合わなかった。

スエの横で止まった馬橇から降りてきたのは、辯次郎であった。上には寛三と他所から来た男が一人乗っている。辯次郎は物も言わず、今しがたスエが下した木を、一本残らず橇の上に積んでしまった。走り去る前に辯次郎は、

「まだ戻っていって伐ってきても無駄だぞ。すぐ戻ってくるへでなや」

と脅すように言った。その間寛三は物も言わず、蛇のような冷たい目でスエを睨んでいた。これが父を殺した男だと思うとスエは、思わず身震いしたくなるような憎悪に襲われた。それと同時に、悔しさと悲しみがない交ぜになった感情が、発作のように身体の中から突き上

げてきて、つい居た堪れなくなって傍らの畦に座りこんでしまったのだった。

しゃくり上げていると、ふいに肩を触るものがいた。驚いて振り返ると、肩の上で見知った顔が笑いかけている。

「泣ぐな、泣ぐな。いい若い者が、そったに泣がないんでゃあ」

小堀の爺さまだった。小堀の爺さまは、確か警察から追われて逃げ歩いているはずではなかったか。いったいいつの間に現れたのだろうか。こんなところにこうしていて大丈夫なのだろうか。スエは自分のことは忘れ、にわかにその方が心配になった。

小堀は、そんなことは気にしていないように、スエの横に腰を下ろした。

「人の一生のうちには、悲しい事も苦しい事もいっぱいあるんでゃあ。おれも子供《わらし》のころがら、泣ぐよんた思いを何回もしてきたものせ。おら、お前《みや》より小さい頃に親ど別れで他所さ養子に出されだへでよ。まま母にたんだいじめられで暮したのせゃ。どうなんぼ悲しくたって、頼むものは自分しかないへんでせ。なんでも一人でやったえせ。そんでも人に負けないように一人前になりだいど思ってせ。暇《ひま》っこ見て独りで勉強したものせ。夜になってがら寝床で菜種油で灯心こ燃やして本こ読んでれば、まま母来てなす、さっさど寝ろって、本こべりべりど引き裂いで、灯りっこ持っていってしまうのせ。ほんでも泣いでばり居だのでは自分の負けだど思ってせ。一冊一冊、隠れ隠れして読んだものせ」

小堀は慈愛に満ちた和らいだ言葉で語った。ふとスエが小堀の顔を見ると、小堀の頬を涙の筋が濡《ぬ》らしているのだった。

「今夜っかた燃やす薪ぐらいは、おれが誰がさ頼んでやるすけゃ、まんつ気持を強ぐ持づんだ。がんばって親父の仇、とってやんべしせ」

そう言うと小堀は、顔を見られたことを恥じるかのように勢いよく立ち上がった。それからスエの肩をぽんぽんと優しく二、三度叩いてから去って行った。

∮

小川岸太郎の倅の市太郎がスエの家にやってきたのは、陽が落ちて寒さが再び勢いを増してきたその日の夕間暮れのことであった。

スエのところでは燃やすものもなく、家の裏に積み上げてあった湿った豆幹《まめがら》をちろちろと燃やして僅かに暖をとっていた。それでも背中からぞくぞくと這い上がってくる冷気を振り払うことは出来ず、小学生の甚作などは青っ洟を垂らしながら、囲炉裏端で膝小僧を抱えて、ぶるぶると震えていたのだった。

市太郎はスエの家の渋い板戸をぎしぎしと引き開けて顔だけ中に入れると、「薪少し持ってきたへで」とタネの方を見て言った。

「あ姉《ね》ちゃ。出はってって手伝うんだ」

タネが市太郎に気を使うように言った。

スエが外に出てみると、入り口の横のところに半間に切り揃えて割った薪がふた抱えほども置いてある。手に綱を持ち、背当てをあてがっているところを見ると市太郎が背負ってきたものだろう。

「小堀さんに言われで来たのせ。う汝、山番にやられだづおな」

ぶっきらぼうに言ったが、声の底に優しさが籠もっていた。

「加治原の山番だば、ほんに腹ぁ立づえせ。それさ辯次郎だの元治まで加《か》だってるんだすけゃな。まったぐこの村の人間とは思えながんべせ」

スエは昼過ぎの悲しさと悔しさが再び甦《よみがえ》ってきて、思わず憤懣を市太郎にぶつけるように言った。

「性根の腐った奴らせ」と言ってから市太郎は、

「う汝も一緒に行くんだば、もう一回運んできてやってもいいや」

と相変わらずスエの顔は見ずに言った。スエは喜んで家の中に入り、背当てを肩にかけた。

それから、

「市太郎さんの家さ行って、もう一回運んでくるへんで」

とタネに告げてから外に出た。市太郎はすでに背中を向けて歩き始めていた。その後を足早に追いながら、

「小堀の爺っさま、呑気にこんな処を出歩いでても大丈夫なのがい」

と聞いた。

「大丈夫せ。要所要所さば、ちゃんと見張りを立でであるへでな。今夜まだ、寄り合いがあるのせ」

「へば今夜は、こつなぎさ泊まるってがい」

「いや、それは分がらないどもせ。皆して隠してる筈だども、何処に居るんだが誰も分からないのせ。それでも寄り合いさばちゃんと出はってくるすけゃな。どうも不思議な人だえせ」

いつの間にか市太郎の腕にすがっていたことに気がつき、あわてて手を離した。スエの頬が闇夜で、紅く染まっていた事に市太郎は気がつかなかった。

二　亀子弁護士

「これ共ぁ《ど》警察の制服は着ているども、警察なんかではないど、おら思ったたものや。これ共は加治原の近衛兵で、加治原の言いたい事をたんだ代弁しているだげなんだ。警察の言葉は、そのまま加治原の言葉だと思って聞いでらったもののせ」

岸太郎が長い間飼い馴らしてきた怒りをなだめるかのように、薄い笑いを浮かべながら言った。岸太郎はつい二、三日前、家の近くの南側にある斜面の木を伐ったという件で福岡署に連行されていた。

「他人《ひと》の木を伐ったって言る《へ》どもせ。あそこの杉の木はおらの祖父《じい》さんが、将来家を建てる時に使えって植えたものだんだい。へんだすけぁ、親父の代がら四十年も枝払いしたり間伐したりして手入れをしてきたものだえせ。したども警察は、なんぼそう言《へ》っても、聞く耳持だないのせ。とうどうまだ、罰金取られでしまったべせゃ」

場所は立端卯太郎の家の土蔵だった。卯太郎のところでは卯太郎が流行り病で急死してからは女房のミツが未だ幼い由太郎の後見人になって訴訟に加わっている。女所帯の方が怪しまれないだろうと、この夜はミツの土蔵で喜代七を囲んでの秘密の寄り合いを持っていたのだった。だが土蔵は換気が悪く、時どき囲炉裏から上がる煙が、寄り合っている者たちの目や喉を刺激する。肺がいがらっぽくなるのか、耕吉や山火忠太郎などの年寄りが、さかんに咳《しわぶ》いた。

「おらほの畑だどもせえ」

それまで黙っていた土川千治が、上目使いに皆の顔を見回した。

「此処はこつなぎ山のふもとだへんで、加治原の土地だって言ってせえ。三反部全部さ、杉の苗っこを植林されでしまったえせ。したばおらほの娘は怒って、杉の苗をぜんぶ引っこ抜いでしまったのせ。次の日加治原ぁ警察連れてきて、誰が抜いだって聞くへで、まさが娘差し出す訳にはいがながべし、おれがやりあんしたってせ。警察さ行ってきたべよ」

千治の娘はタツエといってまだ二十歳《はたち》前の気の強い娘だった。誰もが黙って次の言葉を待っている様子に気を強くして、千治はなおも続けた。

「近ごろだばおらも慣れでしまって、警察なんか、おっかなぐもなんともないへでな、あそごは先祖代々がらおらほの畑だって、つっぱねだえせ。したば……」

福岡署で取り調べに当ったのは、署長の次ぎぐらいに偉そうな古田という刑事だった。古田は、千冶のふてぶてしい態度に腹を立てて半ば恫喝に近い物言いになった。

「う汝《ぬ》だぁ、誰を相手にしてるど思ってら。相手は加治原一人じゃねえんだぞ。う汝だぁ国を相手にしてるんでぁあ。陸軍省も警察も、裁判所でさえこっちの味方だ。その証拠に、う汝だの弁護士は腰砕けでは、本気で裁判なんかやる気はながんべよ」

「こっちのってどっちのす。へば警察は、最初がらそっちなのすか」

「やがましねゃ。う汝だみでえな虫けらに何が出来るど思ってれゃあ。こっちがその気になれば、何時だってぺしゃんこにするにいいんでぁあ」

千冶の報告に、座の者たちはさすがに呆れた表情になった。

だが警察の偏向ぶりは今に始まった事ではなく、いまさらながら怒る気にさえなれなかった。警察が厳正に法の立場に立つものでないことは、すでにこれまで嫌というほど見せ付けられてきていた。やる事も言う事も、ただの無法者となんら違うところはなく、とくに相手が弱い者だと、いっそう居丈高になる。そんな警察に農民たちも近ごろでは慣れっこになっていて、特別驚きもしなかった。だが千冶の言葉に一つだけ、農民たちの胸に痛く響いた言葉があった。

こちら側の弁護士がどうも何かにつけおよび腰で、本気でやる気がないという事がそれであった。警察の言葉を借りるまでもなく、しろうと目で見ていても確かに亀子弁護士は頼りなかった。

裁判は回を重ねる割りに、審理は遅々として進まなかった。苦しい中から旅費を工面してわざわざ盛岡まで出掛けて行っても、証人申請をしたり、判事や代理人同士の日程調整だけで終ることも多かった。

兼子多衛門や立端ヒノの証言などから、当初、審理はこちらに有利に進むかと思われた。だが亀子弁護士はどういうわけか被告側の矛盾を暴くことに、あまり積極的ではなかった。法廷ではむしろその方が裁判官に紳士的な印象を与えるので、それが手なのかとも思った。

だが被告側が出してくる証人たちの発言が、素人の農民たちが聞いてさえ矛盾に満ちたものであり、逆に被告側が提出している一連の書類の信憑性を突く好材料であると思われるのに、なぜか亀子弁護士は、舌鋒鋭くその矛盾を突くということをしなかった。

亀子弁護士は、証人をただ指名して呼び出し、質問事項は書面にして提出するだけで自分では行わず、裁判官にそれを読み上げてもらうだけというやり方であった。

こちらに有利な証言をしてくれそうな証人は、出そうと思えばいくらでも居たし、そうでなく加治原側が用意した証人でも、弁護側に充分な用意や注意深ささえあれば、逆にこちらに有利な証言が引き出せるように思われた。傍聴席で聞いていてさえ偽証しているのがあきらかな証人に対して、なぜもっと攻勢的な反対尋問をしないのか。農民たちの不満はそこにあった。

それればかりではない。

なにより農民たちが不満だったのは、今現在、日常的に繰り広げられている理不尽な暴力に対して、亀子弁護士がほとんど関心を示さないことであった。

　小堀が加治原側の理不尽な暴力をなんとか止められないかというと弁護士は、

「この裁判は入会権があるかないかを巡って争っている民事訴訟ですからね。暴力の方は刑事事件として扱うべき事案であるし、それは検察官しか起訴出来ません。検察官は情状を酌量する権限もあるから証拠が充分でないと不起訴にする場合もありますからねえ」

　という消極的な返答であった。検察も警察も加治原に飼い馴らされ、一緒になって農民をいじめているという状況であったから、弁護士にそう言われると確かに、それは実効性のない事のように思われる。

　それにしてもあまりの素っ気無さに、もしかして亀子弁護士は、警察や加治原を怖れているのではないか。あるいは裏で加治原に鼻薬を嗅がされているのではないかとさえ、疑いたくなるような不甲斐なさなのである。

　いずれにしろ加治原の山番と警官の暴力をはやくなんとかしないと、訴訟派の農民の暮しそのものが日々追い詰められて行き、早晩訴訟が成り立たなくなる。

　小堀の焦りはそこにあった。自分は訴訟の中心に居ながら、原告にはなれず、しかも逃亡中の身の上であった。小堀はその事を憂えた。

「あったに暴力さ訴えで、力尽くで目的を果たすべえどするのは、頭のない単純な悪党だえさ。普通だば、飴玉でもしゃぶらせで、もう少し上手にやるものだえせ」

軽蔑と嘲笑を籠めて予惣次が言うと、耕吉がゴホンと咳きを一つしてから、それをさえぎるように言った。

「いやいや。そうは言っても玄十朗を使っての分断工作は、ながなが堂に入ったものだえせ。とにかぐ村の半分の世帯が切り崩されだのだへでな」

耕吉の言葉に皆が、敵の凶暴で狡猾で、ひと筋縄ではいかないしぶ《しわぶ》とさを改めて思い知らされ、気を滅入らせた。

だが農民たちはまだ気がついてはいないが、彼等は決してただ一方的に追い込められている訳ではなかった。

加治原は農民たちの抵抗を押し潰すために、考えられるあらゆる手を使って、全力で攻撃を仕掛けてきた。だが加治原の意を受けた山巡りや警察の執拗な脅しや暴力も、農民の闘いの狼煙を消し止めることは出来なかった。それればかりか連日に渡る陰惨な迫害は、逆に人びとの臆病風を吹き飛ばし、心の底に眠っていた闘争心を煽り立てる役目を果たしたのだった。

始めのころは警察の制服を見ただけで脅えていた農民たちは、いつしか警察官を見てもさほど動じなくなっていた。警察というものは、悪い事をすると捕まえられるのだという、正義に立っているところにその威厳があったのだ。ところが逆にその警察が金で買われて不正義の立場に立っている。そういう警察の市井の俗物と変わらぬ浅ましさを見せ付けられているうちに、農民たちの胸の内には、逆に確乎とした、抜き差しならぬ反抗心が育っていったのだった。

「加治原は所詮、成り上がり者だへで、村の旦那である名主に憧れでいだ節があるもせ。この村さ来てがら、金貸しを手段にしてかなりの土地を手さ入れできたべえ。鬼頭太の土地も現八の土地も、そうやって取り上げられだ訳だべせえ。鬼頭太に変わって名主になりだがった訳せ。へんだすけ、土地を借りでいる名子の家の者は、加治原さ従わない訳にはいがない訳せ。したどもなっす。名主が威張っていられるのは、名子さも飯食《まんま》わせでいるへんでなのせ。上に立つ者には、村を守っていぐ責任もある訳せ。それをいぎなり裸で追《ぼ》ん出して、やれ草も刈るな粗朶も拾うななんつうのは、旦那になる資格のない人間のやることだえせ。そったな無法がまかり通るほど、世の中は甘くながえせ」

小堀は、どこか気休めな響きになるのを怖れながらも、皆を慰めるように言った。

∮

火事で丸裸になった農民たちにとって、訴訟を闘うことはこの上もなく苦しく、困難な仕事であった。訴訟は湯水のように金を食うものであるということを農民たちは、日々骨身に沁みて実感せざるを得なかった。

ひしひしと迫り来る生活の破綻を日常的に感じながら、僅かの耕地と山番の目をかい潜っての山の利用を唯一つの生活資源として命を保つしかなく、手にする現金は全て訴訟の費用に回さなければならなかった。まだ働ける身体を持っていた土川千治や小川岸太郎、長志の倅の甚志郎などは鉄道作業員やニシン漁のヤン衆などをして働き、多い時は四十円とか七十円といった費用を負担していた。

その外に働き手のない訴訟仲間の世話もしなければならなかった。だが彼等には、そうしたことよりももっと気の塞ぐ重苦しい思いがあった。

それは当初、入会権という権利のあることに目を輝かせ、一緒に訴訟を起こそうと手を取り合って励ましあっていながら、甘い餌に釣られて加治原に寝返っていった者たちの、気持の中に巣を張っている鬱屈であった。

この者たちは加治原の許可を得てという制約付きではあるものの、用材を伐り出して家も新築出来たし、薪木も飼葉も自由に採れる。その代償として加治原林業の仕事に出れば何がしかの小遣いを貰えたうえに酒や魚にもありつける。暮らしぶりはむしろ以前より良くなっていると言ってもいいぐらいであった。

だが彼等は、自分たちが何のためにそのような恩恵に預かっているのかということを充分に分かっていた。片山玄十朗のように、魂をも悪魔に売り渡してしまったような卑劣な男ならいざしらず、外の者たちは、やはり人間であった。

火事の前までは確かに自分たちは、自由に山を利用してきた。それは先祖代々から受け継がれ成り立ってきたこの村の暮らしの有り様であったから、誰も疑いを差し挟む余地のないことであった。

それが火事の直後から変わった。それまで鬼頭太に代わる村の新しい旦那だとばかり思って気を許してきた加治原が、火事の後、突然変わった。加治原はこれからは草木一本勝手に採ってはならぬと、警官や執達吏まで動員して所有権を主張し始めたのである。それはこれまで村民が、経験した事の無い新しい事態であった。加治原は鬼頭太など、これまで村の名主や旦那と呼ばれてきた者たちとは、あきらかに違った肌合いの人間であった。

かりに加治原の主張することがその通りであるならば、村人はもはやこれまでのように自由に山に出入りすることが出来なくなったという事であり、そうなら、このこつなぎでは生きていくことさえ難しくなるという事ではないか。何百年も続いてきたこの村落の生殺与奪の権利を、村人の与り知らないうちに何時、誰が、加治原に売り渡したというのであろうか。

火事の後、突然乗り込んできた警察に、福岡署に連行された時の驚愕と恐怖を村の者は忘れてはいない。

途方にくれる思いでいた時に、訴訟の話が持ち上がった。入会権というものも何だかよくは分からなかったが、とにかくこれにすがるしかなさそうだと波に浮遊するような思いで投げられたブイにしがみついてきたのだ。訴訟の話がいよいよ本格的になってきた時に甘い話をぶら下げて来たのが片山玄十朗であった。

薪木一本ままならない暮らしを送りながら、しかも稼いだ金はほとんど訴訟に持っていかれる。玄十朗の話は、訴訟にさえ加わらなければ、そんな苦労をしなくても済む上に、従来通りかそれ以上の権利が保障されるというものであった。

ただでさえ小作料を取られ、意に沿わなければ耕地を取り上げられる立場の名子たちが、そんな甘い話にひざまずくのも無理は無かった。

　自分たちが山をある程度自由に使わせて貰っているのは、一方で同じ村民が訴訟をして闘っているからなのだ。決して加治原が自分たちの山への権利を認めたからではない。自分たちはただ、訴訟派を潰すための手段として、一時的にいい思いをさせて貰っているに過ぎない。良心のあるものは腹の中ではそう思っていた。表に現す訳にはいかなかったが、裏でこっそり薪を分けてよこしたりするのはそのためだった。

　だが中には、自分の心の中の負い目を、逆に拗《ねじ》けた態度で誤魔化そうとする者もあった。そのような者たちは、なにを好き好んで辛酸を舐める必要がある。まったく馬鹿な奴らだとうそぶきながら、公判に出掛ける隣人に対して、卑屈な嘲笑を浮かべたり、時には面と向かって憎まれ口を利く者も居た。

「ほれみろやい、今日も裁判さ行くんだと。そったな金があったら饅頭でも買って食った方がなんぼが腹の足しになんべがせえ」

「畑ばはぁ、あったに草だらけにしてでも裁判さ出はって行って、喋ってきた方が面白いってがい。まんつ、いい身分の旦那衆だ事ぁ」

　そのような心無い言葉は、おお方が自分の心のやましさを掻き消そうとする単純な心情によるものであった。だが、裁判の論戦の成り行きに一喜一憂しながら、骨身を削るようにして闘っている者には、隣人たちのそのような心ない言葉は、何倍もの打撃となって心に響いた。ある意味でそれは、加治原の山番や官憲などの直接的な暴力よりも鋭く、心に突き刺さることであった。

　とても聞き逃せる気分ではなく、いつしか訴訟派も呵責なくこれに応戦するようになっていった。

「う汝《ぬ》だぁそうやって居られるのは誰のお陰だ。おれ達が訴訟を闘っているがらでねえが。へばためしに訴訟を取り下げて、みんなして加治原さ頭さげでみるべが。え、本当にそうして貰いだいど思ってそったな事、言《へ》ってるのが」

「お前どぁ、陰で何て呼ばれでいるが知ってるが。加治原乞食って呼ばれでるんでゃあ。ふん、先祖代々の山の権利を売り渡して、余所者の加治原さひざまずいで、よぐ恥《しょ》すぐもなくて、そやって居られるもんだなや」

　このようなやり取りが、隣同士でさえ繰り返されるようになり、村人の間には修復のしようもないほどの亀裂が深まっていった。だが訴訟派の者たちの心は、加治原になびいていった者たちほどには荒んではいなかった。

　訴訟を支えるということは、信念に基づいた確乎とした目標を持っているということであり、別の言葉で言えば人間らしく生きる上での希望を握り続けているということであった。それはまた原告に名を連ねている者たちの共同の作業でもあったから、加治原になびいていった者たちには無い、ともに支えあっているという連帯の意識があった。

三　アカ

梅雨時の迫ったある夏の初頭のことであった。馬淵川の上流の谷間にある赤平という山の炭焼き小屋で、酒を酌み交わしているのは立端現八と小堀喜代七であった。ここは小堀の潜伏先で、知人の山から木を伐りだしてようやく家を新築した現八が、新築振る舞いの余った酒をぶら下げて、小堀の許を訪れたのだった。

「な小堀さん。最近警察はせ、妙なことを語《へ》るのせ。う汝《な》アガさ、かぶれだんでねえべなどが、う汝だぁやってるのは、アガど同じことなんだって語るのせ。おら何回もそう言われだし、岸太郎も言われだべよ。警察はなして俺《おら》らだぢのごど、アガだアガだって言うんだべなす。俺ら、アガって何のことだが、よぐ分がらながんすものや」

「いや、そのことだどもな。俺らもな、取り調べで痛めつけられながらな。お前のやってることは、アガど同《おんな》したんでゃあってな、何回も語られだものや」

蕗の煮付けを箸で摘みながら、小堀が言った。やがて箸を持つ手を膝の上に置くと、少し考える目になった。現八が応えを待っているのに気付いて、

「おれも街さ出るたび他人の家の新聞っこ、よぐ気をつけで読むんだどもせ。三年ばり前に、ロシアでせ。社会主義革命づうものが起ぎだよんてせ」

「社会主義革命？　何だえ、それは」

「なんでもロシアの農民だの労働者がせ。ツアーリを倒して、新しい社会主義という国を造ったづう話だどもせ」

「ツアーリてばせ」

「日本の天子さまのよんたものだえせ」

「天子さま倒したってがえ。それも農民だの労働者がだってがい。それはまだ、ど偉いごったなっす。いや何も知らない間に、外国ではほにど偉いことが持ち上がってるものだなっす」

　現八は驚いたように、しばし押し黙っていたが、少ししてからまた口を開いた。

「へば十年ばり前に日本でも、大逆事件どがって、天皇陛下の暗殺を企でだ連中が大勢捕まったどもせ。あれも同じよんたことだがい」

「いや、あれは違うのせ。革命づのは、大勢の民衆がなっす、立ち上がって天皇ばりでなく、大臣だの大金持ちだの軍隊だのもひっくり返して、新しい国を造ることだへでなっす」

「へえええ、軍隊もひっくり返すのだってがい」

「あの大逆事件はなっす。どうも警察が仕組んだもののよんてなっす。なんでも幸徳秋水づうアカの親玉をやっつけるために、警察がでっち上げたものらしいものなっす」

「そうだったのがい。警察づのは、どっこでも悪辣なもんだなっす」

　現八は今度こそ心底驚いた様子で、しばらく酒を飲むのも忘れたように目を丸めていた。が、やがて我に返ったようにぐびりと湯飲みの酒を呷ると、思い出したようにまた最前の話を蒸し返した。

「へだども、なしておらだの小堀さんが、アガだのす？」

「その、社会主義の革命を起こすよんた奴のことを、アガって語《へ》ってるよんたな。どうもそんな風だなっす」

「へんだってこの日本で天子さまをひっくり返して、革命を起ごすなんつうごど、誰が考えるってせ。小堀さんなんか、人も知る忠君愛国の人士だえせ」

「いや、分がんねえぞ。ついこの間だったて富山県の女ご衆が、米をよごせえって大騒ぎを惹き起ごして、あっという間に全国さ騒動が広がったべえ。あそごまで大騒動になると、警察もうかつには手を付けられないらしいものせ」

「へば、上さ逆らう者だばは、なんでも、とにかぐ皆アガだっつうごどにして、警戒しているのだがえ」

　現八の問いに無言で応えてから小堀は、上体を重そうに半身に崩すと、

「俺は思ったどもせ。俺のやってることってば、ただ百姓の暮らしぶっ壊《か》すべどする奴ど、闘っているだけだべせぇ。お前《めや》はんどだったて、ただ自分の暮らしを守るために必死になってるだけの話だべえ。それがアガなら、アガの何処ぁ悪がんべってせ。もしかしてアガっつうのは、みんなが言うほど悪いものではないんじゃながべが。いや本当は、警察だの金持ちだのづうより、アガの方が貧乏人の味方なんじゃながんべがってな。俺はブタ箱の中で、何回もそったな風に思ったたものや」

「へえー、そんだったすかや。おれも今までアガっつうものは警察に憎まれだり追いまわさ

れだりするんだへで、なにがそら恐ろしいもののように感じで居だったのだどもせ。自分がこう警察に何回も捕まってなっす、たんだ理不尽にいじめられで、そうやって見るどなっす。あったら腐った警察に憎まれでるんだば、アガはほに、むしろ善い者じゃねえがって、そう思いだぐもなるものなっす」

「へんでせ」

　小堀は膝を一歩前に進めた。

「とごろで亀子弁護士のごどをどう思う？　この前の寄り合いでは、なんだがあんまり評価されでないよんたたどもなっす」

「うーん、語《へ》れば悪いども、あんまし頼りにならないよんたなあって、岸太郎だの千冶さんだのど喋ってらったのす。したども小堀さんが頼んできた人だすけゃ、なんとなぐ遠慮してらったのす」

「へんだば悪いごどしたったなっす。いや、あの弁護士はなっす、一戸の兼子多衛門の紹介で頼んだ人だども、おれも近ごろ、どうも失敗したがなど思ってらったのせ。もっと点数稼げるのに、ながなが鋭い突っ込みをやってくれないづう場面が、多過ぎるものなっす」

「立端ヒノの証人尋問なんか、いがに証拠が焼げでしまったがらって、もっとやって貰いだがったものなっす」

「それそれ」

　立端ヒノは鬼頭太の息子の嫁であり、「ほど窪山」が陸軍に売れた時の状況を見聞きしている貴重な証人であった。その時鬼頭太の家で加治原礼太郎が、地区から一万二千円を預かり、その利息で植林をすると約束したのを隣の座敷で聞いていたのである。

ヒノの証言の信憑性は高いもので、その是非が論証されれば、山は村の物であり、そうでなくとも入会権があったことを加治原自身が当初は認めていたことを証明することが出来るはずであった。山が加治原のもので今日のように村の者が自由に木を伐れないという前提であったなら、村の者が加治原に金を預けるはずがないし、その金で植林をするはずもないからである。


ヒノの証言は裁判の趨勢《すうせい》を決定づけるほどの重要な証言であった。

この証言に慌てた加治原側は、その後直ちに立端ヒノを偽証罪で告発し、福岡署の福地という警部補が拷問的な取り調べをして証言を覆そうとしたが、果たせなかったのである。しかるに亀子弁護士は、ヒノの証言をほとんど重要視せず、有効に活用しようともしなかった。

「そんでせ。この際、弁護士ば取り替えだらどんだべがど思ってせ」

小堀が前から抱えていた懸念を晴らそうとするように言った。

「へえ、そったなことが出来るのすか」

「出来る出来る。もともとこっちが頼んでる弁護士だすけゃな」

「へば、他に良さそうな人は、居るのすか」

「一人だけ居る」

「誰す、それは？」

「布施辰治っつう東京の弁護士だどもせ。この人は人権弁護士なんどと呼ばれでいる有名な人でせ。おれは前がら名前だげは聞いで知ってらったのせ。したども、なにせほれ、東京で市電のストライキがあったたべえ」

「へええ。そったなことがあったのすか」

「ああ、あった。そのストライキを指導したのが、片山潜づう有名なアガの親玉らしくって、この人が逮捕されだ訳せ。布施辰治はその片山潜の弁護をしたらしいのせ。そんでどうもアガ臭い人らしいし、こっちはなにせ忠君愛国だえせ。それで今まで躊躇してらったのせ。とごろが」

　現八は小堀の話になにか新しい展開が見えそうだと感じて、思わず膝を乗り出していた。

「おれは逃げでる間に、東京の事情に詳しい人がら聞いだんだどもせ。お春殺しって知ってるがい」

「いや知りません」

「おれも詳しいことは知らないどもせ。とにかくこのお春づう女を殺した罪で捕まった男を、布施辰治が警察ど争って弁護して、ついに無実の罪を晴らしたばそのすぐ後に、別の真犯人が捕まったづうのせ」

「へええ、たいしたもんだなっす」

「このこつなぎの訴訟は、どうも警察も加治原どぐるになってるよんたへでなっす。権力を怖れない気骨のある弁護士でないば駄目だど思ってせ。ほんでさっきも言ったように、アガの弁護士だば、毒をもって毒を制す、つうような按配になるんでないがど思ってらったのせ」

「アガは毒なのすか」

「いやどうも毒は、警察だの加治原のよんたすけゃ、布施辰治はま、解毒剤っつうどごだべや」

小堀は笑って、ろくに飲めもしない酒をぐいと呷った。

「したどもせ小堀さん。そったな有名な弁護士が、わざわざ東京がら盛岡くんだりまで来て引ぎ受げでけるえがな」

「布施辰治はせ。小作争議でつねに小作人の立場に立って全国を駆げ歩いでる人だづものや。岩手県さも入会権の訴訟なんかでけっこう何回が来てるごったい。それにこの人は、東京さ事務所を構えでるども、出身は宮城県の石巻の人だづものや」

「へええ、東北の人がい。ほんだば脈がありそうだなっす」

現八は濁り酒で赤く染まった顔を、期待でいっそう昂揚させて言った。

四　南部義民

日露戦争のあと政府は、中国大陸へのさらなる侵略を拡大しようとしていた。そのような中で国内では、奴隷のような労苦を強いられながらも貧困から脱出することが出来ない労働者や農民の不満は極度に高まっており、一九一七（大正六）年には、池貝鉄工所、室蘭日本製鉄所、三菱長崎造船所、大阪鉄工所因島工場、佐賀県三菱芳谷炭鉱、神奈川県浅野造船所、横浜ドッグなどで、相次いでストライキが起こった。

翌一九一八（大正七）年には、軍需工業動員法が公布され、八月には寺内内閣がついにシベリア出兵を宣言した。これはシベリアに抑留されていたチェコ軍団の捕虜を救済するという口実の下にはじめられた出兵であったが、生まれたばかりの社会主義国ソビエトに対する、アメリカ、イギリス、フランスなど帝国主義列強の干渉戦争に便乗した侵略に他ならなかった。

岩手県の釜石の鉱山で労働争議が起きたのはこの頃だった。侵略戦争の基幹を担う産業での争議に危機感を抱いた政府は、憲兵から軍隊まで出動させ、連日にわたる大弾圧を繰り広げた。

この時布施辰治は、弾圧への抗議と労働者の弁護活動のために、釜石にきていた。

その布施の宿にある夜、一人の男が訪ねてきた。

布施よりひと回りぐらい年長に見えるその男は、身体も布施よりはひと回りぐらい大きかった。その男は寒空に足袋も履かず、素足に草鞋履きで、驚いたことに盛岡よりもさらに北のこつなぎから、徒歩で遠野・釜石街道へと抜け、仙人峠を越えてやってきたということだった。

部屋に上げて火鉢に当てると、ぎょろりとした大きな目に、意外に人懐っこそうな愛嬌のある笑みを湛えて、「小堀喜代七です」と名乗った。

西郷隆盛がかくやと思われるような偉丈夫で、布施はすぐに好感を抱いた。

小堀は出された茶をうまそうに啜った後、別に急く様子もなく、現在こつなぎ村で起こっている訴訟のことを語り始めた。

すでにこれより前に小作争議で全国を飛び歩き、入会権の問題では岩手にも何度か訪れている布施には、こつなぎの訴訟は特別驚くようなものではなく、小堀の南部弁も聞きなれたものであった。

ただ布施が興味を惹かれたのは、入会権訴訟の多くが山の権利を一人でネコババしようとする旧名主か国が相手であるのに対して、こつなぎの場合は少壮の資本家が相手らしいということ。訪れた小堀という男が訴訟の原告でも何でもなく、ただ義憤に駆られて立ち上がった烈士のような男らしいということであった。

この時布施は、釜石の労働争議はもとより、幾つかの小作争議や東京では山のような借家人の訴訟を抱えていて、とてもこれ以上の仕事を引き受けられる状況にはなかった。

並みの弁護士なら頭から断っているところであったろうが、それをあえて引き受けてしまうところに布施辰治という人物の特質があった。

布施は社会主義者のように思われがちだが、このころの布施はむしろ当時流行のトルストイ主義に傾倒しているところが多かった。社会主義革命の祖であるレーニンは後にトルストイを、「世界第一級の文学者」としてその芸術は高く評価しながらも、晩年の無抵抗主義や神の理想の実現といった非現実主義を批判した。

布施の場合はトルストイ主義に普選運動などが加わり、さらに多くの社会主義者を弁護する現実の活動を通して、次第に社会主義運動に奉仕しようと決意するようになっていった。

布施自身が宮城県の農民の出身であり、トルストイの農民搾取批判などにも影響されていたから、もともと布施の中で農民問題は決して小さくはなかったのである。

布施がなにより驚いたのは、小堀喜代七が懲役十カ月の刑を言い渡された徒刑囚でありながら、農民運動を潰されないために今現在も逃亡中の身の上であるということだった。

だが実際に目の前に座って居る男には、逃亡犯という寒々とした荒《すさ》みのような気配は微塵も無く、むしろ傍にいると畠の土のような温もりを感じさせる男だった。

布施は自分が座右の銘にしている、「金銭によって為されたる事業に正しきものなし」とか、「弱者の立場に立つ」という気質が、小堀喜代七の中には自然のままに息づいているような気がして、好感を持った。

「小堀さんも百姓をなさってらっしゃるんですか」

「わだしのはほんの真似事でがんして。元は南部藩の下級藩士の家の出でがんすから」

小堀は士族の出であるということを特別鼻にかけるという風ではなく、むしろ恥じ入るかのように言った。

義民というのは、ひょっとしてこういう人物のことを言うのかも知れん。つまり南部義民という訳かと布施は心の中で思った。小堀の説明をひと通り聞き終わった後で布施が、

「今の弁護士の立場もあるでしょうから、すぐに法廷に立てるとは思いませんが、とにかく身体が空き次第、一度こつなぎに足を運んでみましょう」

と言うと、小堀の眉間のしわがさっと消えた。

「へば、何を準備しておいだらようがんすか」

「とりあえず加治原側の村民への暴力行為、これを日付と時間、場所、加害者の名前に加害の状況なども含めて、出来る限り克明に記録しておいて下さい」

小堀の顔に思いがけないことを聞いたというような、驚きの色が見えた。

「どうか致しましたか」

布施が聞くと小堀は、

「いや、これまでの先生が、それは刑事問題だといって、相手にもしてくれながったものだったですへんで」

「だってそのために山へ自由に入れない状況が続いて居る訳でしょう。当面は裁判よりなにより、暴力行為を排除して実質、自由に山を使える状況をつくる方が先決でしょう」

布施が言うと、今度こそ小堀の顔から重苦しい翳《かげ》りが消え、和やかな安堵の表情が生まれた。

五　喜九夫

小堀喜九夫は福岡中学卒業を目の前にして、自分の進路に頭を痛めていた。なにしろ父親の喜代七が岩手県警のお尋ね者になっており、面目を潰された福岡署がまるで凶悪犯でもあるかのようなものものしい捜索を連日にわたって展開しているのだ。

そのためこの頃では小堀の本家さえも係わりを怖れて距離をとっていたから、商売も農業も出来なくなり、上の学校に行こうと思っても父親がお尋ね者では師範でも鉄道学校でも入れてはくれない。警察官や公務員はもとより、民間会社でも身元調査で撥ねつけられるのが落ちであった。

しかたがないので独学で教員検定試験を受け、少しほとぼりの冷めた頃合いを見計らって、どこか山奥の小学校の教員にでも潜り込もうと思い、家で勉強をしていた。

ほの暗いランプの灯りで、くすぶる気持を飼い馴らそうとしながら本を読んでいた時、裏の板戸をどんどんと叩く者が居る。

さてはと思いながら立ち上がって心張り棒を外すと、果たして父親の喜代七であった。喜代七は逃亡中であるにもかかわらず、どこから現れるのか月に二、三度、突然このようにして家に帰ってくることがあった。

だが喜九夫は父の無事な顔を見ても少しも嬉しくはなかった。父親の喜代七は元来が欲得のない人間で、日々に僅かのたばこ銭があればいいだけの男だったが、こつなぎの訴訟にかかってからは家の金を洗いざらい持っていくようになった。金目のものはほとんど処分して訴訟の費用にし、今では女房のハツヨが縫い物や洗い物などの賃仕事で稼いだ僅かの金まで、明日の盛岡までの汽車賃だといって持っていってしまう始末であった。

おまけに今では警察のお尋ね者で、喜九夫の就職のさまたげにさえなっている。際限のないお人好しで、他人には献身的に尽くすくせに家族は踏みつけにして、まったく省みようとはしない。小堀の家族は今、県有林で働いている長男の長一郎の仕送りとハツヨと喜九夫が耕す畑の僅かの収穫でどうにか暮らしを維持している。

父親はもはや家の暮らしには何の役にもたっていないばかりか、逆に家族の重い足かせにさえなっている。とくにお尋ね者になってからというもの、ほとんど毎日のように小鳥谷から警察がやってきて喜代七が来ていないかどうか確かめて行く。そうしたこと自体なにかとても空恐ろしく、外聞が悪いこともこの上ない。

これほど家族を苦しめながら、悪びれた様子もなくこうして時々ひょっこりと現れる父は、喜九夫にとってはただただ恨めしい存在でしかなかった。こんな辛い思いをさせられるならいっそのこと、捕まって刑に服して貰いたいとさえ思う。母親のハツヨもそう思うらしく、いつだったか、

「お前《みや》はん、こったに難儀な思いすんだば、たったの十月《とつき》ばりだもの、行って務めできたらなぞだえ」と言った。すると喜代七は、

「おれは別に、牢さ入るのがおっかなくて逃げ歩いでる訳じゃねえんでゃ。おれが十月も居なぐなってみろ。その間にこつなぎ村は潰されでしまうべぁね」

と、さも蔑むように言うのだった。

警察はこの平糠にもほとんど毎日のようにやって来たし、こつなぎの方はそれこそ加治原の家に四人も五人も泊まりこんでいる請願巡査が毎日のように目を光らせている。

それなのによく親父は、こうして怖《お》じる様子も悪びれた様子もなく、のこのこと顔を出すものだと、喜九夫は半ば呆れた気分で親父を眺めた。

喜代七はまだ雪の融けやらぬ峠道を越えてでも来たのか、尻っぱしょりに素足の草鞋履きで、ほお被りをとると頬っぺたが赤く霜焼けしていた。

家の中に入るなり「うう、寒い寒い」と震えながら、半ばおどけたようにして喜九夫に抱きつき、温もりを奪おうとする。さんざん迷惑をかけていながら、父親のこういう厚かましくも人懐っこいところが、喜九夫は恨めしかった。

その晩の喜代七はどういう訳か上機嫌で、

「喜九やい。酒っこは、あったっけがなぁ」

と珍しく酒をせびった。物音を聞きつけたハツヨが起き出してきて、貰いさしのどぶろくと焙った干し魚を出してきた。この母親はどういう訳か、亭主のやることにしょっちゅう悲鳴をあげながらも、どこかで協力しているというおかしな女で、夫婦というものはまったく訳の分からないものだと喜九夫はつくづく考えさせられる。

「いやあ、釜石まで歩って行ってきたじゃ、嬶《がが》やい」

「いんやいや、釜石くんだりまでわざわざ歩いで、何しに行ったったんだが」

「新しい弁護士さ会いに行ってきたのせ。今の弁護士は腰抜げでさっぱり駄目だへんでせ。いいぞう、今度の人は。根性の座った弁護士でせ。あの東京の市電の大ストライキだの、釜石鉱山だの足尾銅山だのの騒動でもせ、弱いものの味方になって、相手が軍隊だべが憲兵だべが、一歩もひかないで弁護するづう人せ」

「そったな偉い人だば、どうせまだ銭ぁかかるんだえせ」

「馬鹿こげ。銭稼ぐ気してる弁護士だば、最初っから貧乏人の仕事は引き受げないんだ。とにかぐあの人はいい。ほにいい人さ巡りあった」

喜代七が上機嫌で気炎を吐いていた時だった。外で馬の蹄の音がしたかと思うと、間もなく表の戸を叩く音がする。こんな夜分にまた警察が来たのかと、ハツヨが緊張した面持ちで戸口に行くと、

「岸太郎でがんす。こつなぎの小川岸太郎でがんす」

という声がする。戸を開けると、ほお被りに綿入れのてっぽうを来た岸太郎が立っている。中に招じ入れると岸太郎は「すぐに帰りますへんで」と上には上がらず、

「今日、こつなぎさ警察が十人以上も来あんしてなっす。小堀さん捜して村中の家、一軒一軒、しらみ潰しに調べて歩きあんした。明日は平糠さ入る予定だどいうことであんすから、

その前に逃げた方がよがべど思ってす」

「そうが、いやご苦労さんだったなっす、こったな夜分に、馬っこで来たったのがい」

「はい火行峠をひとっ走りして来あんしたった。へば、気をつけてけらんせ」

一旦背中を見せてからまた振り返って、

「小堀さん。加治原は小堀さんの居場所を知らせた者さ、五十円払うって、懸賞金をつけあんした。金欲しさで通報する者も居るへで、くれぐれも気をつけてけらんせ」

と言った。

「そうがい。加治原もよっぽどおれが憎い風でな」

「なに、小堀さんば、怖《お》っかながってるんでやんすべ」

「あ、それがらな、岸太郎さん。今度また集まってけへぁ。いづもの所さなっす」

岸太郎にはそれだけで通じた。小堀は逃亡中も必要な集まりには必ずといっていいぐらい顔を出して、指導を続けていた。捜索が厳しくなったこの頃では、集まりを決まった日の深夜にしていた。

「明日警察が来るんだば、今夜のうちに逃げだ方がいいんでながえが」

岸太郎が帰ってから喜九夫が心配して言うと、小堀は炉ぶちにごろりと横になって、

「今日ははぁ、とっても歩ぐ気にはならないおや」

と言った。それからハツヨが出してきたどてらを身体にかけて、とろりとしながら、

「喜九やい。そのうちでいいすけゃ、馬小屋さな。おれが横になって隠れるぐらいの穴っこ、

掘っておいてけねがい」と言った。

「何時までによ」と喜九夫が聞くと、親父はすでにゴウゴウと寝息をたてていた。

∮

平糠に警察が来たのは未だ朝のうちで、喜九夫たちが朝飯を食っている時であった。

「小堀さん来ぁんしたよ、警察が。未だ橋までは来てません。いま田岡の辺りをぞろぞろど歩いでいやんす」

そう知らせてきたのは、近在の農民で、語りぶりから察すると、昨日のうちに岸太郎たちと打ち合わせをして、早朝から道路を見張っていたものらしい。

「そうがい。いやどうもありがと」

「早ぐ、逃げでたもんせ」

農民が去って行ってからも親父はなかなか腰を上げようとしない。そればかりか飯をお代りして悠然と食っている。

「なにのん気、構えでらい。さっさど逃げないが」

喜九夫は気が気ではなく、父親をせかしてから入り口に立って外を見る。そのまま見張ることにして後ろを振り返ると親父は未だ腰を上げる気配をみせない。

少しすると、平糠橋の下の方に警察の姿が見えた。警察は小鳥谷駅で降りたものらしく、ぞろぞろと十四、五人ぐらいの隊列を組んで足早に歩いてきた。

「来たっ、来たぞ親父、早ぐしろ、なにもたもたしてんだ！」

焦って後ろを見ると、ようやく腰を上げた喜代七が何を思ったのか、色あせて継ぎだらけの野良着に着替えている。再び外に目をやると、橋を渡ってから刑事たちは、ばらばらと幾つかの班に分かれて、橋の袂に立ったり、近所に聞き込みをかけたりし始めた。中の隊長格のような男が三人ばかりの部下を伴って、こっちに近づいてくる。

後ろを見ると父親の姿はいつの間にか消えていた。裏口から抜け出たのか。だが家の周りは上も下も刑事の目の届かないところはなかった。

今にも捕り物の騒音が聞こえるだろうと、耳をそばだてながら表を見ていると、家の横の方から、ほお被りをして鍬を担いだ男がとことこと刑事たちの間を通り抜けるようにして歩いていく。

腰を曲げているが見紛いようもない、親父の喜代七であった。喜代七は、「ご苦労さまです」と呟いてでもいるのか、行き交う刑事たちにいちいち頭を下げて歩いて行く。

刑事たちはまさか逃亡犯がこのように自分たちの目の前に姿を現すとは思いもしないから、誰も不審な顔もせず、振り返りもしない。

「なんとまず、肝っ玉の太いごだぁ」

喜九夫は度肝を抜かれた。親父が自分なんかとは違う、とてつもなく大きな人物に思えてきた。警察の群れから抜け出た喜代七は、橋を渡った後、葛巻側の山にでも入り込んだのか、いつの間にか姿を消していた。

第六章　立ち上がる草莽

一　希望

小堀喜代七がこつなぎに現れたのは、平糠の自宅から姿をくらましてから三日後のことであった。三日前に平糠に行って小堀に危険が迫ったことを注進した岸太郎が、小堀の指示に従って集めておいたのだった。岸太郎たちは、毎回場所を変えてこのような会合を持っていた。そして小堀はどこから現れるのか、必ずといっていいほど集まりの場所に顔を出し、次の公判に向けての相談をするのだった。

「小堀さんは来るえがな」

土川千冶が心配そうに言った。

「小堀さんのごったもの、間違いなぐ来るべえ。それより心配なのは警察の方せ。今日も昼間っ方、見張ってらったべえ」

山火忠太郎が現八の方をみながら言うと、

「駅口の方さば甚志郎、小鳥谷口さば市太郎を立たせて置いたへで、たいがい大丈夫でがんす」

現八がそっちの方は請け負ったというように応えた。甚志郎は立端長志の息子で、加治原の山番に殺された父親に代わって訴訟に加わっている。

こんな時間でも加治原の家に住み着いている請願巡査が、いつ急襲をかけてくるか分からない。なにしろ加治原林業には島、今野、佐藤、星などという巡査が常時四、五人は待機しているのだ。小堀が逃走に入ってから、これらの巡査は手柄をたてようと連日血眼になって小堀を捜しているのだ。それはそのまま加治原の態度で、現に加治原は小堀の首に金五十円の懸賞金までかけている。したがっていつ何処に、誰の目が光っているか分からない状況であった。

だが農民たちは小堀がどこに潜んでいるのかは誰も知らない。知らない方が小堀も自分も安全なので、誰も何処に居るのか、また何処に消えるのかを尋ねたりはしなかった。

だが小堀がふいに現れると、全力で小堀をかくまい、また逃がそうとするのだった。

「小堀さんを守るのでゃないんだ。訴訟ど自分だぢを守るのだんだ。小堀さんが居ることが、どったに俺たちの支えになってるが、お前どだって知らない訳じゃながべえ。世の中、加治原のような悪党がいるがど思えば小堀さんみだいな神様みでな人もいる。んだすけゃ、俺だぢぁ、こうやって生ぎでいれるのだべさ。小堀さんが捕まれば、訴訟も潰れる。こつなぎ村も潰れるへんでな」

そう言って原告の農民たちを唱道するのは長老の山本耕吉であった。寅吉の亡きいま、耕吉は目が悪く身体が利かない分、このような唱道をすることが自分の役割だと思っている。

だが、娘婿の又二を追い出してまで訴訟を守ろうとする義理堅い人間で、村の者たちは誰もが耕吉を信用していた。

「今日は小堀さんがら少し新しい話っこ、聞かせて貰えるごったものえ」

先日、山小屋で小堀と話した現八が、皆に期待をもたせるように言った。現八は小堀の居所を知る唯一人の人間であったから、小堀が釜石に行ったことも知らされていたのだ。

間もなく小鳥谷口の方を見張っていた市太郎が、小堀を先導して現れた。今夜の会合は山火忠太郎の家の納屋で持たれていた。納屋には障子やガラス窓がないので、明かりが外へ漏れないのだ。訴訟が始まった今では、会合を持つことに誰に何の遠慮も要らないのだが、小堀だけはお尋ね者であったから、村が訴訟派と加治原派、中間派の三つに分かれている現状では、隣近所といえども油断は出来ないのだ。

まったく加治原のお陰で、すっかり嫌な村になってしまった、と誰もが思っている。

ほお被りに刺し子を着た小堀が現れた時は、何処の百姓かと皆が思った。だが間もなく、それが小堀の必死の逃亡生活の姿だということに気がつき、

「なんとまんつ、ご苦労さまなごったなんす」と涙声さえ出す者までいる。

小堀は皆に誘《いざな》われて座の真ん中に腰を下ろすと、即座に釜石に赴いて布施辰治と会って来たことの報告をした。

「おらも、今の弁護士さんではぁ、どうも頼りないよんたなぁど思ってらったものせ」

　現八が言うと皆が頷いた。

「へんだども、そったな立派な先生をわざわざ東京から頼むのだば、銭っこは相当かがるのでゃ、ながんすべか」

　誰もが真っ先に心配していることを忠太郎が口にした。皆がしーんとなって小堀に視線を集中させた。

「おれはせ。布施先生さ、なにしろ貧乏所帯ばかりの集まりだへんで、訴訟費用を捻り出すのが一番の難儀でがんすって、嘘も隠しもなぐ喋ったのせ」

「へったば？」

「へったば布施先生は、そったなごと心配いらないってせ。払える時、払える分でいいづうのせ」

「へぇえ。そったに金さ執着しない人だば、立派な先生だがも知れないなっす」

「いま手一杯訴訟かかえてるへで、すぐに法廷さ立つ訳にはいがないども、とにかく近いうちに村さ、調査さのために来るづうのせ」

「へえ、わざわざ此処まで来るってがい。今までの弁護士は村さば一回も来たことは無がったものなっす」

「そうせ。今度の先生は本物だえせ。そんでなっす、おれは用っこを一づ、言い付かって来たのだどもせ」

小堀が言うと、皆は膝をひとつせり出すように前かがみになって、耳をそばだてた。

「こういう闘いは、何も裁判所の中ばがりではないって、布施先生は言《へ》るのせ」

小堀は、加治原や警察の暴力や、その外理不尽な行為は全て記録しておくようにと指示されたことを話した。

「ただ書き留めるだけでなしに、傍に居だらみんなして抗議しろ言《づ》うのせ。こっちが一人だば証拠にならない。みんなが見てることが大事だがら、やられた後がらでもみんなして交番さ押しかけで、訴えるようにしろと言うのせ」

「小鳥谷の交番さ行ったたて、どうせ動がながんべさ。警察はみんな、加治原の近衛兵みだいになってるへでなっす」

「いやいや。それでも皆して抗議したことがひとつの証拠になる。動かないば動かないで、後で法廷で突き上げる材料にもなる言うのせ」

「なるほどなっす。今の先生だば、加治原の暴力のことを喋っても、それは刑事の分野だって言って、問題にしながったものせ」

「おれが居ない時は、耕吉っさんが筆あ立つへで、記録してでけないすか。何月何日、誰が何処で誰に、どったなことをされたかを、詳しく書き止めるのせ」

耕吉は視力がかなり落ちてきているにもかかわらず、自分にも役立つ仕事が与えられたのを喜ぶように、何べんも首を縦に振った。

二　仙太郎

上条仙太郎は、今日こそは小堀喜代七を捕らえてくれようと気が逸《はや》っていた。ついさっき小鳥谷の出張所から福岡署へ、小堀を発見したという連絡が入ったのだ。

加治原の山番の者が、小堀が火行の峠を東に登って行くのを目撃したと言うのだ。火行峠の東には平糠部落しかなく、平糠には小堀の家がある。山番は直ちに加治原の家に常駐している請願巡査に連絡し、請願巡査の島も間髪を入れず小鳥谷署に連絡をした。小鳥谷署では連絡のために一人を福岡署に飛ばし、同時にかねてからの打ち合わせどおり、島ほか三人の請願巡査に山番を加えた人数を三つの班に分けて、火行峠の入り口に一班を置き、後の二班を平糠橋の上と下に配置した。

こうして小堀が何処にも逃げ場がないように番をしながら、福岡署からの応援を待っているのだ。直ちに踏み込まずに本署からの応援を待つことにしたのは、これまでに三度ばかりこうした情報を受けて独断で踏み込み、三度とも小堀に逃げられているからだった。

小鳥谷出張所長の副梓《ふくし》は、そのたびに上条から叱責を受けている。それに懲りて次からは本署からの到着を待って踏み込むことに決めていたのだった。

小堀が神出鬼没なのは、小堀本人の勘の良さもさることながら、農民たちの情報網が徹底しているからに違いない。警察の手入れが事前に小堀の耳に届くのだ。ついさっきまで居たはずの場所に、踏み込んでみるとすでに小堀は消えうせているのだ。これは訴訟派の農民だけではなく、もっと広い多町村にまたがっての連絡網があるに違いない。どうもこちら側の内部にも、情報を漏らしている人間がいるような気がする、と副梓は、内心で訝しい思いをしている。

副梓から連絡を受けた上条は見張りが万全であることを確かめた後、その場に居合わせた部下十人ばかりを引き連れて、騎馬で平糠に向かった。馬淵川沿いの山道を十騎の馬を走らせて行きながら上条は、今日こそは小堀をとっ捕まえて、二度と日の目が見れないようにしてやると勢い込んでいた。

刑期の決まった囚徒を取り逃がし、あまつさえその囚徒が、未だにその辺りを徘徊して訴訟を陰から指揮しているという、前代未聞の不名誉な事態を惹き起している。

この二年の間上条は、面目をほどこそうとして血眼になって小堀を探索してきた。稲庭の炭焼き小屋に小堀が居たという情報があれば直ちに稲庭に、葛巻の萱森に居たという通報があれば萱森にと、すでに県北一円をくまなく駆け回ったと言ってもいい。だがその都度、贋物の情報《ねた》であったり、あるいは駆けつけた時にはすでにもぬけの殼だったりで、いずれも取り逃がしてきている。そのため上条は、県本部から報告を求められるたびに歯嚙みしたいほど悔しく情けない思いをしてきている。

県本部だけではない。近ごろは加治原さえも業を煮やしているようで、上条の顔を見るたびに「訴訟を潰すには小堀を潰すしか道は無いのだがね」などと嫌味ったらしいことを言う始末なのだ。

その上加治原は、まるで上条の指揮能力を疑うかのように、小堀の首に自ら懸賞金まで掛けて情報集めにやっきとなっている。加治原に言われなくても小堀の逮捕は、すでに警察署長としての自分の地位をおびやかしかねない問題になっている。そうした諸々の懸案を払拭する絶好の機会が今日なのだ。

∮

西野斗与作は先ほどからちろちろと胸が焙られるような思いをしながら、立ったり座ったりと忙《せわ》しなく三和土《たたき》の上を動き回っていた。時々、玄関の戸口から外を眺めると、下の平糠橋のところに相変わらず二人の巡査が立って、こっちを睨んでいる。

慌てて家の奥を覗き込むと、奥の部屋では喜代七が未だ机の前に単座して、書き物をしている。布施弁護士はなにしろ東京でも沢山の訴訟を抱えているし、この岩手だけでも釜石鉱山の争議訴訟からこつなぎの他にも二、三件の入会訴訟も抱えている。その布施弁護士が貴重な時間を割いて訪れた時に、短時間で効率のよい仕事が出来るようにと小堀は、自分が聞き調べてきた加治原の暴力事件を忘れないうちに書面にしているのだった。

「旦那さん、はぁ早ぐ逃げだ方ぁ、良うがんすんだ」

と西野がおろおろしながら言うと、喜代七は、

「橋の処の巡査は、未だ動がないが」

と、顔も上げずに言った。

「はい。じっと突っ立ったまま、こっちを睨んでおりやんす」

「あれは本署からの応援を待っているのせ。そこで見でいで、応援の警察が来て動き出したらば教《おせ》でけで」

と喜代七は悠然としている。

西野は小堀家の作男のような男で、小堀の山を利用させて貰ったり、畑を借りたりしている代わりに、小堀が家を空けて飛び回っている間、百姓仕事の手伝いをしたり、なにかと家周りの仕事を手伝ったりしてくれている。

「旦那さん、来ぁんした、来ぁんした。はあ馬っこさ乗はった警察が、どっさり来ぁんしたが」

窓の外を見張っていた西野が悲鳴のような声を張り上げた。振り返るとすっと立ち上がった小堀が、机の上の万年筆と半紙を手早く畳んで、懐に入れている。

「斗与作さん、いっとぎ間こっちさ、お出やい」

裏木戸を開けて出てゆく小堀の後を追うと、山の方に逃げて行くものとばかり思っていた小堀は、まったく慌てる様子がなく、馬小屋を指差した。

斗与作が見ると馬小屋の、まさに馬が居る部屋の隅の方の藁《わら》が除けられ、そこに人一人が横たわれるほどの穴が穿たれている。

「おれがあの穴さ横だわるへでせ。その上さ筵《むしろ》を被《かぶ》せで、上さ馬糞の混じゃった藁っこ積み上げでけねゃがい」

そういうと喜代七は素早く厩舎の中に入っていき、穴の下に筵を敷くとその上におもむろに横たわった。

「さ、やってけで」

「大丈夫だえが、旦那さん」

「大丈夫せえ。たとえ姿が見えなくても、馬っこは絶対に人は踏まないものせ」

斗与作はあわてて横の納屋から粗筵を運んでくると、なるべく喜与七が汚れないようにと気遣って筵を二枚かけた。それから熊手で、馬が踏み潰した糞混じりの藁をその上にまんべんなく載せていった。

上から見てほとんど見分けがつかなくなったところで作業を止め、鎌をもって裏の山斜面の草を刈っている振りを装った。

鎌を振るいながら、道路の方まで出て行くと、橋から小堀の家までの坂道を、大勢の警官がぞろぞろと上ってくるのが目に入った。

間もなく警官たちは小堀の家を裏から横から、蟻の這い出る隙間もないほど十重二十重に取り囲んだ。それから一番偉そうな鼻髭を生やした男がおもむろに玄関の戸を引き開けた。

西野は心配になって作業を止め、つい玄関先まで歩み寄った。

「何だ貴様は。邪魔になるへで、中さば入れられないやぁ」

背広を着た別の刑事が、居丈高に怒鳴ると、射るような目を西野に向けた。

「あにゃ、あちゃあ、おおおら、奥しゃんが、しし心配だへで」

西野はわざと知能の低い男の振りを装って、明瞭さを欠く言葉を発した。刑事は胡散臭そうな表情は崩さなかったが、それでも取るに足らない男と見たのか、西野が少し離れたところから玄関口を覗くのを、咎めようとはしなかった。

「小堀喜与七が居るだろう」

鼻髭を生やした男の挑むような声がする。西野が外から恐る恐る眺めると、すでに上がり端《はな》に単座した喜代七夫人のハツヨが、冷ややかな視線を見下すかのように刑事に向けていた。

「お前さん方が、こうやって毎日入れ替り立ち替りして来あんすんだもの、どうやって家さ来ようがあるってす。わざわざ捕まりさ帰ってくるような馬鹿じゃながんすよ、あの人は」

「そうだが。へだば家捜しさせで貰うへでな」

「どうぞどうぞ、気の済むまで全部見で行ってければようがんすんだ」

西野は内心で感心していた。普段亭主の喜代七の顔をみれば愚痴ばかりこぼしているハツヨであったが、いざとなるとなかなか肝っ玉が据わっている。さすがは喜代七っさんの奥方だけのことはある。

髭の刑事は福岡署の上条仙太郎であった。上条は、ハツヨの言葉が終るのも待ちきれないように、そのままずいと家の中に踏み込もうとする。

「靴は脱いで上がってくだせぇ。仮初めにも天子様を上に抱く、警察官ですんだもの、与太者みだいな真似は、なさらないんだ」

ハツヨの勢いに気圧されて、上条は靴を脱いであがった。

およそ一時間ほどの間、刑事たちは手分けして家や裏の納屋、隣近所のそれまでを必死で探し回った。押入れはもちろん、天井裏から床下まで丹念に調べた後で上条は、断腸の思いで喜代七は此処には居ないと断定せざるを得なかった。

またしても逃げられたか。それとも小堀の女房の言うとおり、初めから平糠には立ち寄らなかったのだろうか。

「お前《みや》はん、小堀を見たっつう情報は確かなのが。もし本当だば、見張ってら間に逃亡したづうごったべ」

傍らに居た副梓に上条は、腹立ちまぎれに怒鳴った。

「加治原の山番がらの通報でがんすへで、その辺はどうも。したども単独で踏み込んでは駄目だっつう申し合わせでしたし……」

小堀が本当に居たのなら、確かに自分たちが見張っている間に逃亡したものだろう。どうも責任を転嫁されそうな雲行きに、副梓は返事を曖昧に濁した。

「まんつ、念のため、残った村の家を全部、調べでみべし」

さらに二時間ほどを費やして、平糠中の家を調べた後に上条は、悲痛な思いで撤収の命令を下さざるを得なかった。

三　市太郎

立端現八は四、五人ばかりの男たちとともに、東の沢から木を運び出していた。木は一月ほど前に岸太郎が切り倒しておいたナラの木が五、六本分で、薪にすれば二棚ぐらいはあるだろう。それを地駄曳きで馬に引かせているのだった。

明日は小川岸太郎の家の結婚式で、雪が来る前にやってしまおうという岸太郎の考えで、その日に決まったのだ。貧乏所帯で何もないがせめて囲炉裏ぐらいはふんだんに火を燃やして、集まってくれた人たちに暖をとって貰おうと岸太郎が一月前に伐り倒して乾燥をさせておいたものだった。

それにしても市太郎と立端スエは、いつの間に出来ていたのだろう、と現八は不思議であった。市太郎は岸太郎の倅で、スエは亡くなった立端長志の娘であった。二人とも貧しい原告の子らで、訴訟費用と家計を助けるために、建設労働から製材所の手伝い、八戸の水産工場まで出かけて働き、家に帰ってくると隙間もないほどの野良仕事に追われてきている。

それなのにいったい何処に、好き合うような機会があったというのだろう。年だって五歳も離れているから、学校の時分からということでもなさそうだった。

「甚志郎、市太郎どスエは、いったい何処で見初め合ったたたべな」

傍に居るスエの兄の甚志郎に聞いた。

「はあでな。山田線の工事さ行った時でもくっついだのだがな」

甚志郎もよくは知らないらしい。だが、大方そんなところだろうと現八も思った。若い者はどんな状況にあっても結びつくことが出来る嗅覚とエネルギーを持っているのに違いない。

市太郎の父親の岸太郎は、現八とともに訴訟を支えている人間の一人だ。またスエは父親の長志を加治原の山番に殺されており、今は長男の甚志郎が父親に代わって訴訟に加わっている。訴訟派の子供同士がこうして結ばれるのは、なにがなし不憫な気もするのだが、それ以上にあまりいいこともない仲間内の慶事として、嬉しさの方が先立つのだった。

「めでたい日だからな。家の者がしょっ引かれてはケチがつく」

現八はそう言って、岸太郎とその家族だけは今日は山に入るなと、家に残してきたのだった。

「今日ぐらい、山番が来ねゃあばいいがな」

山火忠太郎が先ほどから加治原の山番が来るのを心配している。

「なに、この人数だもの、反対にぶっ叩いでやんべしせ」

現八は五十を過ぎても血の気は少しも失せていない。加治原の山番は近ごろは微妙に変化してきている。布施辰治がこつなぎに入ってから、加治原の暴力行為に対する告発状を二度ばかり警察に突き出し、亀子弁護士をつついて裁判所にも一度提出している。

そのためかどうか、山番は以前のように直ぐにあからさまな暴力を振るうということが少なくなっている。

現八や岸太郎などは告発する材料が欲しいために、近ごろでは逆にこちらから挑発するようなことさえしている。甚志郎と現八が最後の丸太を木橇に積んでいた時、

「やっぱり、来ゃあがったじゃやい」

背後で土川千治が舌打ちするように言うのが聞こえた。

現八が見ると、下の方から見覚えのある男たちが上がってくる。同じ村内の山岡辯次郎と片山元治、それに笹木寛三の三人だった。

近ごろは山番たちは、以前のように樫の棒を持ち、赤い鉢巻を締めてという勇ましい格好はしなくなっている。攻撃の材料になるのを怖れているのか、それとも馬鹿らしさに気付いてでもきたのか、いずれにしろ意気込みが薄れてきていることは間違いなさそうだった。

「よぐ飽きもしないで回って来るもんだなやい。ご苦労さまなこった。したども今日は、岸太郎の家の婚礼で燃やす木を運んでるのせえ。う汝《な》どぁ、餓鬼の頃は市太郎と一緒に遊んだ仲だべえ。今日ぐらいは知らない振り、するぐらいの人情は、あんべえな」

辯次郎たちが口を開く前に現八がそう言って、三人を睨み据えた。

「兄さ。行くべや、いいんだ今日は。どう、明日は婚礼だづうものせ」

辯次郎の袖を引くようにそう言って、先に足を回避させたのは元治だった。三人は無言で背中を向けると、上り坂になっている林道を東の方角に上がって行った。寛三だけが、時々こっちを振り返って見た。

警察が踏み込んできたのは、翌日のことであった。白無垢も羽織袴もない、ただ洗いざらした野良着と、スエは髪に花簪《かんざし》を挿しただけの貧しい身なりで、子安地蔵の境内で神主の祝《のり》詞《と》を受けた。その後、岸太郎の家で新郎新婦を囲んで、ささやかに祝いの酒を酌み交わしていた最中のことであった。

ふいに四、五人の警官が、土足のまま踏み込んできた。

「貴様ら、森林窃盗の容疑で逮捕する。薪は全て証拠品として没収するへでな」

私服姿で命令を下しているのは、福岡署の及川巡査部長だ。みな呆気にとられているうちに二名の巡査が、土間の隅に積み上げてある薪を外に運び出す。

いつの間にか寛三が入ってきて及川の横に立っている。

「寛三。どいつだ木を盗んできたのは」

及川が言うと、寛三は死人のように冷めた目で皆を見回した。それから、

「こいづどこいづ。あどこれも居だし、こいづも居だったなっす」

「ようし。お前らは取り調べるすけゃ、署まで一緒に来い」

寛三の名指しによって昨日山に居た者が五人、全員が福岡署に連行されることになった。

巡査に促されて現八が外に出ると、加治原のところに居る請願巡査に小鳥谷出張所の巡査も交じって、家の横に積み上げてある薪を馬車に運んでいた。

中に辯次郎も居る。が、元治の姿は見えなかった。辯次郎はなるたけ現八とは顔を合わせないようにしている様子に見えた。

「辯次郎。う汝ぁ、幼馴染の祝言ぶっ壊《か》して、さぞ気分が良がんべもな」

現八が皆に聞こえよがしに声をかけた。辯次郎は眇《すが》めたような目を卑屈に現八に投げかけた後、無言で薪を運びはじめた。

刑事に背中を小突かれて歩き出しながら現八は、昨日、岸太郎の家族を山に連れて行かなくてよかった、と思った。

「奴ら、訴訟で勝つ自信が無いがらああして牙を剝いでくるんだえせ。自分が正しいんだば何も、黙って判決を待っていればいいだげの話だえせ」

炉辺に腰を下ろしていた耕吉が、残った囲炉裏の火を慈しむように灰をかき回しながら言った。

四　反撃

福岡警察署長、上条仙太郎は、このところ少し気分が落ち着かなかった。数日前に布施辰治と名乗る弁護士がこつなぎの農民を伴って突然福岡署に現れ、数件の暴行の被害届けと告発状を置いていったからであった。

布施辰治がこつなぎに来て農民たちの相談に乗っているという情報は以前から摑んでおり、上条はすでに布施という男がどういう人物であるかの調べも行っていた。それによると布施辰治という男は、東京の市電のストライキ事件の指導者である片山潜の弁護をしたり、新聞で全国的に取り上げられて有名になった「お春殺し」の犯人とされた小守壮輔の弁護などをした高名な弁護士であるらしい。

その布施が加治原や警官が農民に対してふるった暴力の被害届けに、小鳥谷診療所の医師の診断書まで添えて、事件として調査して欲しいという告発状を持って現れたのである。

特に二年前に亡くなった立端長志については、殺人の疑いがあるとまでして告発している。

布施は余計なことは一切言わず、ごく事務的に、

「これらの訴えを受け取ったとの受領印を頂きたい」

と言って自分で作成してきたらしい、印鑑を押すばかりの書面を出した。そんなものに印鑑を押したことのない上条は一瞬怯《ひる》んだが、考えてみればごく役所らしい当たり前の行為で、中央の方ではこうしたことが慣習になっているのかも知れないと思った。

そうでなくても布施は、東京の刑事事件で辣腕をふるっている筋金入りの弁護士で、田舎刑事の自分などが太刀打ち出来る相手ではなさそうであった。

上条はしぶしぶ求めに応じてしまったのである。

布施は「また来ます」と言って立ち去ったが、今度来る時は捜査の進展状況を聞かれるだろう。ひょっとするとこつなぎ裁判の今後の法廷で、暴力の問題や加治原に偏った対応など

で自分の責任が問われるようなことになるかもしれない。布施の署への訪問はそのための布石なのだ。上条の気持が落ち着かないのは、そういう不安に駆られていたからであった。

立端現八や土川千治ら五人が、加治原のところにいる請願巡査に、森林窃盗の容疑者として連行されてきたのは布施が来てから数日後のことで、上条は署内の巡査たちについ、

「いいが、今後こつなぎの森林窃盗に関しては、いかに相手が被疑者であっても、警官が直接殴ったり蹴ったりしてはだめだ。加治原の連中がやる場合でも、なるだけ傍には居ないようにしろ。警官が民間人の暴力に関わっているような格好はうまぐないへでな。取調べも、少し手加減してやれ」

そのような指示を下していた。

∮

布施辰治は忙しい人で、労働争議や未解放部落の訴訟、農民訴訟などを全国に抱えていたから、たまにこつなぎに来てもそう長く留まっていることは出来なかった。だが布施は村に来た時は山火忠太郎の家に泊まり、囲炉裏を囲んで村の者たちとよく屈託のない話をした。またこつなぎ山を巡る争いの実態をよく把握しようとするのか、村人の話にも熱心に耳を傾けた。

布施は気さくな性格で、農業問題や山の入会の係争にもよく通じていたし、また博識でもあったから、村の者は訴訟以外の個人的な悩みごとなども持ち込むようになった。

　そういったことのひとつひとつに布施は、懇切に応えてやったので村人たちは、布施にただ話を聞いて貰えただけでも気持が癒されるような気がするのだった。

　布施はまた村を訪れれば必ず実績を残した。そして次に来るまでの行動を農民たちに指示していくのだった。布施は来るたびに福岡署に加治原の新たな暴力行為の告発をし、また前回告発した事件の捜査の進捗状況を訊くことを忘れなかった。

　布施の行動はまた暴力行為への告発だけに留まらなかった。何度目かに来た時布施は、加治原林業が自由に木を伐り出したり製炭した炭を運び出したりすることに抗議する行動を組織して、自ら先頭に立った。

　係争中でまだ結論の出ていない山で、農民には出入りを禁じ片方は自由に使用するというのでは不公平である、というのがその論旨であった。

　原告の農民たちは布施を先頭に十人余りの隊列を組み、ぞろぞろと加治原林業に出かけた。そして応対の者に、このまま一方的に木を伐り続けるならば、裁判の結審が出るまで山林への出入り禁止の仮処分を申請するという勧告書を手渡した。

　そのほかには皆で山に入り、木を運び出そうとする加治原林業の地駄曳きの馬夫を追い払ったり、木馬《きんま》（木を運び出すための木製のレール）を取り払ったりした。

　布施の考えは加治原の木の伐り出しを阻止するというより、訴訟派の農民が山に入りやすくするというところに狙いがあった。

　布施が帰った後も農民たちは、布施の指示どおり根気よく何回も何回も抗議行動を繰り返した。その抗議行動を証拠として記録に書きとめたのは小堀であったし、農民が息切れもせず根気よく闘うことを支えたのも小堀であった。小堀は布施が来た時書面を作りやすいように、暴力行為も含めて克明な記録を書き続けた。

このころ弁護士は、亀子欣次郎に変わって並木由紀弥という人に替わっていた。亀子弁護士は検事任用の誘いを受け、さっさと盛岡の検事に納まってしまった。亀子に代わった並木弁護士は、亀子に劣らず凡俗で煮え切らず、気を揉んだ小堀が、裏でつい弁論をいろいろと誘導するのを嫌がった。

被告の方は茨城に居る加治原亀次郎が亡くなり、息子の礼太郎が二代目亀次郎を継いでいたが、こつなぎ村の主役は依然として弟の伝次郎であった。

布施の指導で抗議行動を繰り返しているうちに原告の農民たちは、集団で行動することでこれまでにはなかった力が発揮出来ることを学んでいた。これまでは一緒に訴訟は起こしていても、加治原の攻撃に対しては一人ひとりバラバラで、無力に等しかったのだ。

それが一致協力して抗議行動を始めるようになってから、加治原側の暴力行為が目に見えて弱まってくる。そのことに新たな自信を強めてきていた。山番による山巡りは依然として続いてはいたが、以前のように直接暴力に訴えるということはなくなり、山番の人数も半分ほどに減ったようであった。お陰で農民たちは前よりはだいぶ山に入りやすくなっていた。

これはひとつには抗議行動のお陰で、警察が暴力行為から一定の距離を取るようになったことと、打てば打つほどに農民がたくましくなっていくことに、加治原がむなしさを覚えて来たからだと思われた。

何よりの収穫は、農民たちが団結することの威力と、闘いは法廷の中だけではないということを学んだことであった。

布施辰治はまだ公判には立っていなかったが、裏で布施が指導しているらしいということを察知した加治原側は、その手口を想定し、新たな法廷闘争に備える必要からか、しばしば公判を延期させる作戦に出た。そのため大正七、八年までは年に七回ぐらいずつ行われていた口頭弁論が、九年以降は年に三、四回しか行われなくなった。

次の公判までの長い時間は、それは加治原と福岡警察署の新たな証言や証拠を偽装するための成果待ちといった状況で、裁判はそのため必要以上に時間のかかるだらだらしたものになった。

こつなぎ裁判が一審だけで十五年もかかってしまったのは、こうしたことが大いに関係しているのである。

五　省三郎（1）

大正十二年春。

リエは、くすぶる煙が目に沁みるのを手の甲で拭いながら、火吹き竹で囲炉裏の火を吹き付けていた。だが雨上がりの湿った山から拾ってきた粗朶は、乾燥が悪く容易に炎を上げなかった。

自在鍵にぶら下がっている鍋の蓋をとってみると、すでに三十分も吊るしているにもかかわらず、中のヒエ粥はまだ泡さえたててはいない。傍には六歳になる省三郎と四つ違いの妹のセイが空きっ腹を押さえつけるようにして膝小僧を抱え込んでいる。

灰の中から干し栗を掘り出してそちらに転がしてやると、二人は争うようにしてそれを拾い、手の平で転がせてふうふう息を吹き付けながら灰を払っている。

土間ではリエの父親の耕吉が、もう相当目が見えなくなっているにもかかわらず、手探りで草鞋《わらじ》を編んでいた。

リエは最前から言おうか言うまいかと逡巡していたことを、また口にしかけては呑み込んだ。だが、草鞋を編んでいる耕吉の姿を見て、やはり言うしかないと決心した。

耕吉はこの数年ですっかり老いさらばえていた。未だ七十前であったから、それは年のせいというよりは満足に食うものも口に出来なくなったこの数年の貧苦のせいであることは、疑いようもないことだった。

あれほど逞しかった身体が、この数年で骨と皮ばかりにやせ細り、皮膚はブナの樹皮のように荒れてしまい、腰は土を舐めるほどに曲がってしまっていた。目も右目はまったく見えず、左目にほんの僅かに残っている視力で、暮らしの全ての用向きをこなしているのだった。

そんな身体であったから、とても皆と一緒に盛岡まで公判に出かけるということは出来なかった。だが耕吉は、執念のように訴訟から抜けようとはせず、蓑虫のようなボロを纏い、杖にすがってようやく上体を持ち上げながら、小鳥谷や時には一戸まで歩いて行って金策をし、その金を訴訟団に差し出すのだった。

「現八さんや。おら、もはやこったなごとぐらいしか出来ないへんで、なんとが勘弁してけで」

リエが夫の又二と別れてから、働く者のなくなった山本家では、もっぱらリエの母のいねが労力の中心だった。いねも耕吉同様長い間の労働で、腰から背中の線が折れた弓のように曲がってしまっている。それでもいねは、山裾を開墾した切り替え畑に半日も休むことなく通い続け、朝早くから夕方の暗くなるまで、蚊や蚋に刺されて手足を真っ赤に腫らしながら働いていた。家に帰れば息をつく暇もなく、石臼をごろごろと回しながらそばや栗の実を挽いたり、臼で重い杵を振り上げながらヒエやどんぐりの実を搗きあげるのだった。

訴訟を抱えていない以前なら、それでも自給自足の暮らしでなんとか糊口を凌ぐことは出来ていたのだが、訴訟を抱えてからはにわかに現金が必要になった。

それで蕗や蕨を採ってきて塩漬けにしたり、粉に出来る穀物は粉にして、一戸の町に売りに行かなければならなかった。町へ売りに行くのはもっぱら若いリエの役目で、リエは年中神経痛や貧血に悩まされている病気持ちの身体であったが、せめてのことにと市の立つ日に一戸の町へ出かけて行くのだった。

リエが悩んでいるのは息子の省三郎のことであった。省三郎も来年は尋常小学校に入学させなければならない。だが今の山本家には、何の準備もしてやれる余裕がなかった。そればかりか育ち盛りだというのに、三度の食事さえ満足に食わせてやれない。息子の痩せた首筋やかいなを見るにつけリエの胸は痛んだ。思い余って役場に行っている小鳥谷の知人に相談したところ、施設に預けたらどうだという話をされたのだった。

施設に預ければ、少なくとも三度の食事はちゃんと食べられるし、学校にも行かせてもらえる。たまには会いにも行けるのだし、余裕さえ出来れば何時だって家に引き取れるのだからというのがその中身であった。

その話を耕吉といねにすると、耕吉はきつく目をつぶって顔を下げてしまうし、いねは袖を顔に当てておいおいと、ただしゃくり上げるだけであった。反対しようにも反対も出来ず、むろん積極的に賛意を示すことなど出来ない。呻吟しながらも無言でいることが二人の賛意なのだとようやく決心して、四、五日前に省三郎に話したところであった。省三郎は子供心にも家の事情は分かりすぎるほど分かっていたから、孤児院というところがどんなところかも知らずに、幼い顔に険を浮かべて、ただ不安そうな表情をして頷いたのだった。

ところがその話が何処からどう伝わったのか、昨日山へ粗朶を拾いに行った帰りに米田のキヌが現れて、省三郎を引き取りたいと申し出てきたのだ。

「孤児院さやる言《づ》うへで、あんまり可愛そうだど思ってせ。へんだばおら家さ預がらへで呉《け》で。省三郎のためにもその方が良がえど思ってせ」

米田は、リエの別れた夫、又二の生家で、キヌは省三郎の父方の祖母であった。急なことにリエは、なんと返事をしていいか分からなかった。それもこれもお前たちが訴訟を裏切ったり、息子の又二までが不甲斐ないからではないかと、喉まで出かかった言葉を呑み込んだ。リエが黙っていると、

「おらほだば省三郎も、何時だって逢いたい時にお前《みや》はんどに逢えるんだし、お前はんどだって用っこあれば、何時だって話っこぁ出来るんだもの、孤児院さやるよりなんぼがいいんだが。省三郎のためにもその方がいいんだ、なっ、是非そやして呉《け》で」

キヌは涙声ながらも、リエの腹のうちは読んでいるようなことを言った。

リエはかろうじて「いっとぎ間、待ってけらんせや。親父ど相談してみあんすへんで」としか言えなかった。

「是非、そうして呉で。これはおらほの親父も望んでいることだへで」

キヌは念押しをするように力を籠めて言った。リエは米田の又四朗もキヌも、省三郎を可愛がっていて、時どき陰で一銭銅貨や飴玉をくれたりしていることを知っていた。米田には今は長男の清次郎も次男の又二もいないから、家では又四朗とキヌの二人だけで暮している。

彼等にとっても省三郎はかけがえのない孫のはずだから、きっと大切に扱ってもらえるに違いない。それになんといっても同じ村内で、家からは百メートルと離れていない。いつで

も顔の見られる近くに置いておけるというのは、キヌの言葉を待つまでもなく、こちらから望んでもそうしてもらいたいところであった。

だが、父親が何と言うだろう。耕吉は以前は又四朗とは仲のいい友達だった。だからこそリエと又二の婚約も、何の支障もなく纏まったのだ。だが又四朗は訴訟人に名を連ねていながら、片山玄十朗の甘言に籠絡され、訴訟が始まってから間もなく脱落してしまった。そしてその息子の又二もまた、親を見習ったように玄十朗になびいたため、リエと離縁するはめになったのである。それ以来、山本と米田は、ずっと絶縁状態になっている。

その又四朗が、省三郎を引き取りたいというのは、確かに孫が不憫だということが第一の理由であろう。だが勘ぐればその他に、義理を貫いて貧苦に耐えている耕吉への後ろめたさがあるのではないか。省三郎を引き取るということはある意味、又四朗一家にとっては、精神的な罪を購《あがな》うことにも繋がるのだ。そうした感情を、一徹な耕吉が受け入れてくれるだろうか。耕吉にとってはつまりは、裏切った人間に孫の世話を頼むということにほかならないのだ。どれほど貧乏をしていても心までは貧してはいない。それが耕吉という男なのだ。場合によっては何故言下に断らなかったのかと、自分の曖昧な態度に腹をたてるかもしれない。

リエが朝から頭を悩ませているのは、そのことであった。

リエは、ようやくちろちろと赤い炎を上げてきた囲炉裏から顔を上げて、家の中を見回した。

リエの家は大正四年のこつなぎ大火で燃え落ちた後、焼け跡に一時凌ぎで作ったそのままの家だった。間口五間、奥行き二間の十坪の掘っ立て小屋で、皮も剝かずに立てた細い丸木の柱で支えた杉皮葺きの屋根は、立てば頭に煤がつくほど低く、床は焼け残りの土台木をただ地面に並べた上に粗板を敷いただけのものだ。

北側の二坪は表から裏へ素通りが出来る土間廊下で、冬になるとそこから吹雪が吹き込むので、裏と表に粗筵《あらむしろ》を吊り下げるのだが、それでも家の中に氷柱《つらら》が下がるほど冷え込むのだった。

板場の半分は、蕎麦や麦、大豆、小豆などの雑穀置き場で残りの半分に藁を敷き、その上に粗筵を敷いて家族全員の寝部屋に使っている。ガラス戸も障子戸もないために北側の窓に板戸を横に打ち付けたものを外して、外から明かりを採り込むのだが、冬は閉めっ放しになるので、家の中は昼でも暗かった。

加治原に寝返った者たちはあらかた、木を伐らせてもらって家を新築し、訴訟に加わっている者の中でも親戚や他所の村から木を貰えるものはどうにか家を建てていた。

そうでなくてももう少しましで、こつなぎで未だにこれほどひどい小屋掛けのような家に住んでいるのは、有力な働き手のないリエのところと、山本与惣治のところぐらいであった。

家の中を見回しながらリエは腹を固めざるを得なかった。もはや親の意地や面子で子供にひもじい思いや辛い思いをさせていてはならない。孤児院にやるくらいならば、是非うちに引き取らせてくれと、見るに見かねて率直に言ってきた米田の方が、省三郎にとっては、まだあり難い存在ではなかろうか。

「お父《ど》さ」

省三郎が、外へ遊びに出かけた隙を見計らって語りかけた。

「なんだ」

「米田の家でな。省三郎を施設さやるぐらいだば是非おらほさ、ひき取らせてけろって言《へ》ってるのせ」

耕吉は一瞬、目が見えるかのように、リエの方に顔を向けた。そしてもごもごっと口を動かして何事かを言いかけたが、言葉にはならなかった。

「おらは何もその時は返事しなかったどもせ。ただ米田にとっても省三郎は孫だへで、本当に心配してるよんたし、考えでみれば省三郎にとっても知らない処さ行ぐより、その方がいいんだがど思ってもみだりしてるのせ」

耕吉は、ううう、と喉の奥で呻くような息を吐いて、何も言わなかった。

∮

「省ちゃん。遊ぶべし」

家の前でぼんやりしていた省三郎に、莞爾郎《かんじろう》が呼びかけた。自分は間もなくこつなぎを出て施設に引き取られていくのだと、それまで沈んだ気分を抱えてぼんやりしていた省三郎はすぐに暗い気持を吹っ切って立ち上がった。この二歳年上の友達とも間もなく遊べなくなるのだと思うと、今のうちにいっぱい遊んでおこうと思った。

暑い日なら谷川に行って沢ガニをとったりして遊ぶのだが、すでに冷たい西風が吹くようになっており、おまけにこの日は曇り空だった。

川遊びは諦めて、二人はしばらく稲刈りを終えた田んぼで、バッタを捕ったり赤とんぼを追いかけたりして遊んだ。そのうち莞爾郎が、

「省ちゃん。あそこさ首吊りを見さ行かないが」

と村の外れにある小高い丘の上を指差して言った。

首吊りというのは十日ほど前に村の片山与志松という爺さんが、首吊り自殺をしたことを指して言うのだった。首吊りといっても省三郎には、暗い漠然としたイメージしか湧かないのだが、怖いもの見たさという子供心からつい「行ぐべ、行ぐべ」となったのだった。

そこは西側の山斜面の中腹にある、畑の中の小屋だった。畑は与志松爺さんが切り開いた二反歩足らずの麦畑で、そこからは村が一望出来た。

与志松爺さんの小屋は、三坪ばかりの広さしかない杉皮葺きで、切り妻の屋根は手を伸ばせば子供でも端っこに届きそうなほど低かった。

小屋に近づくと莞爾郎が、身体を横に曲げて上の方を見た。そこには与志松の小屋よりは大きく真新しい別の小屋があった。その小屋の戸に鍵がかかっているのを確かめてから莞爾郎が言った。

「あっちの小屋はせ。加治原の山番が見張りをしている小屋なのせ」

それを聞いて省三郎はびっくりした。いっとき背中に泡立つような恐怖を覚えた。加治原

の山番がどんなに恐ろしいものかを、すでに省三郎は、三歳の時に味わっている。

「誰も居ながえが」

「大丈夫せえ。今日は誰も居ないよんた」

莞爾郎はこともなげに言うと、板戸を引いて与志松爺さんの小屋に一歩、足を踏み入れた。珍しいものでも見るように省三郎は戸口から中を窺った。

薄暗い小屋の中はさっぱりと片付けられており、湿っぽい土間の真ん中に白い焚き火の灰が、山形に盛り上げられていた。

与志松爺さんは息子夫婦と仲が悪くなり、自分の奥さんと二人で家を出て、この小屋で暮し始めたのだ。

仲が悪くなった理由は、息子夫婦が与志松爺さんの言うことを聞かず、勝手に訴訟を降りてしまったからだということだった。その話は大人たちの会話を聞きかじって、莞爾郎も省三郎も知っていた。律儀な与志松爺さんは、仲間たちを裏切ることに耐えられなかったのだ。

だが小屋に移って一年ぐらいしてから奥さんが亡くなってしまい、それからほどなく与志松爺さんも、後を追うようにこの小屋で首吊りをしたというのだった。

灰には水をかけた跡があり、小屋の隅には錆の浮いた鉄なべや薬缶などがあった。それらを見ていると、ついこの間までここで与志松爺さんが暮していたのだということが、身に沁みて感じられるような気がした。

「きっとあそこさ、綱を巻きつけだんだえせ」

莞爾郎がそれほど高くもない天井を指差して言った。すると省三郎は、首吊りのイメージこそ具体的にはならなかったが、身体の芯の方から何か、そこはかとなく物悲しいような感情が湧き出てきて、居ても立ってもおれないような気持になってきた。

省三郎はあわてて小屋を飛び出た。

外に出て下を眺め下ろすと、眼下の谷間いっぱいに、何かこの上もなく不吉で得体の知れない、夕霧のような重たいものが漂っているような気がした。そしてその中に住む自分や祖父の耕吉や祖母や母や、妹のセイやこつなぎの全ての人たちが、とても悲しく哀れなものに思えて、ひどく切ない気持になった。

「莞ちゃん、行くべ。もう帰るべし」

「うん」

莞爾郎の声を聞くと後はもう、後ろも見ずに坂を駆け下った。

六　省三郎（2）

父の生家は決して金持ちという訳ではないが、それでも省三郎の家とはだいぶ違った。小川をひとつ挟んで村の集落からは少し離れたところにあったので、火事の時にも焼けなかったから、省三郎には以前から見慣れた家のはずであった。

だからこれまで特にどうとは思わなかったのだが、実際に住んでみると、自分の家とはかなり違うことが分かる。

新しい家ではなかったが、屋根は職人が葺きあげた本萱だし、立派な土台石の上にはちゃんと四角に削った太い土台木が乗っている。間口七間、奥行き四間半の三十一坪の家で、外回りには全て風雨を凌ぐ雨戸が巡らされており、ちゃんとした縁側と部屋の間は、明かりを採り込む障子が立てられている。敷板はすべて鉋をかけたつるつるの板で、省三郎の家のような粗板をただ並べただけのものとは違った。

火事で焼ける前は、自分の生家もこのようであったと祖父の耕吉から聞かされたことがあったがすでに焼け落ちており、省三郎は生まれた時から掘っ立て小屋で暮してきたのだった。

父の生家である米田の家は、家ばかりではなく暮らし向きもかなり余裕のあるものだった。山本の家ではヒエ飯が主食で、栄養の心配からたまに米を混ぜることはあっても、それは僅かなものであった。冬場はそれに栗やアワを混ぜるカデ飯で、おかずは漬物のほかはごく稀に塩魚が付くのが無上の御馳走であった。

それに較べると米田の家では、正月やお盆だけでなく普段でも白い米の飯で、混ぜてもせいぜいが麦であった。それに塩鮭やにしん、いわしなどの魚が毎日付いたし、米田の祖父と祖母は毎夜、晩酌さえしていた。

夜の照明も山本の家では、囲炉裏の火と石の上で燃やす松の根っこだけであったが、米田ではガラスの火屋《ほや》を持つ菜種油のランプが三つもあり、その火屋を磨くのが省三郎の毎日の仕事となった。ランプの火屋は細い子供の手でなければ内側を磨くのが難しいので、省三郎が来てくれて助かると米田の祖父母は喜んだ。

米田と山本では、囲炉裏の火でさえ違った。加治原の暴力さえなくなったとはいうものの、山には相変わらず「立ち入り禁止」の立て札が立てられ、警察は依然として加治原の手兵のように木を伐るものを取り締まった。したがって山に入るのもおおっぴらには出来なかったし、何より訴訟派の多くの者は鋸や鉞《まさかり》などの道具を取り上げられてしまった家が多かったから、懐に隠し持った山刀で伐った小木や、手で折った柴木のような木しか採って来れなかった。

それに較べて寝返った米田のところには鋸で伐り倒して割った三尺の、本物の薪が積み上げてあった。

省三郎がこの米田の家に引き取られたのは去年の春のことで、この秋で一年半になる。山本の家に居た時のように、昼間から腹を空かせたりすることはなくなり、夜も綿の入った布団に寝ることが出来た。だが省三郎は、なぜかそうしたことが嬉しいとは思わなかった。

逆にこれまで以上に山本の家が心配になり、しょっちゅう様子を見に行くのだった。

すると祖母のいねと身体の弱い母のリエは野良仕事に出かけており、家では祖父の耕吉が、薄暗い土間に粗筵を敷き、その上で相変わらず不自由な目で草鞋を編んだり、石臼を挽いたりしている。

傍には三歳になる妹のセイが、青白い顔で腹を空かせているのだ。この妹に米田の家から、握り飯や焼き栗や、自分がもらった飴玉などを持ってきてやるのが、今の省三郎には一番ほっとする時だった。

セイは赤い頬っぺたの上に乾いた鼻汁をこびりつかせながら、兄の姿が見えると抱きつくようにして飛んでくるのだ。

耕吉も、省三郎が訪れる時が無上の楽しみであるらしく、物音がするとまるで耳で見ようとするかのように、横を向きながら身体を寄せてくるのだった。

「よぐ勉強すんでゃあ。これがらの世の中は、字が読めないば、人にならないんだ」

耕吉は会うといつも、口癖のように勉強をしろと言うのだった。だが耕吉は、省三郎の勉強のことや健康のことについては言及しても、米田の祖父母のことについては決して触れようとはしなかった。

その理由が米田の祖父母が訴訟を降りて仲間を裏切り、耕吉がそのことを許していないためだということを、省三郎は子供心にも理解していた。その米田に自分を預けていることが祖父にとってはこの上ない屈辱なのだ。そういうことが心の隅にこびりついているためか、省三郎も米田の祖父母に対しては未だに本当には心を開けないでいるのだった。米田に行く前に、いつだったか小堀の爺さんが省三郎の頭を撫でながら言ったことがあった。

「いいが坊主。貧乏は別に恥《しょ》すいことじゃないんでゃ。悪《あく》どぐ儲げでる奴らより、お前の爺さんの耕吉さんのように、正直でつつましぐ、道理にたがわない生き方をしている人間の方が、よっぽど立派な人間なんだい」

　まだ六歳の省三郎には、よくは解らなかったが、祖父の耕吉を褒めた言葉だということはよく分かる。祖父は貧乏だが、村の人たちの信頼も厚く、眼の見えていた時には読み書きもよく出来た。

　幼い頃からこの祖父の姿を目に焼き付けて育った省三郎の目には、米田の祖父母は少し違和感があった。だが二人とも省三郎だけは欲得尽くでなく可愛がってくれた。

　又四朗は一戸へ行った時はよく飴玉やラムネなどを買ってきてくれたし、祖母は定期的に二銭銅貨をくれた。また二人とも読み書きが出来ないことを恥じていたので、省三郎には「よおぐ勉強すんでぁ」と耕吉と同じことを言った。時々やってくる薬売りや、行商人などに宿を提供したりする時には、省三郎に字を教えてくれるように頼んだりもした。

　旅の行商人や薬売りは、世の中の出来事を知らせてくれる貴重な情報源で、又四朗はこのような人たちをもてなすことを好んだ。

　省三郎は米田の祖母から貰った小遣いは自分で使わずに、少し溜まると、六銭、八銭と山本のいねに持って行ってやった。耕吉も母親のリエも気丈なところがあったから、そんなことをすれば誇りが傷つくということを省三郎は、子供心にもよく知っているからだ。

　かといって祖母のいねに誇りがないという訳ではなかった。いねは心根の優しい女で、読み書きこそ出来ないが、実は山本の家で物心両面での支柱になっているのは、ほかならぬ祖母のいねだということを、省三郎は肌で感じて知っている。

省三郎がまだ寝ている暗いうちから畑に出て行き、夜は夜で碾《ひ》き臼を回したり繕い物をしたりで、いつ寝るのかと思うほど身を粉にして働き、痩せさらばえた身体を日がな一日陽にさらし、飴色に焼けた肌を時には雨に打たれ時には蚊に刺されながら、懸命に山本の家を支えていたから、省三郎が誰よりも一番心配するのは、この祖母のことなのだった。

祖母が倒れると山本の家が崩壊するということを省三郎は良く知っていた。

省三郎が耕吉にもリエにも分からぬようにこっそりと銅貨を渡すと、いねは無言で省三郎を抱きしめ、頭を撫でてくれた。省三郎は照れたが、この瞬間が何より好きな時であった。

§

省三郎が米田の家に引き取られてきた頃には村は、加治原に追随している者と抵抗して訴訟に加わっている者、そして中間で傍観を決め込んでいるグループの三派に、はっきりと分断されていた。そしてその上に、奇妙な安寧が訪れていた。

すでに崩れる者は崩れ、闘う者はあくまで闘うという風に固定してしまっていたので、何年か前まで切り崩しのために頻繁に村内を徘徊していた片山玄十朗の姿も、この頃には見かけなくなっていた。

玄十朗はついこの間から奥中山の郵便局長に納まっており、そちらに新しい家を建てて移住し、実家の農家は弟の元治に譲っていた。人の噂では切り崩しの論功行賞で、加治原から郵便局長の椅子を金で買ってもらったのだということだった。

山番の暴力行為も、訴訟派の執拗な抵抗や訴訟の場に持ち込むという抗議行動などによって鳴りを潜め、闘いはもっぱら法廷の場に集中されていたのである。

しかし原告団の訴訟を守り抜く闘いは依然として厳しく、訴訟と生活を守るために働ける条件のある者は、鉄道作業や土木作業、あるいは八戸まで出かけて加工場で働いたり、中には蟹工船に乗って働く者もあった。

省三郎の実家の山本のように、他所で働ける条件のない家でも、生活を極限まで切り詰めて売れるものはみな売って訴訟費用を捻出しなければならなかった。


一方米田の家では近ごろ、立端現八が頻繁に顔を出して最近の訴訟の様子などを知らせていくようになった。これはどうも米田夫婦に乞われて訪れるもののようで、訴訟から切り崩された後でも米田夫婦は、裁判の成り行きが気にかかるらしかった。

現八が帰った後、二人は酒を飲み、省三郎が床に就いた後によく言い争った。

時々省三郎は、その罵り声に目覚めることがあった。

「お前《みや》はんが、だらしないへで、たんだ玄十朗に騙されだえせ」

「何を語《へ》ってら。おれは始めっから闘うつもりで居だんだぞ。それをう汝《な》、へらへらど玄十朗を取り持って家さ上げでよ。女の分際で一緒に酒喰らってよ。だらしなぐ酔っ払って、たんだ玄十朗に言いくるめられだべぁね」

「女の分際どは何だ。元はど言えばおら家は、南部藩の士族だった家柄だんだい。世が世だば、こったな呑《どん》百姓の処さ来るよんた家じゃねゃんだい。なんぼ落ちぶれだったて、おら日本刀持って嫁いで来たんだい。そったな女、他に何処に居るえせ」

「呑百姓どは誰さ向かって言る《へ》言葉だい。あったな柴木も満足に切れないよんた、なまくら刀持ってきて、何が日本刀持って来ただ、小馬鹿臭ぇ。おらの本家はな、百姓でも南部様がら名字帯刀を許されだ家だ。おら家はその分家だぞ。そんじょ其処らの米田どは米田が違うんでゃあ」

互いに激昂してくると茶碗の割れる音や、鉄瓶がひっくり返るような音とともに、「このう!」「なに、糞アマ!」という怒号が飛交い、どたんばたんと取っ組み合う音さえする。

寝床で聞いている省三郎は、震えながら身を縮こめている。

米田の家での騒動は、祖母と祖父のものだけに限ったものではなかった。米田では田植とか稲刈りなどの大きな作業があった後などに、手伝いに来ていた者たちによく酒を振る舞って騒ぐのが好きだった。そういう席では酒がまわってくると、必ずといってよいほど誰かと誰かが口論になり、仕舞いには摑み合いの大立ち回りになることも稀ではなかった。

「昔っから山ぁ、利用して来てでよ。地租だって皆して分担して納めできたべぁね。ほんでも入会権はながったづうことは、あんめえよ」

「う汝、それぐれえ分かってで、何して訴訟さ参加《かだ》らねや」

「やがましい。う汝ごそ、加治原さ金魚の糞みでえにぶら下がっているくせに、よぐ人の事、言えだなや」

「なあに言《へ》れゃあ、う汝だったて名子の苦しみ、分がってんべぁに、この小惚《こぼ》っけなしぁ」

「やがましい、この加治原乞食！」

米田の家の手伝いに来る人間は、訴訟には加わっていない者ばかりであったが、その時は省三郎は、ただ恐ろしさに幼い胸を逸らせるだけであった。だが後に、大人になってからこうした情景を思い浮かべる時、加治原に切り崩されていった人たちにも、それぞれ胸の内に苦しい葛藤があったのだと理解出来るようになった。

∮

省三郎には、父との思い出というのはほんの僅かしかなかった。父親の又二は、省三郎が四歳になったばかりの年に、離縁されて山本の家を出て行ってしまった。玄十朗に惑わされ、加治原に忠誠を尽くそうと思ったのだったが山本から離縁されると村には居づらくなり、また加治原にとっても利用価値のない存在になってしまったので、結局また、二戸《にのへ》からは少し離れている軽米や九戸村などの山奥で、炭を焼いて暮すしかなくなった。

再婚もしたのだが定住する家を持てず、夫婦で炭焼きをしていたが生活は相変わらず苦しかった。

それでも又二は、時には子供に会いたくなるらしく、年に一度ぐらいはこつなぎにやってきて、人目を憚るように米田の家に立ち寄るのだった。そういう時又二は、たいがい五十銭銀貨を一枚、省三郎にくれた。

そのころ省三郎が貰うのは、正月とか祭りの時に、米田の祖母とか訪れる他所の人からせいぜい一銭か多くても二銭で、縁のざらざらした重量のある五十銭銀貨は、貴重な宝物でも持ったようで、子供心にもわくわくと胸が躍るものであった。だが省三郎は一晩ぐらい握り締めて寝ると、翌日は直ちに山本の家に行き、祖母のいねに渡した。

又二はまた省三郎を一戸の街に連れて行って、ラムネを飲ませたり、靴や帽子などを買ってくれることもあった。

滅多に人から物を買ってもらうことなどない省三郎にとっては、たまに父親からこうしたことをしてもらうのは、生涯忘れ得ない思い出であるに違いなかった。

だが省三郎は、どういう訳かこの父親にさほどの親近感を抱くことが出来なかった。父はどこか弱々しく、暗く陰を背負ったところがあり、何か現実の存在でないようにさえ思えたのだった。

そこへいくと米田の祖父母は、おれがおれがと自己主張が強く、どこか禍々しいような存在感があったし、山本の家族たちは地を舐《な》めるほどの貧乏ではあったが曲がったことが嫌いで、芥の中を貫く澪のような凜としたものを持っていた。

この父も顔を見にきたのは省三郎が未だ小学生の子供の頃だけで、成長するにつれて次第に疎遠になっていった。

七　偽証

布施辰治がこつなぎ訴訟の法廷に立ったのは、大正十三年の十一月二十五日の第五十回口頭弁論からであった。

その前年、関東大震災が起こった。時の権力は災害救助をなおざりにし、混乱に乗じて革命的な労働者を虐殺する亀戸事件や、憲兵隊によるアナーキスト大杉栄の虐殺（甘粕事件）などを惹き起して、進歩的勢力への野蛮な攻撃を行った。

東京では、そのどさくさの中で流言飛語によって在日朝鮮人の虐殺が横行し、世情は混沌としていた。

巷には、枯れ荒《すさ》ぶいていた感性に、なんとかして潤いを取り込もうとするかのように、大正モダニズムという、混沌として不思議な文化の華が咲いた。

だが幻想に彩られたそれらの美しい絵や優しい物語は、更なる惨禍をはらんだ植民地主義の拡大を覆い隠す、いっときのあだ花にしか過ぎなかった。

布施辰治は、進歩的な労働者や迫害される朝鮮人の弁護のために大車輪の活動を続ける中で、寸隙を縫って「こつなぎ訴訟」の法廷に立ったのである。

この間の裁判は、こつなぎ山が入会山であったかどうかを巡って、双方の主張を裏付けるための証拠書類の提出や証人申請とその尋問が延延と繰り広げられるものとなっていた。だが原告側は証拠となる紙類のたぐいが火事で消失していたため、提出出来るものは僅かであったし、証人の出廷も思うようには運ばなかった。

それというのも、大正八年に小堀喜代七が懲役十月の刑を宣告されてからというもの、福岡警察が公然とこの民事事件に介入してきたからであった。

福岡署は署長上条仙太郎の主導の下に、加治原にとって不利な証言をしたものを署に呼び出して証言の変更を要求したり、また本筋とは関係のない誤りを指摘して威圧したりして無数の調書を作成し、それを被告側の証拠として法廷に提出した。

それればかりではなく加治原側は、大正七年十一月の第八回公判以来、村人がこれまで存在すら知らなかったような書類をいくつも出してきて、こつなぎ山は元来地主だけのものであり、入会権など存在しなかったということを立証しようとした。

証拠として提出された文書に、飼馬草刈取場借入使用の証、採取刈取の証、土橋修理用材貰い受けの証、耕地小作証、薪木買受契約書、無断で木を伐ったことの謝罪証などであった。

そうした不利な状況の中でも原告側は、必死の説得をしてなんとか証人を立てて闘ってきた。例えば隣村である火行村の松原俵助という証人が出廷し、

「加治原に拒否されるまでは代々、こつなぎ山は自由に使っていました。父の代からあそこはこつなぎ村の山であるから自由に使わせてもらう代価として、一戸あたり豆二升をこつなぎ村に差し出しておりました」

と証言している。また浪岡赤七とか鹿口篠太などという農民や大工などが、自分の体験からこつなぎ山は昔からこつなぎ村の山であったということを証言している。

加治原側が出してきた証拠書類は、あらかた加治原伝次郎がこつなぎに住み着いてからのものであり、また書いたとされる本人にまったく覚えがなく、加治原がそれらの書付を裏付けるために呼んだ証人でさえ曖昧な答弁しか出来なかった。

例えば布施が始めて臨んだ大正十三年の第五十回口頭弁論では、名子の一人である田子元吉が証言台に立ち、端無くもそれらの文書が偽造されたものであることを窺わせる証言をしている。

裁判長　証人はこの書付を知っているか。

元　吉　これは加治原から枯木や秣《まぐさ》などを貰った時に出来た書付であります。

裁判長　名前は証人が書いたのか。

元　吉　違います。

裁判長　印鑑は他人の家で押したのか。

元　吉　加治原に呼ばれ、其処へ集まった時に押印しましたが、他の人のことは忘れました。

裁判長　枯木や秣は昔（加治原の名義に変わる前）からただで貰っていたか。

元　吉　さようであります。

裁判長　この書付は、証人が行ってから出来たものか。

元　吉　はい。行ってから出来ました。

裁判長　証人が行った時、どのような話があったか。

元　吉　秣や枯木をもらうことの書付だから判を押せということでありました。

裁判長　この書付には、一、私どもはなべて右山林原野について地主立端鬼頭太及び村内において、共有権又は入会権の設定をした覚えはありません、とあるが、このことは知っているか。

元　吉　私はさようなことは知りません。

裁判長　二、右山林原野は、元鬼頭太が所有していた当時、自家用の薪としては枯木又は根どき又は秣に限り採取するという約束をした、とあるがどうか。

元　吉　私はそのようなことは知りません。

裁判長　三、現所有者、加治原亀次郎の所有となるに及んで、加治原が初めて当地に事業を開始する時に、立端現八をはじめとするこつなぎ村民一同にて、秣、薪《たきぎ》の自家用分についてのみ貰えるよう加治原に懇願して左記の約定をする。

一つ、薪は自家用としてのみ枯木、根どきを採取すること。

二つ、秣も薪同様、自家用としてのみ採取すること。

三つ、右の薪、秣の採取に際しては、お礼（使用料）として一ヵ年に人夫五人を加治原の必要に応じて何時にても出稼ぎすること。但し右の人夫を提供するといえども、万事加治原の指図の許で採取すること、と、このように書いてあるが、加治原の時代になってからこのようになったのか。

元　吉　さようであります。

裁判長　建築用材及びその他の用材を必要とする場合は、現在はもちろん立端鬼頭太の時代においても所有者に懇願して貰い受け伐採してきたものである、と書いてあるがその通りか。

元　吉　昔のことはよく知りませんが、私の代になってからは、枯木や倒れている木や秣などは何処からでも自由に採れました。

裁判長　この書付には、自由に採ることは出来ず、持ち主の指図に従い云々ということになっているが。

元　吉　詳しいことは分かりませんが、今申し上げた通りになっていたと思います。

裁判長　立端鬼頭太が所有していたころの明治三十五年ごろ、鬼頭太は宮城の辺見彦三郎という人物に、全山の雑木を売却したというが知っているか。

元　吉　そのようなことは知りません。

裁判長　証人はこの書付は、読み聞かせられたのか。

元　吉　読み聞かされたかどうか昔のことは覚えていませんが、加治原から枯木と秣を貰うことの書付だからと言われて判を押しました。

裁判長　これ以前にも書付を入れたことはあったか。

元　吉　ありませんでした。

裁判長　何人《なんびと》のためにこのような書付に判を押さされることになったのか。
元　吉　いま訴訟をしていることのために入用だから押せと言われて押させられたのです。判を押すことは以前から話があったわけではありません。
裁判長　加治原の家に行き、判を押して帰るまでの時間はどれぐらいであったか。
元　吉　分かりません。
裁判長　この書付に判を押した時、他に誰か居ったか。
元　吉　加治原の他、誰もおりません。

この証言は、加治原側の意図に反して、加治原礼太郎か伝次郎本人が文書偽造を行ったことを証明している。

なお翌年の大正十四年四月の証人尋問でも、被告側の証人立山ナツという者が、
「入会権などということは分かりませんが、親の代から鬼頭太の山の木や草を自由に採って生活してきております。今まで通り自由に山を使用したいと願うならばこの書付に判を押せ、と言われて押しました」
と同様の証言をしている。

外に加治原側の論拠としているものの中に、こつなぎ山は元来村山ではなく、こつなぎ村長楽寺住職の千歳坊のものであるという主張がある。これはこつなぎ山は旧藩有地で、千歳

坊は山守として藩からその管理を預かっていた。その千歳坊と立端鬼頭太は実は同一人物であり、したがって地租改正の時に累代千歳坊の管理を尊重して民有地券は千歳坊、すなわち鬼頭太個人に交付されたのだという主張である。

だが千歳坊と鬼頭太が同一人物だとするのにはかなりの無理がある。山守というものの職掌の中身については藩によっても違い、また様々な解釈があるにしても、千歳坊が山守という位置付けであったことは事実のようであった。だが徳川時代にあっては真宗以外の仏教の宗派は、僧侶は並《な》べて肉食妻帯が厳禁とされていた。

長楽寺は天台宗であり、その累代の僧侶は当然のことに妻帯者ではない。したがって名主として世襲を重ねてきた鬼頭太を千歳坊と同一人物だとするのは、初歩的な誤りなのである。これについては昭和四年四月の第六十二回口頭弁論において、浄法寺村の御山別当の桂亮忠が次の証言をしている。

「長楽寺と鬼頭太の家は一棟で、鬼頭太には住職の資格はありませんでした。しかし長楽寺の管理は行っていたようです。鬼頭太の親類の者が住職になったという話は聞いておりますが、それが千歳坊と名乗ったとは聞いておりません」

∮

昭和に入ってから判決までの時期のこつなぎ村には、大火から大正末年までの加治原が暴威を振るった時代に較べれば、ある種の小康状態が訪れていた。

このことは布施辰治が農民側の弁護に立ったことと無関係ではない。

それまで訴訟費用を捻出するために血の滲むような苦労を強いられ、加えて弁護士の無能とやる気のなさに臍《ほぞ》を噛むほど情けない思いをしてきた小堀喜代七は、布施がこつなぎに来るようになってから間もなく、息子の喜九夫に一冊の本を投げ出してこう語った。

「そうしろということではないどもせ。う汝《な》も先生になるんだば、まんつ教養どしてそのぐらいのものは読んで置ぐんだ」

喜九夫が手に取ると、茶色く変質した表紙に、「共産党宣言」という表題があった。それから小堀は、愛用のキセルをふかしながら妻のハツヨにとも喜九夫にともつかぬ様子でこう言った。

「こんどの先生はやっぱり良がったじゃい。なんだが、天皇陛下の裁判所よりも、アカの先生の方が信用出来るよんたもせ。なにせあの人は前の弁護士のように金にうるさぐないすけゃな。ほにいい先生に巡りあったもんだ」

原告側の農民にとっては、訴訟費用を捻出するのが最も困難なことであったから、金に拘泥しないというだけでも布施は有りがたい存在であった。

布施は農民たちの窮状を理解し、大正十四年には訴訟費用の救助申請さえ指導して盛岡地裁の民事部に提出させている。だが布施の有りがたさは単に費用の面だけに留まらなかった。布施は、裁判の闘い方や争点のつぼを心得た証言の仕方などを、膝詰めで根気よく農民たちに語り聞かせるのはもちろんのことだが、前述したように闘いは法廷でのみ論争することだという農民たちの固定観念を打ち砕いたのである。それ以降、農民たちの闘いの仕方が大きく変化していったのだ。

加治原の暴力と請願巡査らの職務に反する行為は克明に記録され、法廷や警察署に告発として提出された。その一方で原告の農民たちは、加治原側の木材の伐り出しに対して、集団での抗議行動を根気よく繰り返した。

これらの行動によって事態は大きく変化した。加治原側の暴力や巡査等の理不尽な連行や取調べは表立っては鳴りを潜め、状況は逆に加治原側が人目を忍んで伐木をせざるを得ないところまで変化していた。農民たちは自由に山入りが出来るようになっていたのである。

だがそうした事態は、訴訟に対する農民たちの気持に、ゆるみを生じさせる結果にもなった。口頭弁論での傍聴人の数は次第に少なくなり、関係者の意気込みにも以前のような気迫が感じられなくなっていた。気概や鋭気は、裁判を闘う上で必要欠くべからざるものである。そういった気力が弱まると、とかく裁判というものは安易になり、敗訴に向かうものなのだ。

第七章　憂愁の山

一　芳松

山本省三郎は尋常小学校の三年生になっていた。こつなぎの小学校は小鳥谷小学校の分校で、こつなぎ村の東外れの平地にあった。生徒数は一年から六年まであわせても三十人ぐらいで、一つの教室で勉強をしていた。

先生は古くから居る田中甲子郎という男の先生が一人だけで、こんな山村の百姓の子供たちに物を教えても意味はないと思っているのか、授業にはあまり熱心ではなかった。田中が長く居るのは加治原伝次郎に気に入られているからであった。田中は加治原がこのこつなぎに初めて来た頃とちょうど同じ頃に赴任してきており、加治原が先にたって組織した青年団の書記役を務めていた。青年団が変質して、加治原の手兵のようにして山番に加わったのちも忠実にそれに付き従ってきていたから、加治原は何かと都合のいい書記役として便宜も図ってやっていた。

小鳥谷村の教育主事を勤めていた加治原伝次郎は、田中をこつなぎ小学校になくてはならない人だとして役場に働きかけ、本人をも長い間慰留してきたのだった。

そのためか田中は、その地位にあぐらをかいているような処があり、子供たちには毎日自習をさせ、教室に顔を出すのは珍しいぐらいであった。そのころ毎日のように学校を訪れるのは山岡ヨネという四十四、五の村の女で、昼日中から二人で職員室で茶飲み話にふけっているのだった。

山岡ヨネはもと村の区長であった山岡寛介の娘で、「棒組」で暴れ回った辯次郎の母親であった。先生が教育熱心でないと不思議なもので、子供たちは逆に学力の遅れを心配して互いに教科書に書いてあることの解釈について相談しあったり、また上級のものは下級の者に文字や計算の仕方を教えたりした。

省三郎たちにとっては田中が教室に顔を出さないのはむしろ有難いことであった。なぜなら田中は、加治原に付いた家の子と訴訟派の子供とを露骨に差別するからであった。そうでなくても親たちの対立は、子供たちの間にも深刻な亀裂を生み出しており、どうかするとそれは表面化して、子供同士の争いにまで発展することがあった。

田中の差別は、そういう傾向をさらに助長する結果になるので、田中の教育に不熱心な態度は、子供たちにとっては、むしろほっとすることだった。大人たちの影響さえなければ子供たちは、その本来の性状から、遊びを通じて自然に睦み合っていくことが出来た。

省三郎が、一級下の土川芳一と二級上の小川莞爾郎《かんじろう》の三人で、栗拾いに行ったのはその年の秋のことであった。

「線路の向こう側さいぐべ。加治原の人間に見つかるどうるさいへでなっす」

「大丈夫だえ。近ごろは山回りもおどなしいへでな。それに人数もだいぶ減らされでらずうものや」

「あのせ。このごろ加治原は、やだらけちるずものせ。へで山番は、前のように真面目に仕事しないずものせ」

芳一と莞爾郎の会話に省三郎が大人びた口を挟む。

「なに、山回りぁ乱暴したら、まだ和政《かずまさ》を呼ばってくるべしせぇ」

芳一が言うと三人は何か安心したように顔を見合わせて笑った。和政というのは二、三年前に、立端現八爺さんが何処かから連れてきた男で、元相撲取りだったという男だった。そのころは山番の暴力的な振る舞いがまだ散発的に残っていたころで、それ以前よりもおおっぴらに山に入るようになって勢い付いていた訴訟派の者が、目には目をとばかりに雇った男だった。

訴訟派の人間が山に伐り出しに行く時一緒に連れていって、山番が木を伐るのを妨害しようとした時に対抗するためであった。この和政に山番の若い者が何人か叩きのめされたという大人の話を小耳に挟んで、子供たちは訴訟派、加治原派を問わずに和政のことを英雄的に話し合った。

　その和政が居たのは春木を伐る間の、たったのひと月ほどであったが、山番たちの力尽くでの妨害は、それ以降ぴたりと収まっている。

　三人はこつなぎ川を挟んで左右に広がる谷川の群落に出た。川の北側の斜面は緩やかな傾斜で、トチノキやサワシバの木に交じってクリの木も多い場所だ。すでに色付きはじめている楓やぬるでの葉が、林に奥深い彩りを与えている。

「山田線が工事してるへでよ。近ごろ栗がめっきり少なくなっているすけゃな」

　莞爾郎が上級らしく大人びた口を利いた。栗は虫にも湿気にも強く、線路の枕木には最適なのだ。しばらくの間三人は、夢中になって栗を拾った。細縄と木の皮で編んだツカリがほぼ満杯になったころ、ようやく帰る気になった。

「こんだけあれば、母《あっぱ》喜ぶべな」

　母親の嬉しそうな顔を思い浮かべて芳一がにんまりとした。省三郎はぜんぶ山本の家に置いていこうと思っている。

　林道へ出るために山斜面を迂回するように登っていった時、芳一が声を上げた。

「ああっ、あけびだ、あけびだっ」

　省三郎たちが思わず芳一の指差す方をみると、樹齢を経たコナラの木の枝からアケビの果実がいっぱいぶら下がっている。三人は夢中で傍に駆けて行った。そこは山の傾斜の中で地こぶのように盛り上がった日当たりのいい場所だった。登ると下に傾斜していく林道と川が見えた。川の向こうには共同墓地のある丘が見渡せた。そのすぐ下を南北に貫いているはずの東北本線の線路は、雑草に隠れて見えなかった。

「省ちゃんは、下で受け取ってけで」

初めに見つけた芳一が、当然の権利だというように言うと、コナラの木によじ登って行く。アケビはコナラの枝に複雑にツルを巻きつけながら、三メートルほどの高さのところに庇のように張り出た枝の隙間から、ぶらぶらと沢山の実をつけている。

薄紫色の厚い外皮をぱっくりと開いた奥に、ゼリー状の白い果肉がのぞいているのを見て省三郎は、思わず湧き出てくる唾液を飲み込んだ。

これを妹のセイに持っていってやったらどんなに喜ぶだろう。そんなことを考えている省三郎の耳に、その時ショーンという汽笛の音が聞こえた。

下り列車だろうとさほど気にも止めずに、莞爾郎と二人で芳一が頭上から放ってよこすアケビを受け取っていた。すると芳一が急にアケビを採る手を休めて、枝の上で下の線路の方を注視しはじめた。

省三郎と莞爾郎もついつられてそちらの方を眺めた。すると今しがた下の道路の方から上って来たらしい一人の男が、遠目にもなにか尋常でない感じを漂わせて、線路脇の土手の上を歩いている。

「あれは芳松小父さんだ」

言いながら省三郎は、冷たいものがさわりと胸の中をかすめていくような気がした。立端芳松は省三郎の生家、山本の家の隣人だが、しばらく村を離れていて、ごく最近また舞い戻って来た人であった。立端芳松の家は区長代理の片山玄吾の分家だった。つまり芳松兄弟は片山玄十朗とは従兄弟同士で、その関係で芳松は兄の綱喜とともに山の件では最初から加治原側についていた。

芳松は始め加治原の植林人夫として雇われていたが、そのうち気の進まない山番の仕事をさせられるようになり、やがて「棒組」にも組み入れられるようになった。元来が気の弱い男で、人に暴力を振るうような人間ではなかったから、芳松はこの仕事が嫌で嫌でたまらなかった。ましてや子供のころから隣人として暮してきた耕吉の一家を見張ったり、採ってきた薪を奪うような仕事は、芳松には耐えられることではなかった。そのうち芳松は、とうとう夜逃げ同然にして村を出奔してしまったのである。

芳松が戻ってきたのはそれから六年後で、つい二週間ほど前のことだった。だが芳松は結核に冒されて働けなくなっており、おまけに二人の幼い子供と女房まで一緒であった。兄の綱喜は、加治原を裏切って逃走したあげく、こんな恐ろしい病気にまで冒されて舞い戻ってきた弟とその家族を受け入れることを、頑として拒んだ。最後の頼みの綱と思って頼ってきた実家の兄に拒絶され、行き場を失った芳松の家族はこの間、止むを得ず子安地蔵の境内で野宿を重ねていたのである。

そうした事情はすでに村中で知らぬ者はなく、当然省三郎たち子供の耳にも入っていたのである。そうした情報が脳裏にあったためか、土手の上を歩いている芳松の様子が、省三郎の目にはひどく奇妙に映った。

芳松は虚空に顔を上げ、上体を少し前かがみに折り曲げて、まるで何かに怒っているかのように両手で太股を叩きながら、ゆっくりと土手の上を歩いていた。

省三郎や芳一がその方を眺めていると、間もなく差し掛かった下り列車の陰に隠れて芳松の姿が見えなくなった。

妙な胸騒ぎを覚えて、三人はそのまま通過する列車を見つめ続けた。数十秒後、列車が通過した後に芳松の姿は見えなくなっていた。

「芳松っさんは、どこさ行ったべ」

不安を帯びた声で莞爾郎が言った。三人はつい今しがた芳松が立っていた辺りに、怖いものを捜すように視線を巡らせた。

すると共同墓地の丘の上でむっくりと起き上がる者が居る。芳松だった。だが芳松は墓地とは逆の方向に向かって歩いていたはずだ。それも墓地の辺りからは、ずいぶん離れた場所であった。

「ああ、ああ、あれ、あれ、血だ、血だ」

わめくように言いながら芳一があわててコナラの樹から下りてきた。思わず目を凝らして見つめなおす省三郎の目に、西日を浴びた芳松の姿が、くっきりと映った。

芳松は頭から、何本も太い筋を引いて流れる血に身体中を赤く染め、まるで意思を欠いた操り人形のように丘の上で踊っていた。

その有様は言葉にはならないほど異様で鮮烈なものであった。だがそれは、ほんの数秒のことだった。間もなく芳松は、三人が眺めている丘の上で、音もなく草原に倒れ込んでいった。

三人には一瞬なにが起きたのか、理解が出来なかった。だがすぐに莞爾郎がその疑念に言葉を与えた。

「汽車に撥ね飛ばされたのだえが」

「もしかしたら、芳松小父さんは自分がら……」

省三郎も声を出したが、仕舞までは言えなかった。とにかく村の大人たちに知らせなければならない。三人は気の遠くなるような思いで山を駆け下った。

∮

芳松の女房がこつなぎ村を出て行ったのは芳松の葬儀をささやかに終えてから三日後のことだった。立端現八が村の衆から幾ばくかの金と食い物を集めて、持たせてやった。二人の子供のうち大きい方の四歳になる女の子は、鬼頭太の孫の立端善一郎が預かることになり、芳松の女房は小さい方の子供を背負って自分の里に向かうということであった。

偶然とはいえ芳松の死を目撃した省三郎たちは、なにか茫漠とした寂しさとも悲しさともつかない気分を抱いたまま、最後まで関心を持ってことの成り行きを見つめつづけた。

芳松の女房が村を出て行く時、現八爺さんが吐いた言葉が、その後長く省三郎の記憶に残った。

「これも加治原の強欲の犠牲者だ！」

ほとばしる怒りを、吐き出すように現八は言った。

二　甚作

子安地蔵の祭りの日だった。境内の林から漏れ出てくる祭囃子が、朝早くから狭い村の空気をさざ波のように震わせていた。

子安地蔵は他村にまで聞こえた安産の神様であり、こつなぎ村の鎮守にもなっている社《やしろ》であったから、いつもは分裂して口も利かない村の者たちも、こういう時だからこそなおさらにという年寄りたちの意向で、細々とではあるがどうにか継承されてきたのだった。

社は、火事の前はもっと大きなものであったが、今は二間四方の本堂と釣鐘堂だけになっている。祭りはもともとは「お神酒上げ」のひとつで、入会慣行を示す内容の濃いものであったから、火事の後、加治原は再建のための材料の提供を渋った。

だが、自分に従っている者や中立を保っている者たちの離反を怖れてしぶしぶ承諾をし、かろうじて本堂と釣鐘堂だけを再建したというしろものだった。

行事の中身は朝早いうちにだいたい愛宕山の「お神酒上げ」と同じことを済ませ、その後、午前中のうちに「お湯立て」ということをやる。これは薪を取る係の者が山から薪をとってくる。そして別の湯を沸かす係が三本の杭を地面に差し込んで組み合わせ、その上に大きな鉄釜を乗せる。鉄釜には三斗の清水を湛え、杭には注連縄《しめなわ》を張りめぐらす。

準備が整ってから村中の者を呼び集め、別当が笹束を振り回しながら祈願を上げる。同時進行で薪を焚き、鉄釜の清水を沸かして行く。

祈願が終ると、村の者たちはてんでに鉄釜の湯を汲んで家に持ち帰る慣わしだ。この湯は無病息災の効果があると信じられているもので、以前はわざわざ遠くの村からまで汲みに来るほど慣習化されたものであった。

その後、午後からは「お神楽」が始まり、ささやかながら露店まで出て、祭りは翌日まで続く。

「お神楽」は太鼓や笛を鳴らしながらの神舞と舞で、天の岩戸を開く場面からはじまり、月々を司る神に一月から十二月まで順に奉納するという設定のもので、本堂の板戸には演ずる者たちの名前が麗々しく張り出されている。

こつなぎ地蔵尊例祭奉納神楽

太鼓　米田又一郎

笛　片山元治

立端三平
鉦　立端鉄郎
立端長三郎
立端勝太郎
舞　片山玄十朗
片山政吉

宿駅として寂れていなかった昔は、この外に信行という経を唱える行事のほか、境内での相撲大会などもあって、近在からも大勢人が集まって賑わったものだった。

今は、人出も半分以下になり、翌日は残された神事をやってから後片付けをするだけのものになってしまっている。祭りもやはり、山の入会慣行に支えられてこそのものなのだ。

§

立端甚作は、なにやら寂しく響く神楽の音色をよそごとのように聞きながら、先ほどから表に出て行こうかどうしようかと気持を迷わせながら、横になって寝そべっていた。するとそこへ片山元治と小川市太郎がやってきて戸口から顔を覗かせた。

加治原の「棒組」に加わっていた元治と、訴訟組である岸太郎の倅の市太郎が連れ立って来るなどというのは珍しいことであったから、なにごとかと甚作はもそりと起き上がった。

二人は出て来いと顔で合図を送ってよこした。

甚作が出て行くと、道のところに元治と市太郎の外にも三人ばかりの男たちが居た。いずれも村内の若い者たちであった。

甚作の顔を見ると元治が、辺りをはばかるように声を低めて言った。

「皆でな、笹木寛三を叩きのめすことになったへで、う汝も来て手伝え。何たってう汝は、親父さん殺されでるへでな。外す訳にはいかないど思ってせえ」

思わず顔を上げると誰の顔も殺気だって、ぎらぎらとした目をしている。甚作は寛三に棒杭で胸を突かれて死んだ、立端長志の次男であった。

それにしても同じ加治原の山番で「棒組」の元治が、なぜ寛三をと不審そうな目を向けると、

「おらだってなにも、好ぎ好んで棒組みさ加《かだ》ってる訳じゃねんでゃ。兄貴があったら風だがらせ。仕方なぐ加ってるのせ。それにしても寛三の野郎、余所者のくせに近ごろののさばり方は、目に余るへでよ。皆して、焼ぎ入れるごどにしたのせ」

甚作の気持を先回りするように言った。

「元治さん、神楽の笛の係でゃながったすか」

「なに、おらの仕事は、はあ終ったのせ。神楽だってはぁ、そろそろ終りだえせ」

元治は祭りにはさほど執着がないようだった。寛三に対する憎しみは誰よりも強い甚作は、途端に胸が早鐘を打ち鳴らすように高鳴って、思わず目眩がしそうになるのをこらえた。

加治原の山番の暴力は、完全になくなったという訳ではなかったが、それでも以前に比べると表面的には、殆どと言っていいほどなくなっている。そのため存在価値の薄くなった寛三たち山番に対する加治原の待遇が、眼に見えて悪くなったという話は、甚作も人伝てには耳にしていた。近ごろ寛三は、そのうっぷんを山番のグループの中で発散させようとするので、皆の恨みを買っているらしい。

父親の長志が寛三に棒杭で突かれた時、まだ幼い子供だった甚作は、怖くて家の中で震えていたのだ。寛三にあばら骨を折られた親父はその日から寝込んでしまい、それが元で翌年の春先に亡くなったのだ。積年の恨みを、今日はらしてやる。甚作の身体の中で、凶暴な感情が嵐のように渦を巻き始めた。

「あの野郎、欲求不満でせ。村の娘っこ、しつこぐ追い回しているへでせ。おれが誘い出すがら、う汝どは裏の杉林の何処さ隠れでいで」

すでに元治は作戦を考えていたらしい。誘い出すのは元治ともう一人、欣作という名子の倅だった。甚作たち残りの四人は境内の外れの杉林の中に隠れた。

「いいが、う汝だ此処で揉み合って、喧嘩してるように見せるんでゃ。寛三が近づいだら皆して、一気に袋叩ぎにしてしまえ」

市太郎が元治と打ち合わせが出来ているらしくそう言った。

欣作は気が逸《はや》っていた。寛三には欣作も恨みがあった。欣作は親父の留吉が名子で加治原についていたから、しぶしぶ自分も加治原に従っていたのだ。そのせいで当然のように加治原の山番に組み入れられているのだが、内心では決してそれがいいと思っているわけではなかった。元治もそれは同じで、山岡辯次郎のように自分から進んで「棒組」に加わりその仕事に張り合いを感じているという訳ではなかった。

元治の兄の玄十朗は、金のためには節操もなにもかなぐり棄てて恥じないという人間であったが、弟の元治は兄とは違う。元治は欣作や気の合った者たちと居る時は、「山は本当は村のものせ。誰が見だって入会権はちゃんとあるのせ。これはただ加治原が金にものを言わせでごり押ししてるだけの話せ」と言って憚らなかった。

性情が玄十朗に似ているのは、弟の元治よりもむしろ他人の辯次郎の方だと欣作は思っている。

加治原に従っている者たちの仲は、「棒組」に限らずどこかしら荒《すさ》んでいて、卑屈になったり時に居丈高になったりする者が居て、一緒に酒を飲んでいても座にすきま風が吹き抜けていくような、肌寒い交わりしかなかった。

とくに欣作は、寛三が普段侮蔑した目で自分を見ており、まるで下男かなにかのように顎で使おうとすることに、腹の中で抑えがたい憤りを感じていた。

名主が威張っていられるのは、名子にも飯を食わせているからなのだ。それを食わせているわけでもない余所者の寛三になんでこう顎で使われなければならないのか。

訴訟で闘っているのは、みな耕地持ちの本百姓ばかりだが、寛三は加治原に影響されてか、彼等をまるで虫けらみたいに扱う。まして名子の倅である自分なんかは、虫けら以下にしか見ていないに違いない。

「棒組」などというものに組み入れられてやらされている仕事も嫌だが、寛三のような男の下で働くことがもっと嫌であった。寛三は根城にしている加治原林業の事務所でも人一倍横柄な態度をとっていて、奪ってきた栗を欣作に茹でさせたりしていたが、暴力を振るう仕事が少なくなってくると次第にその存在価値が薄れてきて、事務所でも煙たがられるようになってきていた。そのために焦りを覚えるのか、どうかすると欣作などに、苛立って手を上げるようなことさえ、ままあったのである。

そんな寛三に胸の内でじりじりとした怒りを募らせていたところへ、思いがけず元治から今日の相談を持ちかけられたのだった。

「あとで仕返しされないがな」

心配そうに言う欣作に、元治が腹をくくったように言った。

「なに、二度と仕返しなど出来ねえように、してやるのせ」

寛三は子安地蔵の境内の、幟を立てた杉の木の下に立っていた。村の娘がふたり連れで、香具師の扱う紐くじの店を冷やかしている後ろ姿に、意地汚い視線を投げている。

その姿を見つけるなり元治があわてたように駆け寄っていった。

「寛三さ。何処の村の者だが分がらない野郎が、村の娘さちょっかいかけで嫌がられで居るへで、こっちの者が止めさ入ってなっす。ちょこっとした揉み合いになってるのせ。ちょっとぎ間来て、助けでけねがい」

元治は血相を変えて寛三の袖を引っ張った。寛三は普段大口を叩いている手前、尻込みすることも出来ず、暗がりに走って行く元治の後を追った。

その後を追いながら欣作は、釣鐘堂の横にあった棒杭を手に取った。子安地蔵の方から伸びてくる篝火《かがりび》の光が、暗闇をかすかに照らしている。その中で四人が、揉み合っていた。

「この野郎」「なんだう汝は」などと怒号を交わしているところへ、「これやぁ！」と元治が大声を発して飛び込んで行くのが見えた。

つられて寛三も飛び込む。わっ、と揉み合いが勢いを増したが、ほどなく、

「痛いっ！　間違うな、おれだ、おれだ。あっ痛っ！」

寛三の悲鳴に近い声が上がった。思わず欣作は近寄って棒杭を握り締めた。寛三がようやくの思いで縺《もつ》れ合いを振り切って、飛び出したところへおもいきり棒杭を横になぎ払った。がつんという鈍い音がしたかと思うと、相手が誰か確かめる間もなく寛三が、地面に頽《くずお》れた。両手を頭にあてがって芋虫のように地べたを蠢いている。そこを皆が容赦なく蹴飛ばす。誰かの足がつぼを捉える度に寛三は、「ぐわっ」とか「げえっ」という生理的な音を発した。

積年の恨みも手伝ってか、いつの間にか皆は、陰惨で血生臭い暴力の虜になっていった。その時欣作の手から棒杭を奪い取った者があった。乏しい灯りに照らし出された横顔を見ると、甚作だった。甚作は、棒杭を振り上げると、もはや転がって動かなくなっている寛三の太ももの辺りに、思い切り振り下ろした。

「ぐぎゃっ」という悲鳴と「ぼぐっ」という鈍く籠もるような音が同時にした。

「う汝のような外道は、殺したって構わないんでゃあ」

甚作の昂ぶって震えるような声を耳にした時、ようやく欣作ははっと我に返った。

「よし。今日はこれぐらいにしとぐべえや」

元治も殺してはまずいと思ったらしく、低く掠れた声で皆を促した。寛三をその場に転がしたままにして、六人はそろそろと踵を返した。

∮

市太郎が欣作から、寛三が加治原を去ったという話を聞いたのはそれからふた月ぐらい経ってからだった。寛三が戸板で加治原林業に運ばれた翌日、小鳥谷署から警察が来て、加治原のところに居る請願巡査とともに傷害事件としてこつなぎ村に聞き込みに歩いたのだが、誰からも何の証言も得ることが出来なかった。

元治も欣作も、「他所の連中と揉み合いになったが、自分たちは怖くなって逃げた。何処の者かは分からないが七、八人居たようだ」としらを切り通したため、三日もすると警察も事件としての立証は出来ないものと判断したのか、すぐにやる気が失せたようだった。

「寛三さんはなにせ大勢の人間に恨まれでる筈ですへで、これがらも油断は出来ながんすべえ」

元治が仕上げをするように、警察にも、また加治原林業内でもそのような吹聴をしたので、加治原の者たちはしばらくは不気味な不安を抱えることになった。

　寛三はひと月ぐらいは床に臥せったままで、たまに朝鮮人の医師の居る小鳥谷診療所に通ったりしていたが、あの晩以来すっかり臆病になっており、もはや山番としては使い物にならなくなっていたということであった。

　それと同時に加治原でも厄介者扱いされるようになり、居づらくなって暇をとったという。秋風の吹き始めた街道を、杖をつきながら左足を引きるようにして去って行く寛三が、その時はなぜか哀れに思えたと欣作は語った。

　寛三は所詮、加治原のただの使用人に過ぎなかったのだ。本当の敵は寛三や加治原に従っている名子たちではないのだと市太郎は思った。

「市太郎さん、覚《おぼ》えでるがい。寛三のあの左足は甚作さんがやったのせ。なにせ親父さん殺されでるへでなっす。あの晩の甚作さあは凄がったもせ」

　欣作は顔を緩めながら、ほくそ笑むように目を細めた。

三　兄　弟

　時は間もなく昭和を迎えようとしていた。

　このころ小堀長一郎は、岩手県の製炭指導員として、北上川の西側にある胆沢郡のさる製炭地に居た。

岩手県では木炭の増産と売り込みに本腰を入れるために、大正十年から木炭の県営の検査と指導を始めた。それまでの岩手県には製炭の本格的な技術はなく、もっぱら岩手の山に入って炭を焼いていたのは茨城や栃木、新潟、福島、宮城、青森、長野など、関東や東北の外の県から来た「渡り」の焼き子であった。

焼き子の半数近くは地元で食いつぶしたり、あるいは何か失敗をしでかして故郷を棄てて来た者たちであり、おおむね柄も良くなかったので県内では見下げられる存在でしかなかった。つまり「焼き子」は下等な仕事と見られていたのである。

ところが炭の需要が高まり、値段も良くなってくると山林資源の豊かな岩手県では、製炭は地元の有力な産品になりうるとの判断から、俄に力を入れ始めたのだった。

そしてこれまでは木伐りの手伝いや運搬などの仕事しか受け持っていなかった地元の人間たちも、ここに至ってようやく見よう見真似で製炭の技術を身につける気になり、次第に本腰を入れて自らの手で県産の炭を焼くようになってきたのである。

そうなると他県との競争で、より良いものを大量に生産する必要にせまられてくる。

長一郎はそのための技術指導員の一人であった。

炭は品質の順に丸角、割角、丸々、割丸、雑角、雑丸、雑割の等級があり、大正十年一月の東京府内の価格は、丸角が一俵二円で、雑割は一円二十銭であった。その時どきの相場によっても違うし、産地の信用度によっても若干の差がついたが、だいたいがそんなところであった。

　いま長一郎が、神経を尖らせているのは、「アンコ炭」を撲滅することであった。「アンコ炭」というのは、俵の外側にだけ太くて真っ直ぐな良い炭を並べて中には細かったりこなれてしまった粉炭を入れる。それがちょうど饅頭のアンコのようであることから「アンコ炭」と呼ばれるのだが、それが市場に行くと買いたたかれて半値以下の価格になる。県炭全ての信用にかかわってくるため、検査ではそれを発見して不合格にするのだが、不良品は後を絶たなかった。

　それで検査でただ不合格にするだけでなしに、良質の炭を焼けるように、窯《かま》の作り方から指導をする。しかし炭焼人というのは、劣等感の裏返しでもあるのか、おおむねうわべは天狗で、自分の技術が未熟であることをなかなか認めようとはしない。酒でも入ればいっそう、鼻息が荒くなり、焼き子たちは長一郎のような若造のいうことには容易に耳を傾けようとはしなかった。

「おら二十年も炭焼ぎしてるんでゃあ。う汝《な》どよんだ青二才に、なして炭の焼き方、教えられないばないってよ」

「理屈で炭ぁ焼げるもんじゃねえ」

　そんなあざけりを後ろ耳に受けながらも長一郎は、山村をまわって粘り強く製炭法の指導会をやっていた。だが嫌なことばかりでは無かった。

　県では大正に入ってから間もなく、広島から製炭研究者の楢崎圭三氏を招いて、「楢崎ガマ」

の講習を受けていた。この「楢崎ガマ」は、点火口を頂点にほぼ三角形をしており、一窯に六百貫（二・二五トン）もの原木を入れることが出来た。

煙道の両側に耳煙道という細い穴をつけるのが楢崎式の特徴で、費用がかからない上に良質の炭を一度にたくさん焼くことが出来たから、県ではおおいに普及を図っていたのである。

長一郎がかつて、自分が窯を打つ指導をしたある山に行ったところ、その時生意気なことを言って耳を貸そうとしなかった「焼き子」が、「先生、ちょうど窯打つべえど思ってらどごだへで、ちょっと来て見でけないすか」と言ってきた。

行くとなんだか自分で壊したような気配があって、少し怪訝に思いながらも指導をした。するとその近くに居た別の「焼き子」が、「おら方もカマ壊れだへで、いっとぎ間、見でやってけないすか」と言ってくる。

その晩、以前に窯の指導をした男の家で酒をご馳走になっていると、その男が言うのには、「あいづら、先生のごど、小馬鹿にしてらったへで、素直に頼めながったんですべ。おれのカマの方がずっと良い炭をいっぱい焼くへで、先生が来るのを首を長ぐして、待っていだ風でがんすが」

という話であった。こういう時は自分の仕事が実を結びつつあるという気がして、長一郎はつい嬉しくなるのだった。

日々、そんな風に山巡りをして暮している長一郎のところに、ある日、弟の喜九夫から速達の手紙が届いた。さては親父の喜代七かおふくろのハツヨに何事か起きたのかと気をはやらせて封を切ると、中身は弟からの金の無心であった。しかも日にちと時間を指定して盛岡の駅まで持って来て欲しいというものであった。

　長一郎は呆れてしまった。弟の喜九夫にではなく、弟をそこまで追い込んだ父の喜代七に対してであった。喜九夫は、中学を卒業して師範に進みたくても親が前科者であるために受けさせてもらえない。さればといって鉄道の試験も、警官の試験も同様の理由から断られている。

　ようやく潜りこめた山奥の小学校で代用教員をして働きながら、正式の教員になるための勉強をしていたのだった。それで三日後に教員の検定試験があるという日に、村役場に給料を取りに行ったところ、親父の喜代七が持って行ってしまってすでに無いということであった。これでは試験が受けられないと途方にくれていたところ母親のハツヨが、兄貴に速達の手紙を出せと言ったのだという。

　喜代七はすでに金目のものは全て金に換え、家のかまどをすっからかんにして訴訟に入れあげてきている。そのためハツヨは縫い物、洗い張りはもちろん形振《なりふ》りかまわぬ日手間稼ぎで家計を支えなければならなかった。喜代七はすでに長一郎のところにも何度か来て金の無心をしている。だが弟が教員の試験を受けるために予定していた給料までも持って行くとなると、尋常ではない。

　自分には大義があるからそれで満足かもしれぬが、なんで家族までが犠牲を払わなければならないのか。長一郎は弟が不憫になった。

約束の時間に長一郎は、盛岡の駅で弟を待った。喜九夫は片道だけの汽車賃をやっと工面して盛岡までやってくるのだ。

∮

午後の上り列車で盛岡の駅に降り立った喜九夫は、駅舎の中に突っ立っている兄を認めてほっと安堵のため息を吐いた。試験を明日に控えていたので、兄からの返事を待っている余裕はなかった。いや手紙が兄に届いたかどうかさえ確信が持てなかった。

長一郎が山を渡り歩く仕事で、炭焼き小屋に泊まることもしょっちゅうだという事情は喜九夫もよく知っていた。

もし駅に兄が来ていなかったらどうしよう。その時は試験を諦め、平糠まで歩いて帰るしかない。そう決めて汽車に乗ったのだった。

久しぶりに見る兄は、末端の県職員とはいえ流行りの洋服などは着ておらず、擦り切れた黒のソギ袖に細袴という作業着姿で、髪はしばらく散髪をしていないように伸びてぼさぼさと乱れている。

兄貴も苦労をしているなと喜九夫は、盛岡まで呼び出したことを申し訳なく思った。

長一郎は、分厚いレンズの眼鏡越しに僅かに笑みを見せて近寄ってくると、

「旅籠《はたご》は決っているのが」と言った。

「いんや、兄貴が来るがどうがさえ分だらながったへで、未だ決めでないものや」

「へんでゃ、まんつ旅籠を決めべやあ」

ぼさっと飾り気のない響きで言って背中を見せる兄の後につき従いながら喜九夫は、涙が出そうなほど嬉しい気がした。兄は金を用意してきてくれたのだ。

開運橋を渡って東に歩き、城跡の下の菜園の辺りに小さな旅籠を見つけた。長一郎が、泊まるのは一人だけだと断りを入れてから二階の部屋に案内された。南側に面した障子を開けると、右手に盛岡城の石垣と松林が見えた。

間もなく女中が茶を二つ運んできた。それから赤く燃えた炭火を盛った十能を運んでくると、卓袱台の横にあった手焙りにそれを入れ、五徳の上に鉄瓶をかけた。

「湯が沸ぎあんしたら、なんぼでもあがってくらんせ」

卓袱台の上の茶筒と急須を手で示して言った。

「近ごろの親父は、どっただい」

湯飲みを両の手に挟んで回すようにしながら兄は、病気の具合でも尋ねるように弟に言った。

「親父だばどう、去年、ようやぐ五年間の時効が明げだべえ。したば親父は、わざわざ小鳥谷の派出所まで行ってせえ。これがらまだ一生懸命やらせで貰うへで、よろしぐ頼むって、堂々と挨拶なんかやってるんだい」

「ほう……」

長一郎は呆れるというより、半ば感嘆して言葉を失ったように言った。

十カ月の刑期を逃れるために、五年間も逃避行を続けてきた小堀喜代七は、去年の秋に時効が成立していた。

県本署の特高から福岡署管内の警察が総力を上げた捜査の目を潜り続けて、五年間を無事に逃げ切ったのだ。それはむろん親父一人の力ではあるまいと長一郎は思っている。こつなぎや近在の農民たちが、五年の間、親父をかくまい通したのだ。それは加治原や警察が、無知で愚鈍で、蛆虫にも等しいと蔑んだ農民たちが、権力に挑んだひとつの闘いだったのだ。そして農民が勝った。

長一郎は、何かまた厄介なものを背負い込むような気がして複雑な心境になった。だが同時にまた、身体の別のところから、そこはかとなく喜びとも誇りともつかぬ感情が湧き起こってくるのを禁じえなかった。

喜代七は再び公判にも出られるようになり、以前よりなお張りきって訴訟のために奔走するようになっていた。布施弁護士の手足として情報を集めたり、現地で必要な書類を作ったり、時には布施弁護士との打ち合わせのため東京まで出かけていくこともあった。

そのための費用は原則として原告たちが工面することになっている。だが近ごろでは、揃えられない場合の方が多く、喜代七はその都度家にきて、なけなしの金をむしり取るようにして持っていくのだ。

いくら人のためとはいえ、これほど家族までが犠牲を払わなければならないものであろうか。喜九夫も長一郎も、妻のハツヨもそのことへの憤懣が鬱積している。とくに喜九夫はこれからという時に、その人生の将来までもが振り回されている。

　だが喜九夫は、兄の前ではなるべく父親の愚痴はこぼさないようにしていた。この兄は、さんざん迷惑を被りながらも、どこかで父親を誇りに思っているような節があり、その誇りを傷つけたくなかったからだ。


「おれがこっちさ来る前によ。四年前だったがな。親父は書き物してだべえ」

　長一郎が未だ家から仕事に出かけていた時のことを思い出しながら口を開いた。

　ある夜、喜代七が家で書き物をしていた時のことだった。裏の板戸をどんどん叩く者が居て、長一郎が出ていくと、こつなぎ村の百姓だった。

「警察が三人ばがり、間もなく夜討ちを掛げさ来あんすへで、逃げで呉で」

「おお市太郎が、親父に言われで来たのが、ご苦労さまだったなんす」

　市太郎という男は馬で火行の峠を越えて来たらしく、息を弾ませながら、

「今夜はこつなぎさも来ない方がよおがんすんだ。どうも夜通しらしくて、あっちさも五、六人張り込んでいやんすへで」と言った。

　ところが市太郎が帰ってからも親父は書き物を止めようとしない。

「親父、何してら。折角知らせで来たんだ、早ぐ逃げないばならながべえ」

　長一郎の方が焦ってしまってそう言うと、喜代七は、

「う汝《な》な。警察が橋の処まで来たら、提灯ぶら下げで火行の方さ走って行げ」と悠然として言った。何のことかよく分からずに、それでも長一郎は父親の言うとおりにした。表に出て橋の方を凝視していると、ほどなく月明かりに、橋に差し掛かろうとする三つの影が浮かんだ。

それと同時に長一郎は、提灯に火を点すと小走りに、反対の火行の方に向かった。少しすると後方から、「おい、待て」という声がする。聞こえないふりをしながら歩いていくと、駆け足で追いかけてくる様子であった。

そのころには親父が自分を囮《おとり》に使ったのだと気付いていたので、なるだけ距離と時間を稼ぐように先へ先へと進んだ。だが胸は激しく動悸を打ち鳴らしており、気分はこれまでに味わったことがないほど昂揚していた。だが不思議に怖くはなかった。

「なんだこいつ、小堀じゃねえぞ。お前、こったな時間に何処さ行ぐ」

一人の巡査が息を上げながら、腹立ち紛れに言う。

「はい、火行さ、ちょっくら急ぎの用っこありあんして」

長一郎は、なるだけ愚鈍な男の振りをして言った。巡査は三人居た。

「糞っ！　まだ逃げられだがぁ」

提灯の火を消し、戻って行く巡査たちの後を追うようにして引き返した。家に戻ると母親が一人で、ランプの灯りの下で針仕事をしている。

「親父は」

と聞くと、顔を上げて「は、消えで居なぐなった」と呆れたようにして言った。

話し終わると長一郎は、

「あの親父は、怪物だものせ。英雄だなどとは言いだぐもないども、やってることは悪いことではないんだ、むしろ尊い行為だへでな。まんつ、う汝も諦めるんだ」

と言って、不精ひげの生えた顔をボウーッと緩めた。それから長一郎は、懐から二円の金を出し、卓袱台の上に置いた。

「これで間に合うが」という兄に、喜九夫は手を片手拝みに立てて、

「間に合うもなにも、助かったじゃい」

と言った。兄は明日も仕事だからと言って、上りの列車に間に合うように帰って行った。これで明日の試験が受けられると思うと、ようやくほっとした。同時に、兄の好意を裏切らないためにも、試験には絶対に受からなければならないと、身の引き締まるような責任を噛み締めるのだった。

四　弾圧

判決を間近に控えた昭和六年の夏のこと、小堀喜代七の耳に加治原伝次郎がまた、新たな

農民いじめを惹き起しているという情報が耳に入った。情報をもたらしたのは立端現八で、それはこういうことだった。

こつなぎ山の北の外れに女鹿という人家二十戸ばかりの集落がある。此処の農民たちが自分たちの山の裾野に、この春火入れをしていた時のことである。火入れというのは牛馬の飼葉を刈る牧草地の草の生長を良くするために、早春にやる野焼きのことである。

その時、急に一陣の突風が吹き、火が上に流され山の木に燃え移ってしまったのである。慌てた女鹿の農民たちは必死になって消火に当たった。その時はこつなぎからも、また上女鹿や白山、妻ノ神などの近隣からも、急を聞いた農民たちが消火の手伝いに駆けつけたのであった。懸命の消火作業で翌日の夕方までにはどうにか鎮火したが、西風のお陰で火は隣のこつなぎ山の一部をも焼いてしまった。

このことで加治原は、自分の山の鎮火に当たった近隣の農民にはひと言の慰労の言葉も無く、逆に山を焼いてしまって気落ちしていた女鹿の農民たちに、弁償として七万円を支払うようにとの内容証明附きの便を出して脅迫したというのである。

当時の七万円というのは現在の七、八億ぐらいに相当する金額であり、とても僅か二十戸の貧しい農民たちに支払えるような額ではなかった。

驚いた農民たちは、弁護士を立てて交渉に当たり、結局弁済金は三百円、不足分は一年間に延べで千二百人ずつの人夫を、六年間差し出すということで示談にしたのである。

火事のことと加治原が法外な要求をしているという話は小堀も知っていたから、気にはしていたのだが、示談の内容は新しい情報であった。

「加治原もようやぐ気がついできたよんたが、しかし加治原らしい悪辣なやり方は、相変わらずなよんたな」

「気がついできた言《づ》うのはす？」

　小堀が独り言のように言った。

　現八が問うと、喜代七は怒りを嘲笑に変えたような笑みを浮かべて、

「山の経営が、簡単なものではないということに、ようやぐ気がついできたのせ。それで安い労力を大量に欲しぐなって居だ処さ、今度の火事だべえ。加治原の狙いは最初っから人夫なのせ。女鹿の農民に七万円もの金が払える訳がないのを始めっから分がってで無理難題を吹っかけだのせ。あれは火事のたびに焼け太っていぐ男だえせ」

　小堀の言う意味が、山で暮してきた現八にはよく腑におちた。

　加治原は一生懸命山の木を伐って金に換えている。だがその割には植林の方はあまり進んではいなかった。最近、県の方から植林のための助成金を受け取っておきながら、植林がさっぱり進んでいないことが発覚して、勧告を受けたりもしている。

　山は生えている木を伐ってただ売る分には、人夫賃や運搬費などの経費を差し引いても採算は取れる。だが、その木を生産するとなると話は違ってくる。

　広大な何十万坪という山斜面に、刈り払いをして植林をしなければならない。しかもその木が金になるまでには四十年も五十年もの歳月を要する。親が植林したものを子か孫の代に

刈り取るというのが山の経営なのだ。その間、真っ直ぐで節の少ない良木を育てるために、下草の刈り払いや枝払い、間伐や虫食いの被害から守るための手当てなどを延延と続けていかなければならない。その労力は膨大なものなのだ。

伐るのはいっときだが、生産するためには四十年も五十年もの間、投資を続けなければならないのが山林経営なのだ。その経費をまともに計算すると、とても採算のとれるものではなかった。

小堀が言うのは、そのことにようやく加治原も気がつき、只かあるいはうんと安い労力が継続的に欲しいと思うようになったということなのである。

こつなぎに限らず当時の岩手県の北方には、浄法寺や二戸や山形村、軽米に安家、岩泉、田野畑などの山村に二千町歩、三千町歩という大山林地主がざらに居た。これらのところでも多かれ少なかれ「入会権確認」の民事訴訟は起こったが、それでもこつなぎほど長期的で深刻な対立抗争にまでは、至っていない。

それは地主がおおかた土地の人間であったために、こうした山の性質や古くからの慣行に通じている。そのために、一定の権利を認め合う形での和解が成立したからである。加治原のように古くからの慣行を無視して、農民を力ずくで、しかも何の補償もなしに裸で追い出そうとする地主というのは稀であった。

山は元来が個人の管理には手に余るものである。加治原は農民の入会型の管理と共生する道を模索すべきであった。ところがそうではなく、只で膨大な労力を手に入れようとするところに加治原という人間の特質があったのではないだろうか。

§

ちょうどこの年の六月、布施辰治は弁護士資格を剝奪するという第一審判決を受けて控訴中であった。これについては少し背景の説明をしておかなければならない。

日本で、曲がりなりにも普通選挙というものが実施されたのは、昭和三年二月二十日の第十六回総選挙からである。これに先立つ四年前（大正十三年）に、ヨーロッパの各国で相次いで総選挙が行われた。その結果新しく誕生した共産党が、イタリアで十三議席、ドイツで六十二議席、フランスで二十六議席を獲得するという大きな変化が起こった。

一九一七（大正六）年のロシア十月社会主義革命いらい世界では、社会主義の嵐が吹き荒れていたのである。

これに較べて日本では、民衆の運動に押されて普通選挙法こそ成立したが、それは一方で、民主主義を圧殺するための治安維持法と抱き合わせで通過させたものであったから、国民は思想信条の自由も結社の自由も許されず、共産党にいたっては最初から非公然の活動を余儀なくされていた。そうした背景には、日清戦争以来、中国への侵略の拡大を目論む日本帝国主義が、国内で反戦の機運が盛り上がることを怖れて、あらゆる進歩的な運動を目の仇にするという事情があった。日本の民主主義が遅れた源のひとつは、ここにあったと言っても過言ではないのである。

しかしそういう中でも最初の普通選挙で、無産政党は五十万票近い票を得、併せて八人の議員を獲得した。その中で労働農民党は二十万近い得票を得て山本宣治と水谷長三郎の二人を当選させた。

田中義一内閣による警察権力を総動員した激しい干渉と妨害の中での成果で、この結果に多くの民衆が力づけられたことは言うまでもない。だがこの動きに恐れをなした時の政府は、総選挙を通してその姿を現しつつあった日本共産党に焦点を当て、三月十五日、全国いっせいの弾圧を決行した。その結果、野坂参三、志賀義雄、河田賢治、春日正一などの幹部をはじめとする千六百人の共産党員とその支持者が検挙されたのである。

検挙者は獄舎で、連日野蛮な拷問による尋問と取り調べを受けた。

布施辰治は、この検挙者たちを救うために昭和三年の秋以降、神戸から北海道までの地方裁判所を駆け巡って、大車輪の活動を展開していたのである。

だが治安維持法というものが「国体の変革」や「私有財産制を否認」する目的を持った結社の組織やそれへの加入、宣伝などを禁止するという法律であったから、共産党の存在それ自体が法律違反になるということであり、その弁護は決して生易しい作業ではなかった。

だが布施は、「若気の至りで入党したのだから……」などという、党の否定を前提としたような哀願で刑の軽減を求めるのは、逆に被告たちの誇りを傷つけるものであると考え、正面から活動の罪の是非を問う論戦を展開した。また被告たちにも、決して卑屈にならずに、堂々と胸を張って立派であれと望んだ。多くの被告たちは毅然として法廷に立ち、その態度も陳述も立派であったから、布施は密かに共産党員というものに恭敬の念を抱かざるを得なかった。しかし中には佐野学のように、法廷では満足な弁論も出来ないくせに、布施の書いた論述に不平を唱える者も居た。佐野は後に鍋山貞親とともに、獄中から転向声明を発している。

布施辰治は共産党員ではなかったが独特の弁論を張り、昭和三年の秋から大阪地裁の春日庄次郎をはじめとする九十八名の公判に出廷した。

だが全国に散らばっている被告たちを、いちいち地方の裁判所で弁護するのは至難の業であった。そこで布施は、被告団を代表して「春日庄次郎らの事件を、東京地方裁判所に移管し、中央の日本共産党の事件として、一括して扱って欲しい」という担当裁判所の変更を望む申し立てをした。すなわち、

「日本共産党の事件は一個の事件であるにもかかわらず、これを各地で個々に審理されると、それぞれの判決に違いが出て、どうしても被告に不公平なものになる。東京の統一公判でなら当然執行猶予になるような事案でさえ、地方では実刑の判決を受けるというようなことになる」

という主張であった。この布施の主張に大阪地裁の柴田貞輝裁判長が耳を貸さなかったため民主団体や民衆によるデモや抗議活動、また法廷での春日庄次郎などの叫びとなって大波乱の様相を呈した。

そのような動きを背景に、布施は被告の一人にもなっている徳田球一弁護士とともに、今

度は東京の宮城実裁判長を相手に二年に及ぶ粘り強い交渉を続けた。
その交渉が実を結び、日本共産党事件は東京で統一の公判として行われることになった。その準備のための被告団会議が東京の豊多摩刑務所で行われた。

被告側からは佐野学、鍋山貞親、市川正一をはじめとする八人が出席し、官憲側からは宮城実裁判長以下六人、弁護側は布施辰治ただ一人だけが、立ち合いを許された。

こうした一連の活動から布施辰治は、巷では極左の弁護士としての評価を決定的なものにしていた。

この時の大阪地裁での波乱が、布施の煽動によるものだという理由から布施辰治は、昭和七年に弁護士を除名するという判決を受けたのである。

話がだいぶ横道に逸れたが、布施はこのような天皇制政府の野蛮な弾圧と闘う日々の中から、貴重な時間をやりくりして、こつなぎに通っていたのである。

こつなぎの農民に加えられる福岡署の不当な弾圧の背景にも、こうした反動的な時代の流れが色濃く反映されていることを、布施は身を持って知っていたのだ。

したがって布施は、小堀や農民たちほどには、天皇の裁判所に幻想を抱いてはいなかったということが言えるだろう。

五　鉦松

一方こつなぎでは、判決を前にしてすでに四人の者が訴訟から降りており、当初からの原告は八人に減ってしまっていた。すなわち原告のうち米田又四朗と立端吉五は訴訟を立ち上げてから間もなく、片山玄十朗の甘言によって懐柔されてしまったし、片山与志松は前述のようにその継承人が寝返ったために首吊り自殺を遂げている。立端箕助もやはり継承人が脱落していた。

立端卯太郎は病没したのだが、息子の由太郎がまだ幼いため途中で原告を降りざるを得なくなった。だが女房のミツが由太郎の後見人として、しっかりと反加治原の立場を守りぬいていた。

だがこうした事態は、かならずしも原告側の弱体を意味するものではない。加治原につき従っていた者たちも生活のため止む無く言うなりになって居た者が多かったから、加治原のために法廷に引き出され、虚偽の証言をさせられたり、加治原の田畑や山林で労力奉仕をさせられることに辟易していたし、なにより加治原の人となりに愛想を尽かすものが多かったのである。

そして陰で励ましの言葉をかけてくれたり、また金品の援助をする者も少なくなかった。そうでなければ、とても原告たちだけでは訴訟は守れなかっただろう。

ともあれ布施辰治がこつなぎに入った大正十年頃から、農民側の抵抗の仕方が大きく変化し、山番や巡査による妨害、暴力行為が克明に記録されて法廷に持ち出されるようになった。また加治原が山から木を伐り出すたびに農民側は集団でこれを阻止しようとした。加治原は自分が山から木を伐り出すためには農民たちのそれをも黙認せざるを得なくなっていたのである。こうして村には一種の小康状態が生まれたのである。

唯一の例外は立端鉦松の例であったろう。

立端鉦松は、訴訟派にも加治原派にも属さない、中立の立場をとっていたのだが、しかし山に入らない訳にはいかない。これまで訴訟派ではないということから、加治原に容認される形で炭を焼いてきたのであった。

だが山が仮処分中で、表向き訴訟派も加治原も木を伐ってはならないということになっていることをよく知らなかった。それで従来どおり山から木を伐って炭を焼いていたところ突然やってきた巡査に逮捕された。

師走も半ばに差しかかろうという真冬のことで、鉦松は、

「おらは訴訟派ではねや、加治原の許可を得で木を伐ってるんでゃあ」

と何度言っても聞き入れてもらえず、一戸署に連行されてしまった。一戸の刑事の尋問を受け、

「う汝、なにやらがしたえ」と聞かれた。

「なに、昔っからやってる通りのこと、してだだけせえ。われの山でいつものようにたんだ

木ぃ、伐ってらだげなのに、引っ張ってこられだえせ」

「そんでながえ。山は加治原のものになってらえせ」

「へだがも知れないども、おら加治原の許しも得でらのせ」

「したども、今は仮処分中だへで、誰も伐られないことになってるのせ」

「へええ。どうおら、そったな難しい事情は分がらながんすんだもの」

その時は一旦帰されたが、間を置かず今度は福岡署から呼び出しがきて、巡査に連行されて一戸より一駅離れた福岡署に行った。そこでは田村という刑事が尋問に当たった。

「う汝、こつなぎ山で乱暴したづんでないが」

鉦松は驚いた。いきなりの連行で訳が分からず、多少の抵抗をしたことを乱暴したなどという。まったく警察というところは油断のならないところだと鉦松は思った。

「乱暴なんかやってながんすが。たんだ木を伐ったばりでがんすが」

「ほうがい。へば木ぃ、何本伐ったのせ」

「なあにとっくに調べでらべえ。そっちの方が分がってるべせ。おら、いちいち数えでながんすものや」

「そうが、こっちの調べでは十七本伐ったどなってるなっす」

「はあ、そったに伐ったたがなっす」

「なにして伐ったのせ」

「なにしてったたて、吾ぁ使ってる山だんだもの、いっつもの通りだえせ。炭焼ぐためにカマっこさいっぱいにすべって伐ったべせえ」

「それを盗伐づうのせ」

「へえ、何時からそういうことになったたべ」

「まんついいがら、とにかく罰金二十円払え。へば帰っていいがらせ」

「炭焼がねえうぢは、とってもそったな銭は無いものせ」

「困ったな」

田村は鉦松が訴訟に加わっていないことを知っていたから、拷問こそやらなかったが、罪を減ずるような気持はなかった。署長の上条仙太郎と相談したうえで、

「したら罰金の代わりに草鞋を編め」と言った。

「おらぁ、草鞋作りはあんまり上手でないんだ」

「うーん、困った奴だな、う汝《が》よ」

頭を抱えた田村は、警察署の風呂に水をませて風呂を沸かさせたり、署内の掃除をさせたりといった雑役をやらせて、罰金の代わりにさせた。夜は厳寒の中、毛布一枚で留置場に入れられ、ぶるぶる震えて眠られないまま夜明けを待つという毎日を、二十日間過ごしてようやく放免になったのである。

放免の日田村から、「はあ、悪いことはしないんでぁあ」と言われた。

「悪いごどは今までもこれがらも、やった覚えは無がんす。したども刑事さん、昔っから伐ってきた木を伐るのが、何時から悪いごどになったんでがんすべ？　おら木を伐らないば生ぎ

でいかれないへで、木はこれがらも伐るつもりでがんすが」

鉦松にとってはそう言うのが精一杯の抵抗であった。田村は、「ふうむ」と唸ってから、

「こつなぎまでの汽車賃持ってらが」と言った。

「汽車賃もなにも、稼いでら処をいぎなり引っ張ってこられだんだものどう、裸で来たのせ」

「へば、貸してやるへで、後で都合がついたら返すんでぁあ」

田村は同情したのかそう言って五十銭の金を貸してくれた。それから田村はもう一度念を押すように、「はあ、来ないようにすんだ」と言った。

「来たくて来た訳じゃながんすじゃ。来いったって、二度と来たくながんすじゃこったな処さ」

鉦松は尻をまくるように言うと署を出た。手や足が凍傷に冒されており、それ以来立端鉦松は、訴訟にこそ名を連ねなかったが、陰で物心両面で訴訟派を支えるようになっている。

六　小学教師

昭和六年の年が明けて間もなくのこと、一戸《いちのへ》町に住む、塩田八太朗という男が、雪深いこつなぎ山の東側の斜面を、スキーを担いで登っていた。こつなぎ山は線路を挟んで西と東に分かれる。スキー場は西側の高森の山腹から、南の田子の方へ下る南斜面がゲレンデになっ

ており、リフトも何もないこの時代では、発走地点までは歩いて登るしかない。だが高森山はてっぺんまで登っても六百六十九メートルしかなかったし、そもそもこつなぎ村そのものが標高三百メートルの高台であったから、中腹まではさほど苦しい道のりでもない。

イタヤの枝を曲げて作った檫橇《かんじき》を履いて、硬めの雪を一歩一歩踏みしめて登りながら塩田は、自分がこつなぎ小学校で働いていたのが、つい二年前のことでありながら、もう何十年も昔のことであったような錯覚を覚えた。

そもそも加治原の長男である靖太郎に、このスキー場を作ることを薦めたのは塩田であったし、今日のこのスキー大会を最初に提案したのも塩田で、今年はその四回目の大会であった。こつなぎ小学校を辞め他校に移った今でも、そのよしみで案内状を貰い、こうしてやってきたのだった。

塩田は代用教員だが、こつなぎ小学校での勤務は決して短くはなかった。村が二つに分裂し、その影響が子供たちにも拭いがたいほど強く反映をしていたから、こつなぎでの勤務は何かと気苦労なことが多く、嫌になってしまうようなことも少なくなかった。だが、今こうして振り返ってみると、おおむね自分は充実した仕事をし、また自らの良心にも忠実であったのでは無かっただろうか。そしてそのように自負出来ることの原因の一つは、紛れも無く加治原靖太郎と仲良くすることが出来たことだったと言ってもよい。

そのことはきっと靖太郎も認めているに違いない。だからこそ他校に移った今もこうして、年に一度のスキー大会に呼ばれたりしているのだ。

あれはこつなぎ小に赴任して一年目のことではなかっただろうか。汗ばんだ身体に雪上の冷えた空気を心地よく感じながら、塩田は靖太郎との出会いを思い起こしていた。

∮

こつなぎに赴任して直ぐに塩田は、引継ぎの時、前任者の戸田という教師から、奇異なことを言われた。

「此処ではあ、山の話は一切しないごったなっす。それど村の人ども適当に付き合って、一定の距離を置ぐ方が、ようがすごった」

「ほう。なにしてす？」

こつなぎ山を巡る訴訟のことは塩田も知っていた。この辺りでこつなぎ山の訴訟のことを知らない者はいない。だが村の人間とも距離を取れとはどういうことか。子供の父兄と親しくしないで、僻地教育が出来る訳がない。

「村が二つに割れでいるへでなっす。訴訟派の親ど親しく口を利けば加治原さんに憎まれるし、加治原さんの方の人ど仲良ぐなれば、訴訟派の人だに非難されるへでなっす。まんつ加治原さんだば教育主事もやってる人だへで、嫌われるど一年で追い出されるへでなっす」

それほどひどいものかと塩田は、半ば重い気分になりながらも、

「分かりました。ありがとうございます」

と礼を言った。だがほどなく塩田は、戸田の忠告が決して行き過ぎたものではなかったこ

とを知ることになった。

加治原は小鳥谷村の学務委員もしており、まるで小学校の理事長のような存在であった。教員宿舎に泊まっていた塩田は、こつなぎ駅のまん前にある加治原の居宅か加治原林業部の事務所に、ときどき給食の食材やらストーブの焚き木などのことで、顔を出さざるを得ない。

ところがこれを駅員が見ている。翌日になると、訴訟派と思われる村の親から、

「先生は、昨日方《きんのっかた》は、四十分も加治原の家さ上がり込んでらったそうだなっす。以前に居だ、田中甲子郎っづう先生は、授業はさっぱりしないで、加治原の山番の手伝いまでして村がら批判されでらったども、先生はそったな心配はながんべものなっす」

などと猜疑心に凝った目を向けられる。ある日はまた、山岡という婆さんから、

「最近、与助だの現太などと、親しく話して居るよんたども気を付けだ方が良がんすよ。二人とも親は訴訟派ですへでなっす。このことは加治原さんさば黙っているへで」

などと言われる。壁に耳あり、というのはこの村のことだと腹立たしい気分になる。

だがこの時三十を少し過ぎたぐらいの塩田は、まだ血気盛りでそれなりの理想主義を持っていたし、何より出世などということを気にする必要のない代用教員の身であった。したがって、なに必要とあれば、誰とでも分け隔てなく話すのみだと、毅然とした態度をとっていた。

困るのは冬に焚くストーブの薪で、他所の学校だと父兄会に計って、親たちに持ってきてもらうのが通常であった。だがこつなぎでは入会権を巡って争っているからそれが簡単には出

来ない。

仕方がないから加治原と交渉をして、木を伐ることの承諾を得る。それで労力の方は訴訟派、加治原派の分け隔てなく村の親たちに頼む。そのような交渉まで教師がやらなければならなかった。

だが教師としての分を超えた交渉は、薪だけのことに留まらなかった。

昭和三年から四年にかけて、岩手では凶作が続き、ただでさえ耕地の少ないこつなぎの惨状は見るに耐え得ないものがあった。生徒たちの八割は貧困家庭で、その子供たちは例外なく欠食児童であった。弁当も持って来られず、二割の子供たちが弁当をつかっているのを羨ましそうに眺めているという状態であった。

塩田は役場や県に訴えて金を出してもらい、米を買ってせめて昼飯ぐらいは学校で食わせてやるといったことをやった。

ちなみに文部省が訓令十八号によって学校給食を実施したのは昭和七年九月からのことであり、こつなぎ小の本校である小鳥谷小学校が欠食児童に対して給食を始めたのはそれより二カ月早い昭和七年の七月のことである。となりの一戸小学校がそれを始めたのは昭和十年九月からであった。

塩田ら岩手の僻地の教師たちは、国の施策より数年前からその必要を痛切に感じ、教師の運動としても、学校給食ということを始めていたのである。

ところがここでまた、困ったことが起こった。主に加治原派の親を持つ子供から、

「先生、芳一《よしかず》が、腹いっぱい食ったのにまだ無理して、三杯も四杯も飯《ま》んま食ったあげくに、最後にてんこ盛りにして、それを新聞さくるんで毎日家さ持って帰ってるへで、叱ってやって下さい」

という苦情が寄せられたのであった。

「いやあ、そったなことになってるのがい。へば先生がよぐ聞いてみるへで、まんつ、あんまり大騒ぎしないんだ」

塩田はありそうなことだと思ったが、その場はそう言って取り繕った。後日、それとなく調べてみると、芳一のみならず、貧窮の家庭の子供たちの多くがそんな按配であることが分かった。持ち帰った飯は、家で腹を空かせている未だ小学校に入らない弟や妹、あるいは病気で臥せっている親や祖父母のために、粥《かゆ》や乾し菜を加えた雑炊を作って食べさせたりしていることが分かった。

塩田はそれ以来、子供たちの訴えは聞き流して、見て見ぬ振りをすることに徹した。

村の住民たちはまた、食料の足りない分は蕨や蕗などの山菜や栗をはじめとする木の実を採集することで補っていた。これはまた平野部の耕作農民たちとは少し違うところで、焚き木を含めると山からの採集に生計の半分ぐらいを依存している、山村の特殊なところであった。

その山からの採集を禁ずるというのである。こつなぎで二年も暮らすと、それがいかに非道で異常なことであるかが分かってくる。

とくに栗はこれはもう二千町歩近い山のいたるところにふんだんにあって、ちょっと小学校の裏に行くとぼろぼろと散らばっており、たちまちのうちに一升、二升と拾うことが出来るのであった。栗は食料でもあったが、村人の貴重な現金収入の糧でもあったから、これはもう拾うなというう方が無理というものだと塩田は思った。

ところが栗を拾うと子供でも山番にどやされ、すぐに加治原のところに常駐している巡査が飛んでくる。それを常に間に立ちふさがって村人を守っているのが、小堀喜代七という人物であった。

この小堀という男についても塩田は、こつなぎに赴任する前からは聞いて知っていた。なんでも文書偽造だとか詐欺だとかで有罪になり、警察に追われて五年間も潜伏していたという伝説の男であった。

塩田は興味深くこの男を眺めていたが、一年、二年と経つうちに、この男がいかに偉大な人物であるかが分かってきた。小堀は一身を投げ打って村の人たちのために献身的に闘っており、しかも何の見返りも望まないもののようであった。

なんとかしてこの人と近づきになりたいものと機会を窺っているうちに、何度か話をする機会を得た。付き合ってみると実におおらかで情に厚く、無欲恬淡で懐の深い人物であった。

塩田はいつの間にか小堀を尊敬し、密かにああいう気宇壮大な男になりたいものだとの野心さえ抱くようになっていた。

要は小堀喜代七のような人間が一人でも多くなればいいのである。何時のころからか塩田は、子供たちのみならず、こつなぎの若い人たちを教育することが、さし当たっての自分の使命だと考えるようになっていたのである。

塩田は荒廃した村人たちの心に、少しでも潤いを与えたいと思った。そして思い立ったのは、村の青年たちの手を借りて何の娯楽もない村で演芸会を開催しようということであった。そこで二、三人の青年に声をかけてみたところ、即座に同意を得られた。やはり青年は青年で、訴訟派であるとないとを問わず、この僻遠の地で文化に飢えていたのであった。たちまち十人ほどの若者が集まってきた。

皆で相談して、「時代は移る」という少し進歩的な劇をやることになった。

塩田がガリ版を切って台本の制作をし、さっそく稽古を開始した。手書きの宣伝ポスターも作って村内の要所に貼りだしておいた。

ところがある日の放課後、学校へ巡査がやってきた。今野という加治原のところに居る請願巡査の一人であった。

「ああ、ポスター見あんしたども、先生は、若い人だ集めで、芝居っこやるってすか」

「はい。そのつもりでがんすが」

「このポスターによれば、時代は移るっつう芝居っこだっつうんですが、これは少しうまぐごあせんな」

「はあ、どういう訳でうまぐないんですべなっす」

「いやなんつうが、時代が動くっつうのはその、社会主義でがんすべえ」

「いや、この芝居っこは社会主義じゃ、ながんすよ。別に社会主義でなくても、時代だば、移り変わって行ぐもんじゃながんすべが。例えば明治維新によって徳川時代がら明治に、時代が変わりあんしたべえ」

「はあ、難しいことはよぐ分がらながんすども、わだしはただ加治原さんがら言われで参りあんしたもんでなっす。へだばようがんすどは、言えない立場でがんすもや。なんとがこの、題名を変えで、少しその中身も社会主義を匂わせるよんた処があれば、直していただぐ訳にはまいりませんかの」

今野は、困ったように歯切れの悪い言い方で本音を吐いた。

近ごろ国の政治がいちじるしく右傾化していく中で、巷には逆にその倒影のようにして労働運動や左翼系の芸術運動などが尖鋭化し、当局が神経を昂ぶらせていることは塩田も知らない訳ではない。だが加治原がそういうことまで、いちいち指図するというのが気にいらなかった。

「それはまた、おかしなことでがんすな。まだ日前があるへで、希望だというのであれば、考えないこどもないですが、それは加治原さんの命令なのすか。加治原さんは確かに小学校の学務委員はしておりますが、警察さ命令して青年団の活動さまでいちいちどうこう言うような立場だば、わたしはそったな権利があるどは思わながったへで、これは少しこっちも考えなければなりませんな」

暗に脅すように言うと、今野は慌てた。

「いやこれは何も、警察は加治原さんに命令されで動く訳ではありませんで、いやつまりこの先生が言うように、出来れば穏便にそう願いたいというお願いでがんして」

しどろもどろになった。

「へば、まんつ加治原さんには、給食のことや焚き木のことで普段お世話になっていますへで、お顔を立てて、そのようにやりあんすへで」

「ああ、そう言ってもらえれば、本官はほに助かります。いや俺もせ、わざわざこったな用っこで、本当は来たぐながったたどもなっす」

今野はほっと安堵したように苦い笑顔をみせた。


加治原靖太郎が学校へ姿を現したのはそれから三日後のことであった。靖太郎は狩の帰りらしく鉄砲を担いでおり、消防団の小頭をやっている男を従者のようにして連れていた。二十を過ぎたばかりぐらいの若者だが顔色はよくなく、健康のための運動のつもりで狩をして歩いているという話は、塩田も人伝てに聞いていた。

芝居をやるのをきっかけに、この際に青年団を作ろうと、その相談でちょうど人が集まっていたところだった。

「今日はこれは、何の集まりですか」

靖太郎は、何か不穏な動きでも始めると思ったのか、青白い額に神経質そうな筋を浮き立たせながら言った。

「いやこの村には青年団が無いへでなっす、その相談で集まってだのでがんす」

塩田は、こんな小僧のような若者に、高飛車な物言いをされるのが面白くなかったが、加治原伝次郎の長男なので一応の敬意をみせながらそう言った。

「誰に頼まれて、やってるんですか」

「いや誰に頼まれでって、青年団などというものは、人に頼まれでやるようなものではありません。若い人たちが自発的に寄り集まって、その地域を少しでも住みいいものにしていく目的で始めるものでがんすべ」

「わたしの父は学務委員をしています。その父にひと言の相談もなくやってもいいんですかね。わたしは父に聞いて来いと言われているんですが」

皆がしんとして成り行きを見守っていた。靖太郎は権力ずくで威張るというのではなかったが、あまり世の中を知らない視野の狭さのためか、無意識のうちに高飛車になり、それが当たり前と信じているような物言いであった。

まだ若いのだと塩田は思った。同時にこれは、この若者の目を開かせてやるいい機会かもしれないとも思った。

「そうですな、事前にご相談申し上げた方が良がったのかもしれませんな。その方が穏便にことが運ぶへでなっす。ただ何も、人に批判されるような悪いことをしている訳でもながんすから、こったなことまでいちいち加治原さんさ相談することもないだろうと思った訳でなっす」

「しかし、わたしの父は学務委員ですから」

「それは分かっておりあんす。加治原さんには学校のことではいろいろお世話になっておりあんすへでなっす。それは有り難いど思っておりあんす。ですがだからといって、何も学校以外のこういう青年団の組織のことまで、いちいち加治原さんに断らなければならないというものではないとわたしは思っておりやんす」

塩田は、なるだけ靖太郎を刺激しないように婉曲な言い方をしたが、しかし中身は毅然としたもので、筋は曲げていなかった。

「それはそうかもしれませんが、しかしじゃあ此処は、この学校は、誰が何の権限でもって貸したんです」

靖太郎は理屈で負けまいとするのか、少し気色ばんできた。

「もう子供たちの授業は終ってるへでなっす。授業に差し障りないのだば、地域のために利用するのも良がべど思って、それでわたしが許可したのっす。学校は町のものだし、普段の管理責任はわたしにあるへでなっす。何か責任があればわたしが取るつもりでおりますども、放課後の教室を青年団の活動に使わせることが、何か悪いことなんでしょうか。そんなことをいちいち問題にして、騒ぎ立てる方がおかしいとは思いませんか」

塩田も少し腹がたったので、今度ははっきりと批判の意思を表して言った。靖太郎は、や

り込められたかのように顔を上気させて、押し黙った。いっとき塩田の顔を睨むようにじっと見つめてから、ややあって、

「それじゃまんつ、わたしも少し考えてみますので」

と言って帰って行った。成り行きを見守っていた青年たちは、それぞれ軽い衝撃を受けたようで、口々に様々なことを言った。

「いやあ先生、気分がいがったじゃい。加治原さあそごまではっきり物口、利いだのは、先生が初めてでながんすべが」

「したども加治原さあったな口利いだら、すぐに追んだされるんじゃながんすべが」

心配するものや快哉を叫ぶ者など様々であったが、塩田は覚悟は出来ていた。加治原には給食のことや薪のことなどで確かに世話にはなっている。だからといって不必要に媚びるつもりはさらさらなかったし、これまでもそうしてきたつもりであった。飛ばされるにしても此処より悪い条件のところなど、そうあるものではない。

∮

靖太郎が塩田の前に現れたのは、それから一週間も経たないうちのことであった。

「いや先生、この間はどうも不調法な態度をとって申し訳ありませんでした。あれからいろいろ考えてみましたけども、先生の言うことは少しも間違ってはおりませんでした。わたしも見た通りの若輩者ですへで、どうもこれからも間違いをやらかすがもしれません。その時

はどうぞ遠慮なく叱って下さい」

靖太郎は見違えるほど謙虚なもの言いになっており、少しばかり恥じてさえいる様子に見えた。父親の影響でいつの間にか尊大な態度が身に付いてはいるものの、根はあんがい素直で、物の分かる人間ではなかろうか、と塩田は思った。

「まんつ、お茶でもあがってって下さい」

職員室にいざなって当たり障りのない話をしているうちに塩田は、靖太郎という人間が少し分かってきたような気になった。靖太郎は盛岡の高等農林学校を出た秀才で、けっこうそれなりに正義感もあり、理も情もわきまえたごく青年らしい柔らかな感性の持ち主であることが分かった。ただそうした良いところが普段は、父親の影響らしい地主としての尊大さの陰に隠れて見えないだけなのだ。

高等農林では剣道をやり、三段の段位を持つというが、身体は虚弱のようで、内臓のどこかに疾患を抱えているようにさえ見えた。普段は読書三昧の文学青年であることも分かった。塩田も代用教員に当用されていない時は、小説を書いているほどの人間であったから、話はよく合った。

靖太郎は閉塞したような山間の農村で、知的な会話に餓《かつ》えてでも居たのか、それからは塩田を訪ねて、しょっちゅう学校に来るようになった。とくに塩田が宿直の晩などは、夜遅くまで話し込んで行くことが多かった。

塩田はこの青年こそ今のこつなぎの問題を、前向きに解決出来る人間だと目星をつけ、ある時思い切ってそのことを話してみた。

「いや靖太郎さん。余計な話だと思うし、わたしも此処に来る時、前任者からこつなぎさ行ったら山の話は一切しない方が良いと言われてきましたんで、これまでずっと黙ってきましたんですが、あなたは岩手では最高学府である高等農林を出ているし、道理の分かる方だと思うから申し上げるんですが……」

塩田は、地主と訴訟派に分かれて争っているために村に安らぎが無く、訴訟派の人たちの暮らし向きには、目を覆うような貧困が常態化している。ために人の心は荒《すさ》み、そのことが幼い子供たちの気持にまで暗い影を落としている。そうした現状を自分が見たままに話してから、意を決して靖太郎の説得にかかった。

「訴訟をやっている人たちは、聞けばもう七軒が破産しているというんじゃないですか。それでも訴訟から降りない。もう二代目の息子が跡を引き継いでやっている家さえある。つまりでがんすな、戦《いくさ》で言えば、屍を乗り越えて、もう玉砕の覚悟で闘っている訳でがんすから、あちらから折れるっつう見込みは、ほとんどない訳です」

ここで塩田は、話を絞り込むために比喩を用いた。

「イソップ童話の北風と太陽の話を知ってやんすべえ」

靖太郎がかすかに頷く。

「北風と太陽が、旅人のマントをどちらが先に脱がせることが出来るがと、競争する話です。ところが北風がビュウビュウ冷たい風を吹きつけると、旅人はいっそう強くマントを抑えて逆に構えてくる訳です。結局、ぽかぽかと暖かい光で照らしてやった太陽の方が、マントを脱がせることに成功する訳です」

塩田は一旦言葉を置いて、ため息を吐きながら靖太郎の顔を眺めた。すると意外にも靖太郎は真剣に塩田の次の言葉を待っている。塩田は自信を得て言葉を継いだ。

「此処で加治原さんは、太陽にでも北風にでも、なれる立場にいらっしゃるのだど思いあんすが、如何なもんでごあんしょう」

靖太郎は考え深げな表情をみせて、いっとき押し黙った。

「わだしは第三者ですから、何も差し出がましい口を利くつもりはながんす。したがどうも、教育者どしてなっす。村が二つに別れで争って、そのことが子供だぢの心まで荒ませでしまっているのを毎日見ていると、もう胸が痛んでなっす」

「いや先生、実はわたしも考えているのです。……こんな状態が、いつまでも続くのは……誰が見たって、決していいことではない……」

靖太郎がすっかり乾いてしまった舌を、少しずつ湿らせるように口を開き始めた。

「うちの親父は大金を出して山を買った。だから山は自分のものだと思っている。一方こつなぎの人たちが昔からこの山を自由に使って暮らしに役立ててきたのも、その通りだとわたしは思っておりやんす。いや山から追い出されたら、そもそも此処での暮らしが成り立たないのも事実です。だからどんなに苦しくても訴訟を降りる訳にはいかない。訴訟に加わらずに親父にくっ付いていているのは、弱い人かずるい人たちです。わたしは訴訟を闘っている人たちこそ、骨のある立派な人たちだと思っておりやんす」

塩田は驚いた。訴訟派を憎んでいるとばかり思っていた加治原の家督が、実はちゃんと本質を見抜いている。これはなんとか脈がありそうだと感じた。

「わたしは線路を境に、村と加治原とで、山を半分に分け合ったらよいと考えています。けれども、うちの親父は我が強く、とっても頑固な男です。山の経営を任されているという、茨城の加治原本家に対する見栄のようなものもあるんです。ですから親父の代では、和解するのはなかなか無理かなと、わたしの代にならなければこれは、加治原は太陽にはなれないのかなと、思っておるんです」

靖太郎は終いは、大いに落胆したように声を萎《しぼ》ませながら言った。だが塩田は、闇夜にほのかな火影《ほかげ》を見出したように思った。加治原の家督がこのような考えを抱いているということの意義は、今のこつなぎにとって決して小さなことではない。

「先生。今のわたしに出来ることはそう大したことではありませんが、何かわたしで役にたつようなことはないでしょうか」

「そうでがんすな。わたしが今青年たちを集めて芝居をやったりしてるのは、村のこれからを背負う青年たちに、少しでも潤いのある暮らしど、未来に明るい希望を持ってもらいたいがらなんでがんす。それで実は、せっかく靖太郎さんにそう言ってもらうのだば申し上げますが、青年たちにスキーを覚えさせだらどうだべがなって考えで居るどごなんでがんすが」

塩田は秘密を打ち明けるように靖太郎の顔を見た。

岩手では鉄製のスケートは明治二十年ごろに、米国人の牧師ミロールが、城の下の「お堀」の氷の上で滑ったのが最初とされている。だがスキーはそれよりは遅く、大正の半ば過ぎごろからであると思われる。

そもそも日本の地に板式スキーのシュプールが刻まれたのは、明治四十四年一月に新潟県高田市の歩兵第五十八連隊の営庭に、オーストリアのレルヒ少佐によってであった。その後スキーは軍事研究の一環として日本各地の陸軍に広まり、次第に民間にも普及していった。

そしてついに小樽の緑ヶ丘で、第一回全日本選手権大会が開催されたのは、この時より数年後の、大正十二年二月のことであった。

「線路の西側の山に、ちょうどいい場所が有りあんすな。あの高森山の中腹辺りがら南の田子さ向がっての、なだらがな斜面。立木がちょっと在るだけで、整地もそれほど必要ないよんてがんすな。あそごだばいいスロープになりそうですがな」

高森山にこつなぎの青年たちが入って、立木を伐ったり、急な地こぶを削ったりしてスキー場をこしらえたのはその年の秋のことであった。そして早くもその冬、近隣の町村の青年組織に呼びかけて、第一回目のスキー大会が催された。一戸町の運動具店が協賛者となって賞品の提供などもなされ、大会は成功裏に終った。塩田はこのことが単なるスポーツ振興の行事としてだけでなく、こつなぎに新たな友愛が芽生える契機になればと、祈るような気持で居たのだった。

　スロープの上に着くと、三十人ほどの参加者や大会関係者が居た。高森山の斜面を登りきった塩田は、「第四回二戸地区スキー大会」と書かれた横断幕の下にたどり着くと、担いできたスキーを下ろし、橇を外した。

「先生、しばらぐでがんす。よおぐお出で下さいやんした」

　大会の役員になっているらしい顔見知りの青年が近づいてきて挨拶をした。

「他所さ行っても、忘れないで呉《け》だ風で、案内状までもらったへでなっす」

「なさなさ忘れるってすか。先生はこの大会の産みの親だへでなっす」

　笑顔で言葉を交わしながら塩田は、目で大会の主催者であるはずの靖太郎を探した。

　だが靖太郎の姿が何処にも見当たらない。ゲレンデの調子を見るために、早くも下に滑り降りたのだろうか。だがそれなら、途中で目についたはずであった。

「靖太郎さんはせ」

　何気なしに傍に居た青年に聞くと、青年は驚いたような表情を浮かべた。

「ありゃあ、先生は未だ、御存知ながったたすか」

　塩田はふと悪い予感がして青年の顔を見返した。

「靖太郎さんは去年の秋に、亡ぐなられあんしたが」

　一瞬塩田は、怪訝そうな顔を青年に向けた。青年の言葉が、にわかには理解出来なかったのだ。

「しばらぐ盛岡の病院さ入院して居だったのだどもなっす。どうもあんまし、芳しぐ無がったよんてがんして……」

青年の言葉が、じわりじわりと現実味を帯びて浸透してきた。

「あ、このスキー場の登り口の処に、加治原の墓所が在りあんす。靖太郎さんも其処さ眠っておりあんすへで、よがったら拝んでやって下さい」

塩田は、胸の中で急速に何かが壊れていったような気がした。靖太郎は、あの青年は、この村の希望だったのに……

複雑な感情がいっときの間言葉にはならず、塩田はしばらくその場に立ち竦んでいた。

七　判決

盛岡地裁において入会権確認訴訟の判決が出されたのは昭和七年二月二十九日のことであった。大正六年十月十二日に訴訟を開始してから、一審だけで実に十五年もかかっての判決であった。

だがその主文には、誰もが耳を疑うような文字が書かれていた。

『原告等の請求は之を棄却する
　訴訟費用は原告等の連帯負担とする』

判決の理由を要約すれば、次のようなことであった。
●該当の山林原野は、被告加治原亀次郎が前所有者である兼子多衛門から買い受けたものであることは当事者間にも争いのない事実である。
●右の係争地に対する村民の使用収益の関係は、村民が立端鬼頭太の所有地上に入会権を有するものであるが、それは共有の性質を有しない入会権であると認めるのが妥当である。
●被告加治原亀次郎は本件係争山林を買いうけると、植林の目的から直ちにその家族と使用人を村に派遣し、村民の諒解を得ると同時に植林の必要上、従来の山林の使用法を変えたのである。
●その後加治原は着々と準備をすすめ、岩手県の造林命令によって植林をするときも、原告等を含む村民の過半を右事業の監督として或いは雑役人夫として使用し、数年間にわたり係争地の約三分の一の面積に造林をしてきたのであるが、その間村民からは何らの異議もなかったこと。
●係争の村は従来東北線開通以前は奥羽街道に沿った宿駅として、村民は他に生活資源を得る道があった。本件山野よりの収益はその唯一の生活資源ではなく、寧ろ副次的な位置を占めていた。

そして次のように締めくくっている。

『かれこれ総合的に考えてみると、村民は係争地に対して従来有してきた入会の権利を、所有者との間の契約によって制限された債権関係、即ち植林の必要上、所有者より任意の使用収益の関係に制限された権利関係に改められたのであるが、尚も被告亀次郎家の植林事業を援助し、その拡大隆盛を計り、之によって従来とは別の方法による収益を得る方が得策だと判断して、従来有していた入会権を放棄したと認定せざるを得ない。原告の挙示する一切の証拠方法をもってしては、前記の認定を左右することはできない。よって被告の右にたいする抗弁は理由があるものと言うべきであり、原告の請求は更なる争点と為すまでもなく、失当として之を破棄する。訴訟費用の負担については民事訴訟法第八十九条第九十三条但し書きを適用し、主文のごとく判決を為す』

盛岡地方裁判所民事部

裁判長　宮地米蔵

判事　荒井虎雄

判事　大槻信隆

要するに入会権は確かにあった。だが新たに加治原亀次郎がこつなぎ山の所有者になって植林事業を始める時に村人は、その手伝いをして手間賃を稼いだ方が得だと判断して入会権を放棄したというのである。

しかしこれまで加治原が植林事業と称して雇入れた人数は、裁判官が信用出来るとして証拠採用をした加治原側からの資料だけでも、四十戸で割ると一戸あたり一カ月の稼働が三回に過ぎない。加治原が払った一回（一日）あたりの人夫賃が二十五銭であったから月に七十五銭。

判決はこつなぎの農民は、月、七十五銭の手間を得る方が得だと判断して、父祖代々から利用してきた山の権利を放棄したというのだ。

こんな馬鹿な理屈が何処にあるだろうか。山では一シーズンの栗の収益だけでも百円は超えるのだ。

証拠の正確な分析も出来ず、農民の血涙にみちた叫びも無能な裁判官の耳にはついに届かなかったようだ。そもそも入会権が、登記さえ必要とされない権利であると認められているのは、その行使の様態が誰の目にもあきらかな公然性を伴なうものであるからだ。したがって入会権があるか無いかは、このような面倒な裁判を長々と何年も続けなくても、現地に一週間も滞在すれば誰にも容易に判断できることであった。

それを現地には一度も足を運ばず、十五年もの歳月を費やしながら、現実にはいささかも合致しない判決を下す裁判官とは、いったいいかなる存在なのであろうか。

そもそも字さえ満足に書けず、入会権という概念すらなかった農民に、入会権を放棄するなどという意思の持ちようがあろうはずはなかった。

にもかかわらず盛岡地裁の三人の裁判官は、辿れる限りの昔からこの山で生活してきた農民が、またこの山が無ければ村の存続さえ有り得るはずのなかった農民が、明治四十年になって突然よそから来た人間に、何の補償もなく入会権を差し出したなどという、途方も無い判断を下したのである。

そうした判断が権力に対しての遠慮からのものであるとすればこれほど卑屈なことはない。あるいはこの判断がただ無能と不見識によるものであるならば、それは単に恥ずべき厚顔と言うだけには留まらない重大な意味を持つ。

§

農民たちは当然のことだが直ちに宮城県の控訴院に控訴し、四年後の昭和十一年八月三十一日に判決が下る。農民たちの主張はここでも不可解な理由によって無視されることになる。さらにそれに続く昭和十四年一月二十四日の大審院の判決はもっとひどい内容であった。だがここで筆者の素人考えを披瀝するのは控えよう。替わりに、後にこつなぎ裁判の弁護を入会研究の実践としても展開された戒能通孝氏の『小繋事件―三代にわたる入会権紛争』(岩波新書一九六四年二月刊)から、一節を紹介しておこう。

「……昭和十一年八月三十一日の宮城控訴院判決、ならびに同判決に対する上告審としての昭和十四年一月二十四日の大審院判決は、さらに（一審判決に比べて）もっと奇怪であった。というのは両判決はともに入会権の放棄自体を認めることができなくなったため、『明治四十年中暗黙裡ニ従来有シタル入会権ヲ放棄シタルモノト理解スルヲ相当トス』といい、文句なしの無理押しを敢えてしてているからである。『明治四十年中』といえば期間として相当長い。その間のいつかわからないある日のこと、何百年も続いてきた入会権が、暗黙裡にポッとなくなっていたというのでは、世間に一体安全な財産があるということができるのだろうか。山が必要な山の民、その人々から入会がなくなるというからには、人間が死に絶えたとか、全村にまたがる大工場ができたとか、いずれにせよ生活条件の激変がなければならないこと確かである。この種の驚天動地的な激変なしに、入会権は暗黙裡にはなくならない」

嚙み熟《こな》そうにも口に含むことさえ出来ない判決に、原告はおろか訴訟の行方を注目していた世間の人々もただ唖然とするしかなかった。ただ献身的に働いてきた小堀喜代七や布施辰治等にとって救いだったことは、原告の農民たちが思ったより冷静で、落胆したような素振りがさほど窺われなかったことであった。

法服に身を固め、厳かな体裁こそ繕ってはいるものの一皮剝けばそれは、誰にでも簡単に分かるほどの真実でさえ鑑別出来ない、無能で誇りなき機構であった。

一審判決の後、裁判所を出て盛岡駅に向かってぞろぞろと歩きながら、小川岸太郎が誰に言うともなく呆れたようにこう言った。

「いやいや、裁判所にぁたまげだもんだ。おれたちが、一足す一が二だっつことも勘定でぎないよんた、愚か者だど思ってるのだえが」

するとと土川千冶が、後を継いで言った。

「判決では確か入会権を放棄したって語《へ》ってらったが、へばおれたちは、なしてこうやって十五年以上も、訴訟やってらんだべがな」

「きっと裁判長には、おれたちの姿は見えないんだべせ」

皆は顔を見合わせながら呆れたような笑いを浮かべた。

彼等がそれほど落胆しなかった理由は、馬鹿げた判決のほかにもう一つあった。

この二十年間原告の農民たちは、裁判には関係なくこつなぎの山に入り、入会の権利を実力で行使してきていた。権利を守るのは、裁判所でも警察でもなく、ほかならぬ自分たち自身なのだということを、肌身に感じて学び取ってきていたのだ。

そのことこそがこの二十年間、こつなぎの農民が血と汗と涙で獲得した本当の成果だったのである。その成果は裁判の結果に関係なく、その後も生き続けていくことになる。

加治原は二十数年の間、膨大な金と時間と人員を動員して、なんとか裁判では勝つことが出来た。だが、実態では敗北であったと言えないだろうか。そうでなくともその成果が、あまりにも実り薄いものであるというのは論を待たないことであろう。

なぜならこれまで自分の力で権利を守ってきた農民は、判決によって法廷での闘争に道が閉ざされた時、今度こそ本当に、自分たちの力で権利を守らなければならないという決意を、なおいっそう強めたからである。

八　山

布施辰治は一審で判決が下される日に、盛岡には来られなかった。昭和三年から四年にかけて日本共産党に対して行われた弾圧に対する中央での統一公判が、前の年の六月から始まっており、身動きのとれない状況にあったからである。また、そうでなくても弾圧の魔手は布施自身にも伸ばされており、こつなぎ判決が下りてから間もなく布施自身が東京の豊多摩刑務所に下獄されることになるのである。

布施は社会主義者という訳ではなかった。その基本はトルストイ主義であり、弱者と正義の立場に立つというものであったから、布施にとって農民の立場に立つというのは自ずから決まっていることであった。

だが布施は、そうした場合であっても単に土地の所有権を争うというだけの訴訟には、内心ではさほどの興味はなかった。

布施が小作争議や山林訴訟で農民の立場に立つというのは、主として弱者の暮らしを守る立場に立つという自己の信条にしたがってのものであって、土地や山林の所有を確定したいという意思からではなかった。

だが入会権という主張には個人的な所有という概念を超えて、背景に山を共有するという思想がある。それを守るためには当時の法廷では、民法二六三条の「共有の性質を有する入会権」の条項を盾にして闘うしかなかった。

ただ布施は、裁判所は正義の論陣を張って正々堂々と闘う神聖な場所という観念は持っていたが、時の権力の番人としての裁判官を信じている訳ではなかった。したがって原告の農民たちの現実の暮らしを守るためには、法廷外の闘いも必要だとしてその闘いの指導をもしてきたのである。

その結果農民たちは、形式的な法廷闘争とは別個に、自らの権利を自らの力で守る術を身につけてきたし、とくにこの間、時に絶え絶えのように見えることはあっても、現実にはしっかりと入会の権利を行使し続けてきたのであった。

布施はあるいはそれを見て、内心ですでに一定の安心を得て居たのかも知れない。山を管理すべきは、その山に棲み付いている農民たちなのだ。

こつなぎの暮らしを破壊したのは、直接には確かに加治原一族であった。ただ布施は、背後にもっと大きな時代の流れがあることも感じ取っていた。封建制度が崩れ、新興してきた資本主義という怪物が成長していく過程での、奔流のような荒々しい時代の変化が農民たちの背後で渦を巻いていることを、布施は日々すでに、都会の様々な権利闘争や労働争議の場で見てきている。

　時代の流れは長いこと淀んでいた淵にさえも流れ込み、ついには堰を切って奔流へと注ぐ早瀬に変えていく。こつなぎはその早瀬のひとつに過ぎなかった。そうした時代の変化をこつなぎの農民たちは具体的には知るよしもなかったが、しかし周りで何か巨大なものが動いているということだけは、肌で感じ取っていたのである。


　布施にはもう一つ、ある漠然とした概念があった。

　石巻湾を目の前にした蛇田という村で育った布施には、ある程度、漁民についての知識があった。長じてから同じ宮城県沿岸の気仙沼を訪れた時にも、やはり漁民の知己を得て、いろいろ語りあったことがあった。

　それらのことから布施には、山の恩恵を受けているのは、何も山村の農民や山林地主だけではないという漠然とした観念があった。

　漁民には古来より「山測り」という手法がある。それは今日のような計器も海図も何も無い和船の時代に、船の位置の確認や進行の方向、あるいは好漁場を特定したりその日の天気の状況に至るまでを漁民たちは、沖合いから眺める山の位置やその様相で確認してきたのである。そのことを「山測り」というのだが、ベテランの漁師の中には今日でもこの手法を用いている者も多い。

　また、船はもちろん木で造られるが、水押《みおし》という舳先の骨材は年代を経た丈夫な欅で作られる。船のカーブを形作る助骨材には曲がった赤松の木が使われるし、間仕切りに使うのも、やはり湿気に強い赤松だ。船底や側材は百年を超える杉の木が用いられる。板と板の合わせ目には檜の皮を柔らかく揉んだものが詰められ、舵は樫、マストは檜というように造船にはふんだんに森林材を活用しなければならない。

とくに布施の記憶にあるのは気仙沼の漁師の言葉である。その漁師によると、雪代水《ゆきしろみず》といって山の雪解けの頃にかさの増した川水が湾に注ぎ込むと、海苔や若布、牡蠣や帆立貝などの生育がにわかに良くなるということであった。これはきっと山の養分が川水に溶けて海に注ぎ込むからに違いない。

本能的に漁師たちは、そういうことを知っていて、昔から雪の降り具合や積もり具合が気になり、毎年祈るような気持で山を眺めてきたのだという。

そのように考えると、農民だけではなく、漁民にとってもまた山は、かけがえのない命のより所なのである。

山は決して個人が所有するようなものではない。漠然としたものではあったが、そのような観念が布施の頭の隅にあったのである。

∮

五月のある晴れた日、岸太郎は何十年ぶりかで、こつなぎ山の頂きである西岳に登ってみた。西岳は標高が千メートルちょっとの山だが、こつなぎの村自体が高い処で、標高三百メートルを超える場所にあるのだから、登るのはそれほど困難ではない。もともと山歩きには慣れた足であったから、還暦が目の前にきた今でも一時間ちょっとの道程であった。

頂上に立ってざっと見渡すと、南側のすぐそこに、未だ冠雪を脱がない岩手山が逼《せま》るように聳《そび》えている。西には晴れ渡った空を懸隔《けんかく》するように奥羽山脈が茫々と横たわっており、これも山襞のいたるところに白い雪渓を残している。

ふと下に目を転ずると、今では陸軍の軍馬育成場となっている「ほど窪山」があり、広々とした緑の卓状地に何十頭という馬が群れて、萌え出したばかりの柔らかい草を食《は》んでいた。

岸太郎は身体の向きを変えて、こつなぎ村の方に視界を移した。すると地こぶのように張り出す山の裾に、こつなぎの集落が瘡蓋《かさぶた》のように張り付いている。

「まったぐ、何百年もの間山にへばり付いて生ぎできた村なのにせぇ」

岸太郎は思わずため息を吐いた。

裁判が始まってから何年になるだろう。岸太郎は思った。以前の暮らしを振り返ると、ずいぶん長い月日が過ぎ去って行ったように思える。だがそれは単に月日だけのせいではないだろう。

この間の自分たちの暮らし方が大いに変化したために、急速に時が流れ去ったような気がするのだ。

何か自分たちの時代を支えていた、屋台骨のような物が崩れて行ってしまったような気がするのは、第一に「お神酒《みき》上げ」の行事が昔のようには行われなくなったことだと岸太郎は思っている。

「お神酒上げ」は、雪のまだ解けやらない春先に、村の南端の愛宕山に各家の戸主が集まって、酒代と燈明銭を出し合い酒を酌み交わす行事だった。これは火の安全や病災、家内の安全を祈願すると同時に、放牧地や萩刈場の火入れの時期、薪伐りや建築用材の伐り出しから、造林の相談までを話し合う大切な行事であった。

そのほか七月と九月にも「お神酒上げ」があり、今考えればこつなぎ村の暮らしのサイクルは、この年に三回の「お神酒上げ」を中心にして回っていたように思える。

その「お神酒上げ」は今でも細々と行われてはいるが、すでに昔のような意味を伴なわない形式だけのもので、山と一体の日々の暮らしを循環させるものとは、ほど遠い内容になっている。

それというのも加治原が、この「お神酒上げ」やそこで決められる「萩刈り」などの慣習が、入会の慣行を証明するものだと警戒して、自分にしたがっている者たちを参加させないようになったからだ。そのため今では間伐や枝払いや火入れなど、山を整備するための共同作業はほとんど行われなくなっている。

そればかりではない。昔は朝起きるとまず飯前に馬を牽いて草刈に出かける。あの大火が起きる前まではどこの家でも馬を飼っていたから朝飯前にはどこもこつなぎ山の麓に馬を牽いて行って草を食わせ、その間に自分たちは飼葉を刈った。なにしろ馬は日に三十貫の草を食うのだ。それはすぐに堆肥となって土壌に還元されるので、馬の飼育は農業の重要な基本作業なのである。

　そのあと馬の背に草を積んで帰り、朝飯を食う。朝飯を食ったあと今度は野良に出て畑仕事をやったり木を伐ったりする。昼どきや夕飯どきの帰る時には、必ず薪か草を背負えるだけ背負って家路を辿る。夕飯を終えると囲炉裏の火や松灯蓋のほの暗い明かりの下で、まぶたが重くなるまで草鞋《わらじ》や草履《ぞうり》を編む。

　藁仕事をしながら語り聞かせる昔話を、熱心に聞き入る子供たちの目の輝きこそはかけがえのない明日の力の源であった。

　村全体が貧しく、毎日が単調な日々の繰り返しではあったが、今はなぜか無性にその頃が懐かしい。

　確かに日々の仕事は、骨身が軋むほど苦しいものであった。だがそれは、ささやかではあるにしろ、何か安心出来る生活のリズムで、繰り返していればとにかく腹を満たしてくれたり、家を新しくしてくれたり、たまには子供たちに小遣いをやることも出来る、確かな手ごたえのある苦労なのであった。

　だが今はどうだろう。火事のあと村の馬は半分以下に減ってしまった。加治原と警察に山入りを妨害されるため、飼葉がままならないだけではなく、馬小屋さえ建てられない家が多かったからだ。おまけに賃労働に出て訴訟に注ぎ込む金を作らなければならず、畑仕事は今ではあらかた年寄りの仕事になってしまっている。

　奥州藤原三代よりも古くから続いてきた村の生活のリズムが、加治原によってすっかり狂わせられてしまった。

だが岸太郎は、今でも、どんなに辛くても、毫ほども加治原に跪《ひざまず》くつもりはなかった。恐怖と貧苦のどん底を味わって、もうこれ以下のことはないだろう。もはやどのような攻撃を受けようとも失うものは何も無い、という気分にさえなっている。

それどころか、村も暮らしも破壊されたという怒りと屈辱の思いは、今でも身の底から噴煙のように湧き出してくる。これは何かの弾みで消え去るというような薄っぺらな怒りではない。もう何人もの村の仲間が、恨みと無念を胸に抱き、身を震わせたままあの世へ逝ってしまった。

加治原は村の人間の心に、孫子の代まで消えることのない怨念を焼き付けてしまったのだ。岸太郎の胸に焼き付いてしまったそうした思いは、数十年ぶりに眺める西岳からの美しい景観でさえ、拭い去ることは出来なかった。

やがて岸太郎は、頂に背を向けて山を下り始めた。五月とはいえ雪を抱いた山肌を撫でてくる山頂の風は、まだ冷たかった。


（第一部　完）

『こつなぎ物語』発刊によせて

盛岡から岩手銀河鉄道で北へ小一時間。次第に木々に埋まる山の急斜面が両側から迫り、奥中山の峠を越える頃には人家もまばらになって、しんと静まる気配が車窓にも染みわたるかに感じられる頃、小さな駅に停車する。それが「小繋《こつなぎ》」だ。今は無人駅。降り立つと、一面の緑以外は数軒の家にわずかに人の気配があるだけだ。

深い山肌の緑に向かって目を凝らし、耳を澄ましても、山は静まりかえって、何も語ろうとはしない。冬は雪の中に深く埋まって、静寂は一層果てしない。

けれども、なお心の耳と目をその静寂《しじま》に傾け続けると、……ほら、聞こえてくる。呻きのような、怨念のような人のかすかなつぶやきが……。見えてくる、何百年も山と共に生き続け、何世代も受け継いできた山の民の暮らしの営みが……。

もう一歩分け入ってみると、そのつぶやきが、その暮らしの姿が、次第に大きくなり、山は私たちに語りかけてくる。語らずにはいられない山と暮らしの歴史を、物語を。

作者野里征彦は、小繋の民の語らずにはいられない物語に、しっかりと耳を傾け、今に生きる小繋の人々の語りにも踏み込んで、熟成させ、壮大な物語に書き上げた。この作品は、文学的価値は言うにおよばず、あわせて現代社会の現実に重い課題を投げかけてくる。

それは数十年前には岩手の人々、そして全国の人々の心を揺り動かし、それらの人々から熱い支援の手をさしのべられた「小繋事件」、そして今はほとんど忘れ去られさえしている小繋裁判と、それを取り巻く山の民の生と闘いの軌跡である。

野里征彦は、抑制された筆致で、史実を曲げることなく、同時に活き活きとした暮らし、悩み、怒り、泣き、笑う山の人々、おおらかでユーモアを忘れず、しかし反面、不正に敢然と立ち向かい、闘いの中で次第に動じることのないたくましさを身につけていく山の民の群像を、骨太の歴史の流れの中で、芸術的香りと彫琢の切れ味をもって、見事に描きき《いと》った。小繋の地近くに生をうけた作者は、この土地のことばを、誇りを持って使い、愛おしんでもいる。

映画「こつなぎ」に感動し、こんな暮らしと闘いが岩手にあったのかと驚いた、その延長線上で、さらに深く事実に踏み込んでみようという人にとっては、作家野里征彦に導かれて、もうひとつ先の峠路に挑んでみるだけの充分な甲斐がある。

二〇一三年六月には、小繋事件をはじめ、全世界に今も広がっている山や海の暮らしと環境を守る住民の営みに寄り添い、権利として守り支援していこうという国際的な学術と実践の運動――「国際コモンズ（入会《いりあい》）学会」――が、日本で開かれ、そこに集う世界各国からの参加者たちが、その理論と運動の発祥の地でもある小繋を訪れる。日本に何度も訪れて、入会の実態を深く研究し、世界に知らしめたマーガレット・マッキーン博士が、ぜひにと小繋を訪れ、盛岡で講演とセミナーを開くことになった。小繋の誇りであり、その未来を開く跳躍台ともなろう。

さらに二〇一七年は、小繋の祖先たちが生きる権利と正義のために立ち上がった小繋訴訟の開始から百年になる。今では、小繋事件が孤立した闘いではなく、岩手の山と海に幾百も闘われて入会訴訟の一頂点をなしていることが明らかにされている。山は沈黙していたのではなく、燃え続けてきたのだ。

この百年の節目を、それら農漁民の多くの闘いの軌跡と共に、しっかりと歴史の大河の流れに結びつけ、輝かしい人類解放の未来につなげるためにも、さまざまな角度から、小繋を見直し、再評価し、現代において果たすべき役割をとらえ直す必要がある。

野里作品は、そのためのたしかな土俵を提供してくれるものである。ぜひ座右に置いて一読することをお奨めしたい。

早坂啓造（岩手大学名誉教授・岩手小つなぎの会世話人代表）

野里征彦（のざと　いくひこ）
1944年生まれ。陸前高田市出身、大船渡市在住。
映画少年から水産会社勤務、政党専従などを経て作家活動に。民主主義文学会会員。「麺麭」同人。著書に『カシオペアの風』『いさり場の女』『罹災の光景――三陸住民震災日誌』など。

こつなぎ物語《ものがたり》

二〇一三年三月二五日　第一版発行
二〇一四年五月三一日　第二版発行

著　者　野里征彦
発行者　比留川洋
発行所　本の泉社
〒113-0033
東京都文京区本郷二-二五-六
Tel 03（5800）8494
FAX 03（5800）5353
印刷　音羽印刷（株）
製本　（株）難波製本

ISBN 978-4-7807-0954-4 C0093 Printed in Japan